古典文獻研究輯刊

六 編

曾永義 主編

第 4 冊

元大都文壇前期詩文活動考論（上）

辛夢霞 著

國家圖書館出版品預行編目資料

元大都文壇前期詩文活動考論（上）／辛夢霞 著 — 初版 —
新北市：花木蘭文化出版社，2012〔民 101〕
目 6+164 面；19×26 公分
（古典文學研究輯刊　六編：第 4 冊）
ISBN：978-986-254-948-3（精裝）
1. 中國文學　2. 文學評論　3. 元代
820.8　　　　　　　　　　　　　　　　　　101014837

ISBN-978-986-254-948-3

9 789862 549483

古典文學研究輯刊
六 編 第四 冊　　　　　　　　ISBN：978-986-254-948-3

元大都文壇前期詩文活動考論（上）

作　　　者　辛夢霞
主　　　編　曾永義
總 編 輯　杜潔祥
出　　　版　花木蘭文化出版社
發 行 所　花木蘭文化出版社
發 行 人　高小娟
聯 絡 地 址　新北市永和區中正路五九五號七樓
　　　　　　電話：02-2923-1455／傳眞：02-2923-1452
網　　　址　http://www.huamulan.tw 信箱 sut81518@gmail.com
印　　　刷　普羅文化出版廣告事業
初　　　版　2012 年 9 月
定　　　價　六編 18 冊（精裝）新台幣 30,000 元

元大都文壇前期詩文活動考論（上）

辛夢霞　著

作者簡介

辛夢霞，女，1982年生人。現為武漢體育學院新聞傳播與外語學院講師。北京師範大學元代文學文獻學博士，專業研究方向為元代文學文獻學，論文《劉因文集版本考辨》收入《中國傳統文化與元代文獻國際學術研討會會議論文集（元代文化研究 第二輯）》；曾參與國家社科基金項目《中國古代詩文名著提要》之子課題——《元代詩文別集研究》。《昨日重現——元大都文化遺存研究及其應用前瞻》獲2009年度北京師範大學自主科研基金項目。

提　　要

　　本文主要考察1215年至1315年在大都（前期為燕京）地域範圍內不同階層文人群體的代表性詩文活動。

　　本文分四章，按時間順序描述大都文壇的「準備」、「開端」、「融合」及「高潮前奏」四個歷史發展階段：大都文壇是在燕京文壇的基礎上，先後由亡金士人、南方士人、西域士人、佛道人士不斷進入並相互融合而產生的一個動態的、多層次的、多碰撞的文學圈，且最終在「元詩四大家」的引領下漸趨高峰。

　　本文運用歷史地理學、文獻學、文學等研究方法，採用整體歷史背景考察與具體文學活動分析相結合的策略，從時間、地域、群體的角度，通過搜集文獻、分析作品、探究心態、比較異同，歸納出元大都文壇前期的動態性、包容性、交際性等特徵，總結其創作題材、活動形式方面的文學共性，探究詩文活動與政治變革、社會風俗的密切關係。

目

次

前　言

　　元大都是北京城的前身，奠定了今天北京城的基本格局。七百多年的歲月流逝，卻依然沖刷不掉這座古老都城遺留至今的吉光片羽。從當年馬可·波羅遊記裏的驚歎，到喜仁龍對城牆城門的推崇，再到今天卡爾維諾的想像，這座城市始終吸引著異邦人的目光。然而遺憾的是，城市的日新月異逐漸掩蓋了歷史的痕迹，大廈高樓遮蔽了畫棟雕梁，圍城中的人卻總想改天換地，絲毫不珍惜時光的重量。大都城在慢慢消磨最後的影子，更遑論這座城市曾經有過的悲歡記憶。

　　「俯仰之間，已爲陳迹」。如果說考古著力挖掘歷史實物，那麼文獻研究就是重塑實物背後的精神風貌，爲逝去的人事，立此存照。本文立足於元大都這一地域，探究特定歷史時期文人集會活動背後的故事。

一、研究對象

　　「大都」是元代的都城，至元四年（1267）興建，至元九年（1272）被命名爲「大都」。〔註1〕大都城共有十一門、五十坊，〔註2〕「方六十里」，規模宏大。〔註3〕在行政區劃上，以大都城爲中心的周邊地區統屬於「大都路」管轄，範圍大致包括「二院、六縣、十州」。「二院」指左、右警巡院（職掌平理獄訟及警巡檢稽之事），右院掌管舊城西南、西北二隅四十二坊，左院領舊城東南、東北二隅二十坊。〔註4〕「六縣」指大興縣、宛平縣、良鄉縣、永

〔註1〕李蘭肹《元一統志》，趙萬里輯校，中華書局，1966年，第3頁。
〔註2〕熊夢祥著、李致忠輯《析津志輯佚》，北京古籍出版社，1983年，第2頁。
〔註3〕有關大都城的佈局結構，詳見陳高華《元大都》，北京出版社，1982年，第45～75頁。
〔註4〕李蘭肹《元一統志》，趙萬里輯校，中華書局，1966年，第3頁。

清縣、寶坻縣、昌平縣。「十州」指涿州（管轄范陽、房山二縣）、霸州（管轄益津、文安、大城、保定四縣）、通州（管轄潞縣、三河縣）、薊州（管轄漁陽、豐閏、玉田、遵化、平谷五縣）、漷州（管轄武清縣、香河縣）、順州、檀州、東安州、固安州、龍慶州（管轄懷來縣）。〔註 5〕元大都文壇即是指在這一區域範圍內形成的文學圈。

儘管大都城的營建時間很晚，但其所在地域受蒙古統治者管轄的時間卻很早。元太祖成吉思汗十年（1215），蒙古大軍攻佔金中都，在此建燕京路，總管大興府。元太宗窩闊台七年（1235），在燕京路設立戶籍。元世祖忽必烈至元元年（1264），立開平府為上都，改燕京為中都。元順帝至正二十八年（1368年），元皇室北逃，結束了對中原的統治，明大將徐達攻克大都，改名北平，此後，「大都」成為一個歷史名詞。〔註 6〕因而，元大都文壇的時間範圍始於元太祖成吉思汗十年（1215），終於元順帝至正二十八年（1368 年）。

短短一百五十三年的時間，卻由於文化政策的不同，導致了文壇的不同風貌。延祐二年（1315），元朝首屆科舉考試結果揭曉，第一批進士會聚京師，這一年也成為「元代文化史上具有里程碑性質的一年」。〔註 7〕故以這一年為界將大都文壇劃分為前後兩期，本文著重考察前期作家文人的詩文活動。

活躍於大都文壇前期的作家身份多樣。既有以雜劇散曲創作為主的劇曲家，又有以詩歌散文創作見長的詩文家；既有本土的原居民，又有新來的定居者；既有被迫羈押北上的宋國遺民，又有積極尋求仕進的新朝文士；既有館閣臺臣，又有市井隱者；既有蒙古西域人，又有漢人南人。不同類型的文人群體交遊唱和、詩歌贈答、雅集聯詩。一方面，因各自的身份經歷不同，詩文具有獨特個性；另一方面，個體之間聯成交際網路，又反映出群體共性。

二、研究意義

首先，從地域的層面上來看，該選題有助於大都文壇的整體性研究。

地域性是元代文學的顯著特點，大都文壇本身極具研究價值。楊鐮師曾

〔註 5〕 《元史》卷五十八「志第十地理一」，中華書局，1976 年，第 1347～1349 頁。從現有的文獻資料來看，部分州縣的歸屬在不同時期雖有變動，但除了龍慶州和懷來縣於延祐三年（1316）新隸，其他調整都不超出這個時間範圍。

〔註 6〕 大都歷史詳見陳高華先生《元大都》，北京出版社，1982 年。曹子西主編《北京通史》王崗撰著第五卷「元代卷」，中國書店，1994 年。

〔註 7〕 鄧紹基《元代文學史》，人民文學出版社，1991 年，第 369 頁。

指出，「由於元代之前長期存在的南北對峙狀態，所以元代文壇有顯而易見的地域特點」。〔註 8〕大都是政治、文化中心，元朝疆域遼闊、擴張不斷，使得大都在當時成爲一個國際化大都市。不同國家、不同地域、不同宗教、不同種族、不同階層、不同身份的人都彙聚於此，這在其他朝代、其他地域都是無法比擬的。然而，大都文壇的研究尙不充分，這和大都的地位以及大都文壇的實際發展狀況都是極不相稱的。

本選題以大都文壇爲背景，著重關注詩文作家群體在其中的文學活動，考察身份、背景不同的詩文家如何進入大都文壇，如何融入大都文壇，又是如何影響大都文壇的一個漸變的過程，並希望由點及面，從一個側面，反映出該時期大都文壇的面貌特徵。

其次，從時間的層面上來看，「前期」這一時段不容忽視。

其一，就歷史層面而言，前期大都文壇處於宋元政權更迭之際，特殊歷史背景決定了文學發展的特質。時代因素催生了大批感世傷時之作，許多亡國之臣自覺用詩歌記錄社會變遷，如汪元量《湖州歌》組詩，文天祥「集杜詩」組詩，均被時人目爲「詩史」。在戰爭中，戰勝國搜尋戰敗國的圖籍典冊，裏挾北上，造成大量珍貴書畫從深宮內府中流散，士大夫往往得以觀覽題跋，而題畫詩就是另一種形式的興亡之歎。

其二，就思想層面而言，元代理學三大家劉因、許衡、吳澄主要活躍在「前期」，他們分別承襲金、宋二朝的思想，爲元代理學的發展奠定了基礎。延祐科舉之後，程朱理學成爲了科舉取士的標準，以周、程、朱子爲代表的宋學流派，「在蒙古統治者的教育政策推動下，普及全國，取得了全國思想學術界的地位」，〔註 9〕對後世產生了巨大影響。科舉前後期，理學的發展對文學的作用也有不同。

其三，就文學層面而言，鄧紹基《元代文學史》曾有過精闢歸納：元前期向元后期過渡過程中，不同的文學樣式均發生變化，雜劇由繁榮轉向衰微，詩歌「宗唐得古」的風氣漸趨強勁，散文由於科舉程式影響而傾向於經世致用。〔註 10〕具體到大都文壇，在社會穩定、國家一統的背景下，在活躍的文

〔註 8〕 楊鐮師《元代文學編年史》，山西教育出版社，2005 年，第 40 頁。
〔註 9〕 元代科舉制度及理學的發展，詳見周良霄、顧菊英《元史》，上海人民出版社，2003 年，第 465 頁，第 682～699 頁。
〔註10〕 鄧紹基《元代文學史》，人民文學出版社，1991 年，第 2 頁。

學活動催化中，產生了融合金、宋二朝文風的「治世之音」，「前期」可謂是高潮前奏，正如歐陽玄《虞雍公文集序》稱：「皇元混一之初，金宋舊儒布列館閣，然其文氣高者倔強，下者委靡，時見舊習。承平日久，四方俊產，萃於京師，笙鏞相宣，風雅迭唱，治世之音，日益盛矣。」〔註11〕

再次，從文學活動的層面上來看，文人間的風雅唱和是詩歌社會化的體現。〔註12〕

本文所定義的文學活動既包括個人的創作活動，又包括文人間的雅集唱和。其中的雅集唱和活動，即上文歐陽玄所稱「笙鏞相宣，風雅迭唱」，包括書畫題跋、送別、集會等，屬於「同題集詠」，〔註13〕既是文人交際的手段，又是競技的方式，更是文壇的推動力。

通過對多種多樣文學活動的考察，不僅可以瞭解個體文人的創作及心態，更可以瞭解文人群體的面貌特徵，瞭解他們的交際網路、干謁手段及相互間的文學影響。

本文所要研究的正是不同文人群體陸續進入大都文壇之後，如何將舊有詩文風氣打磨，融合醞釀新興的、大一統的詩文風格的過程，文學活動即管窺蠡測這一全貌的角度。

最後，從群體的層面上來看，該選題是以文學活動研究為切入點，洞悉文人群體的生存狀態，從而探討其詩文活動與其政治地位的關係。

其一，文人進入大都的方式各有不同，被接納認可的程度也不同。元朝是異族統治的王朝，對中原傳統文化有一個瞭解與接受的過程，而文人在其中扮演著重要角色，他們的文學創作就是這一時代特徵的反映。

其二，元朝在法律上實行「四等人制」，根據征服的地域，將治下之民劃分為蒙古、色目、漢人、南人四等，其地位不同。漢人、南人儘管都繼承儒家文化，但是政局的割裂，導致南北差異；同時，蒙古、色目人對漢文化的學習借鑒，亦是這個王朝獨特的文化景觀。考察不同文人群體在大都文壇上的表現，揭示出漢文化在經歷了異族文化的衝擊之後展現其包容性與延續性。其中，南人群體尤其值得關注。南人群體掌握著元代文化制高點。從思

〔註11〕虞集《道園類稿》前序，《元人文集珍本叢刊》（據明初覆刊元撫州路學刊本影印），新文豐出版公司，1985年。
〔註12〕楊鐮師《元詩史》，人民出版社，2003年，第31頁。
〔註13〕楊鐮師《元詩史》，人民出版社，2003年，第624頁。

想上來看，程朱理學由南至北的傳入，對當時的北方思想界帶來衝擊。從文學上來看，其最高峰「元詩四大家」均是南人。南人文化會得到社會的普遍認可，不是政治權力可以左右，文學活動起到了重要的推動作用。

其三，文學活動是不同群體之間、群體內部之間相互作用的一個推動力，文學活動的發起人往往就是該群體的中心力量所在。不同層次的文學群體的核心不同，所反映出的文學活動的目的亦不相同，既有對政治權力的趨附，又有對權勢集團的疏離，從而體現出文人群體在當時社會現實中的生存狀態，以及詩文活動所起到的作用。

綜上所述，該選題的內涵豐富，具有研究價值。

三、研究綜述

目前有關大都文壇的專門研究較少，而本文「前期」的劃定僅是針對大都文壇這一特定對象。由於這一選題涉及面較廣，因而前人的各項研究成果，均是本選題的研究基礎與出發點。

（一）元代歷史文化研究

元代文化的相關研究，尤其是涉及到元大都歷史、宗教、哲學、民族、制度等多個領域的研究，共同構成了大都文壇的文化背景。元大都的政治中心地位，使得這一地區最為集中體現了元代諸多文化特色，而在此基礎上產生的大都文壇亦具時代印記。

在與大都文壇相關的宗教文化背景研究方面，前人有許多經典奠基之作。

關於基督教，陳垣《元也里可溫教考》一文指出：「燕京既下，北兵長驅直進，蒙古、色目，隨便住居（詳《廿二史劄記》），於是塞外之基督教徒及教士，遂隨軍旗彌蔓內地。以故太宗初元（宋紹定間）詔旨，即以也里可溫與僧道及諸色人等並提。」〔註 14〕其中，涉及到也里可溫人物闊里吉思，本文在搜集材料的過程中發現他與元前期大都文壇較知名文學活動「雪堂雅集」的主要人物釋普仁交往密切。

關於道教，陳垣《南宋初河北新道教考》〔註 15〕一書則系統研究了南宋初、金元之際北方全真、大道、太一三教的興起、人物、廟宇、規模等發展

〔註14〕陳垣《陳垣集》，中國社會科學出版社，2000 年，第 41 頁。
〔註15〕陳垣《南宋初河北新道教考》，中華書局，1962 年。

狀況，其中以全眞教的考察最爲詳盡。該書大量利用元代文人所作道家碑銘墓誌，指出全眞教接納士流的現象，這正是道教與文學相互影響的一個表現。全眞教在燕京地區發展迅速，丘處機及其道眾很多都有文學作品流傳，對當時文壇有著深遠影響。

關於佛教，陳高華《元代佛教與元代社會》〔註16〕一文討論了元代佛教與該時期政治、經濟之間的關係，論及燕京地區的臨濟宗僧侶海云以及曹洞宗僧侶萬松，而他們分別與元代文人劉秉忠、耶律楚材的關係密切。劉曉《金元之際詩僧性英事迹考略》〔註17〕、《萬松行秀新考——以〈萬松舍利塔銘〉爲中心》〔註18〕等文章對當時燕京境內的著名僧人加以關注，並著重分析其與文士的交往。

在思想史研究方面，關於元代理學的傳播與理學家趙復、許衡、劉因、吳澄的個體研究，構成了本文的研究基礎之一。〔註19〕近些年有人將理學與文學研究相結合，如查洪德《理學背景下的元代文論與詩文》〔註20〕、魏崇武《理學傳播與蒙元初期散文觀的嬗變》〔註21〕等論著，都不無創見。

在教育、文化制度研究方面，經筵制度、國子學教育、文化機構翰林國史院等研究與大都文壇研究關係密切，如張帆《元代經筵述論》、蕭啓慶《大蒙古國的國子學——兼論蒙漢菁英涵化的濫觴與儒道勢力的消長》〔註22〕、

〔註16〕陳高華《元代佛教與元代社會》，《元史研究論稿》，中華書局，1991 年，第362～384 頁。

〔註17〕劉曉《金元之際詩僧性英事迹考略》，《中國社會科學院歷史研究所學刊》第三輯，2004 年 10 月。

〔註18〕劉曉《萬松行秀新考——以〈萬松舍利塔銘〉爲中心》，《中國史研究》，2009年第一期。

〔註19〕如姚大力《金末元初理學在北方的傳播》，周良霄《程朱理學在南宋、金、元時期的傳播及其統治地位的確立》、《趙復小考》，邱居里《趙復考略》，魏崇武《趙復理學活動述考》、《趙復事迹編年》、《趙復在北方傳播理學的意義和貢獻》，唐宇元《論許衡的哲學思想在中國哲學史上的地位》、《元代劉因的思想》、《吳澄的哲學思想》，徐西華《許衡思想探索》、白鋼《許衡與傳統文化在元代的命運》等文章，另有袁冀《元許魯齋評述》、《元吳草廬評述》、王民信《許衡》、陳正夫《許衡評傳》，商聚德《劉因評傳》等著作。見劉曉《元史研究》，福建人民出版社，2006 年。

〔註20〕查洪德《理學背景下的元代文論與詩文》，中華書局，2005 年。

〔註21〕魏崇武《理學傳播與蒙元初期散文觀的嬗變》，北京師範大學博士論文，2008年。

〔註22〕蕭啓慶《大蒙古國的國子學——兼論蒙漢菁英涵化的濫觴與儒道勢力的消長》，《蒙元史新研》，允晨文化實業股份有限公司，1994 年，第 63～94 頁。

王風雷《元代的蒙古國子學和蒙古國子監》〔註23〕、《元代的國子祭酒考》等
文章，對皇帝教育及中央教育機構作了詳細考察。由前人的研究，大致可以
勾勒出元前期曾在大都擔任經筵講讀、國子祭酒等職務的官員。前期經筵制
度尚未成型，然而已經有進講事例，主講官員有：賈居貞、徐世隆、安藏、
商挺、王思廉、焦養直、張晏、李孟、陳顥、王結等。〔註24〕而大都國子祭
酒爲：馮志常、許衡、王恂、劉敏中、孔洙、周砥、耶律有尚、岳藏齋、榮
肇、哈剌哈孫、蕭惟斗、苟宗道、劉賡、李孟、張珪、王士熙、許師敬、趙
世延、韓讓、姚庸、尙野。〔註25〕這些對元代政治具有一定影響力的文人創
作了大量作品，並由於其職位而培養了大量的儒士。

　　張帆《元代翰林國史院與漢族儒士》〔註26〕一文，分別從職掌、許可權
及社會意義加以論述。翰林國史院主要職能爲修國史、典制誥、備顧問，並
通過舉薦人才、顧問政治對元朝統治施加影響，但其權力極度受限制。其中
涉及的翰林人物有：王鶚、王磐、竇默、程文海、閻復、王惲、趙晟、徐世
隆、王構、李謙、滕斌、曹元用、盧摯、梁曾，並且指出，其中吸納了不少
南人，尤其注重宋進士，如留夢炎、鄭滁孫、鄭陶孫、趙與僄、趙孟頫、鄧
文原、袁桷、吳澄、虞集、揭傒斯等。由於翰林國史院是元代漢族儒士在政
治生活中發揮作用的重要陣地，對元代政治、文化影響較大，而翰林儒士也
就構成了館閣文人的主體。

　　科舉制度的研究有姚大力《元代科舉制度的行廢及其時代背景》〔註27〕、
桂棲鵬《元代進士仕宦研究》、蕭啓慶《元代的族群文化與科舉》〔註28〕等論
著，分別從社會背景、仕宦情況以及形成的人際網路角度研究。桂棲鵬考證
元代顯宦者 111 名，其中延祐二年進士有：馬祖常、偰哲篤、張起岩、許有壬、

〔註23〕王風雷《元代的蒙古國子學和蒙古國子監》，《內蒙古師範大學學報（哲學社
　　　　會科學版）》，1993 年第二期，第 106～112 頁。

〔註24〕張帆《元代經筵述論》，《元史論叢》，第五輯，中國社會科學出版社，1993
　　　　年，第 136～159 頁。

〔註25〕王風雷《元代的國子祭酒考》，《內蒙古社會科學》，1993 年第四期，第 70～
　　　　77 頁。

〔註26〕張帆《元代翰林國史院與漢族儒士》，《北京大學學報》，1985 年第五期，第
　　　　75～83 頁。

〔註27〕姚大力：《元代科舉制度的行廢及其時代背景》，《元史及北方民族史研究集
　　　　刊》，1982 年第六期，第 26～59 頁。

〔註28〕蕭啓慶：《元代的族群文化與科舉》，臺灣聯經出版事業股份有限公司，2008
　　　　年。

歐陽玄、趙篔翁、梁宜、王沂、黃溍、楊宗瑞、焦鼎、韓澳、司庠。〔註29〕
這一批人作爲館閣文人的後備力量，在大都文壇即將轉入下一個階段之時，
通過科舉的方式，進入文壇。

（二）族群研究

由於元朝「四等人制」和蒙元征服地域的先後、族群的劃分有著密切關
係，不同群體對蒙元政治有著各自的影響，故而族群研究受到史學界的關注。

關於「四等人制」論述方面，有箭內亙《元代蒙漢色目待遇考》〔註30〕
將元代社會分爲蒙古、色目、漢人三階級。將漢人與南人歸併，比較他們在
官吏任用、刑罰、服色等方面的不平等事實。此書中的「階級」當作「階層」
講。書中選取大量材料說明各階層的差別，爲最早研究「四等人制」的著作。
然而將漢人與南人混爲一談，並未注意到二者的分屬不同階層。其指出「漢
人所謂華夷之別，非種族之別，實文物風俗之別也」，較有見地。

蒙思明《元代社會階級制度》〔註31〕一書從社會經濟關係的角度論述元
代社會的四個種族階級，認爲元代社會是種族階級與經濟階級的並存與混
合，而漢人、南人因土地兼併、財富累積而勢力逐漸上移，同時蒙古、色目
階層又利用政治力量加以打壓、牽制，造成了整個社會的權利對峙，元末由
於元廷激化了民族矛盾失去江南富豪的支持，而這股力量卻被朱元璋利用，
從而導致元明易代。儘管此書再版時，蒙思明對書中「階級」概念加以檢討，
但仍然承認，原書已自成體系。

此後關於「四等人制」的相關研究文章，都是在上述基礎上的進一步探
討。主要有兩個方向：一是從階級鬥爭的觀點出發，強調「四等人制」所反
映出來的不平等，並非單純的民族壓迫，根本是統治者與被統治者之間的階
級矛盾。如丁國範《元代的四等人制》〔註32〕、冉守祖《從元朝四等級制看
民族壓迫的階級實質》。〔註33〕一是從民族自身的差異性出發，進而產生了民
族等級制度，如蔡志純《元朝民族等級制度形成試探》〔註34〕、吳鳳霞《元

〔註29〕桂栖鵬：《元代進士研究》，蘭州大學出版社，2001年，第12～38頁。
〔註30〕陳捷、陳清泉譯，箭內亙《元代蒙漢色目待遇考》，商務印書館，1932年。
〔註31〕蒙思明《元代社會階級制度》，上海人民出版社，2006年。
〔註32〕丁國範《元代的四等人制》，《文史知識》，1985年第三期。
〔註33〕冉守祖《從元朝四等級制看民族壓迫的階級實質》，《中南民族學院學報》，1986
　　　年第一期，第31～35頁。
〔註34〕蔡志純《元朝民族等級制度形成試探》，郝時遠主編《民族研究文彙·民族歷

代四等人制產生的原因》〔註 35〕、李翀《多角度解讀元代四等人制形成的原因》〔註 36〕、蔡鳳林《論元朝的「四等人制」——兼論元朝政治文化的若干特徵》〔註 37〕等文章，逐步深入到民族間的歷史、文化、地域、經濟、政治制度的差異性，試圖多角度的來探討問題。

就蒙古人群體而言，蕭啓慶《元代蒙古人的漢學》、《論元代蒙古人之漢化》主要研究蒙古這一游牧民族接受漢文化的原因、過程與結果，提出了「涵化」這一概念，分別從儒學、文學、美術三個領域考察蒙古文人的漢學成就及在風俗習慣方面受到的漢化影響。〔註 38〕

就西域人群體而言，主要有陳垣先生的《元西域人華化考》〔註 39〕一書詳細考察外來民族在華定居後受到中原漢民族文化的影響而在儒學、佛老、文學、藝術、美術、禮俗、女學等領域發生的轉變與創造成果。據統計，書中共論及 168 人（各篇互見者 36 人，實 132 人）。〔註 40〕其中，曾在元大都文壇有所活動的，有廉希憲、不忽木、巙巙、回回、欣都、馬祖常、闊里吉思、阿魯渾薩理、貫雲石、趙世延、聶古柏、張雄飛、薛昂夫、辛文房、察罕、瑣非復初、高克恭等人，他們有以儒學知名，如廉希憲、不忽木、趙世延，有以詩詞曲賦知名，如馬祖常、薛昂夫、貫雲石、張雄飛、瑣非復初，還有精通書法繪畫，如巙巙、高克恭，在元前期大都文壇上都佔據一席之地。

就漢人群體而言，有孫克寬《元初東平興學考》、《元初儒學之淵源》、《元代北方之儒》、《元代漢軍三世家考》等一系列文章，詳細考察元初北方在漢人世侯的統治下，儒學在戰亂中得以保存發展的歷史過程。詳細考察了商挺、王磐、李昶、劉肅、楊奐、賈居貞、張昉、康曄、張特立、張澄、張聖予、劉郁、句龍瀛、李輔之、張孔孫、李謙、閻復、孟祺、夾谷之奇、申屠致遠、王構、王惲、曹元用、元明善、許衡、姚樞、竇默、張文謙、蕭□、劉因、

史篇》，社會科學文獻出版社，2009 年，第 294～305 頁。

〔註 35〕吳鳳霞《元代四等人制產生的原因》，《廊坊師範學院學報》，2001 年第一期，第 60～63 頁。

〔註 36〕李翀《多角度解讀元代四等人制形成的原因》，《黑龍江民族叢刊》，2008 年第一期，第 108～112 頁。

〔註 37〕蔡鳳林《論元朝的「四等人制」——兼論元朝政治文化的若干特徵》，《內蒙古師範大學學報（哲學社會科學版）》，2008 年第三期，第 13～20 頁。

〔註 38〕蕭啓慶《內北國而外中國》，中華書局，2007 年，第 579～705 頁。

〔註 39〕陳垣《元西域人華化考》，上海古籍出版社，2000 年。

〔註 40〕劉曉《元史研究》，福建人民出版社，2006 年，第 27 頁。

劉秉忠、郭守敬、楊恭懿、王恂、李俊明、郝經、魏璠、李治、張德輝等一批北方文人對元初政治的影響，對維繫漢文化做出的重要貢獻。其中特別強調了永清史氏、張氏、藁城董氏、東平嚴氏、濟南張氏等漢人軍閥對漢文化保存的功勞。〔註41〕

此外，還有針對漢人世侯羽翼斯文的個案研究，如袁冀《元代藁城董氏評述》、《東平嚴實幕府人物與興學初考》〔註42〕、蕭啓慶《元代幾個漢軍世家的仕宦與婚姻》〔註43〕、陳高華《大蒙古國時期的東平嚴氏》〔註44〕等。

近年來亦有不少專著探討漢人文人群體，如趙琦《金元之際的儒士與漢文化》一書，對金元交替之際大蒙古國時期中原各級機構、漢人世侯、蒙古諸王周圍的漢人儒士的境遇有較爲詳盡的考述，指出他們在元初政治、經濟、文化、教育方面所起到的作用，以及對忽必烈漢法施行所產生的影響。〔註45〕

單就南人群體的研究而言，則主要偏重於對南方儒士的心態、出處的研究，進而探討元朝對待儒家文化的態度、儒家文化在元朝的發展狀況，以及對儒家文化的反思。

如周祖謨《宋亡後仕元之儒學教授》一文，列舉具有代表性的仕元儒學教授十四人，分析他們所在的時代背景、出仕原因、矛盾心理以及後世評價，認爲這批人雖然仕元有悖名節，但是對儒學的傳承卻起到了重要作用。〔註46〕

陳得芝對南人群體研究較多。其《從〈遺民詩〉看元初江南知識份子的民族氣節》〔註47〕一文意在襃揚誓不降元的遺民詩人。《程鉅夫奉旨求賢江南考》〔註48〕一文詳細考索程文海訪賢名單中的十七人生平，探究忽必烈求賢江南的原因在於籠絡安撫，將江南士人出仕元朝的態度分爲抵抗型、歸附型、中間型，並從出身、宋官職、入元動向、應薦態度及所授官職幾方面加以比較，認爲總

〔註41〕孫克寬《元代漢文化之活動》，臺灣中華書局印行，1968年。

〔註42〕袁冀《元史研究論集》，臺灣商務印書館，1974年。

〔註43〕蕭啓慶《內北國而外中國》，中華書局，2007年，第276～345頁。

〔註44〕陳高華《元史研究新論》，上海社會科學院出版社，2005年，第304～336頁。

〔註45〕趙琦《金元之際的儒士與漢文化》，人民出版社，2004年。

〔註46〕周祖謨《宋亡後仕元之儒學教授》，《周祖謨自選集》，首都師範大學出版社，2008年，第540～565頁。

〔註47〕陳得芝《從〈遺民詩〉看元初江南知識份子的民族氣節》，《蒙元史研究叢稿》，人民出版社，2005年，第374～394頁。

〔註48〕陳得芝《程鉅夫奉旨求賢江南考》，《蒙元史研究叢稿》，人民出版社，2005年，第540～570頁。

體採取了合作態度。對程文海訪賢之舉給予了評價，認爲對改善政治起到了一定作用，訪賢也較有所獲，但是南人受歧視受排擠的地位並未改變。

《論宋元之際江南士人的思想和政治動向》〔註49〕一文從宋季士風入手，怒斥當時士大夫的無恥導致國亡。而在這樣的背景之下，考察宋元交替中江南士人的殉國及仕隱狀況，以理宗、度宗兩朝進士三百二十八人爲依據加以統計比較得出相應資料，並分析各自選擇的原因。進而尋繹江南士人思想和政治態度的演變與元朝廷尊儒重儒政策的調整之關係。

陳得芝《元代江南之地主階級》〔註50〕仍然是從社會階級的角度，分析江南地主與元朝統治者的結合以及經濟勢力膨脹後帶來的政治勢力的擴大，進而以權力獲得更大的利益，壓迫農民。徵引材料豐贍，尤其論及一部分江南地主前往大都賄賂權貴買官，寓居京城結交王公貴人獲取特旨授官，對本文的寫作不無啓發。

近些年來，歷史學者對南人群體的大都活動關注較多。如陳爽有《忽必烈時期南方士大夫政治地位的浮沉》一文，梳理了史學界關於南人研究的歷史，著重分析該時期進入元朝中央機構的一批南方士大夫的政治活動、人際關係以及地位陞降的變化。〔註51〕還有申萬里《元代江南儒士遊京師考述》一文，著重考察元代江南儒士遊京師的原因、求仕手段、結果及其在大都的生活狀況等問題，並在此基礎上探討深層次的文化意義。〔註52〕

綜上所述，元代歷史文化各個領域的研究，爲元大都前期文壇研究提供了一個宏觀視野，這也是該時期詩文活動得以展開的歷史背景。

（三）元代文學研究

元大都文壇是元代文學的重要組成部分，對其研究必須要將之置於整個元代文學的研究背景之中才能有一個全面整體的把握。

1、整體研究、分體研究

有關元代文學的整體研究，目前已有較多成果。如鄧紹基先生《元代文

〔註49〕陳得芝《論宋元之際江南士人的思想和政治動向》，《蒙元史研究叢稿》，人民出版社，2005年，第571～595頁。
〔註50〕陳得芝《元代江南之地主階級》，人民出版社，2005年，第395～410頁。
〔註51〕陳爽《忽必烈時期南方士大夫政治地位的浮沉：元代「南人」地位的局部考察》，北京大學碩士學位論文，2002年。
〔註52〕申萬里《元代江南儒士遊京師考述》，《史學月刊》，2008年第十期，第41～50頁。

學史》，〔註53〕楊鐮師《元代文學編年史》，〔註54〕查洪德、李軍老師《元代文學文獻學》，〔註55〕李修生先生、查洪德《20世紀遼金元文學研究》〔註56〕等，分別從作家作品、題材體裁、編年資料、文獻整理以及研究狀況的角度，對元代文學的分期、特質、風格等方面加以概括和描述，對元代文學文獻的分類、流傳、整理、利用等情況加以介紹，對元代文學的研究成果加以總結歸納，使得元代文學與文獻的面貌大致呈現，有了一個總體輪廓，也構成了本文研究的基本背景。

有關元代文學的分體研究，也蔚為大觀。如戲曲雜劇方面，有王國維先生的《宋元戲曲史》〔註57〕、吳梅先生的《元劇研究ABC》〔註58〕、孫楷第先生的《元曲家考略》〔註59〕、李修生先生的《元雜劇史》，〔註60〕對元曲雜劇的歷史發展過程、文體樣式特徵、作家生平考察、歷史分期與具體作家作品等問題，都有了深入研究，得出了各自的結論，為學界廣泛接受。

在詩文方面，有包根弟《元詩研究》〔註61〕、楊鐮師《元詩史》，〔註62〕前者著重元詩產生的歷史文化背景分析與元詩發展三個階段的總體闡述，後者側重於從元代文化的整體特點出發對不同地域、不同群體詩人詩作的細緻考察。前輩學者的研究，使得元代文學更加深入。但也由此看出，詩文研究專著少於戲曲研究，詩文研究的領域和空間相對較大，因而本文的側重點為詩文研究。

2、群體研究與地域研究

元代文學的群體研究與地域考察，作為新的研究方法正在逐漸興起。和元代相關的研究主要有，張宏生《感情的多元選擇——宋元之際作家的心靈活動》，〔註63〕歐陽光《宋元詩社研究叢稿》，〔註64〕楊鐮師《元西域詩人群

〔註53〕鄧紹基《元代文學史》，人民文學出版社，1991年。
〔註54〕楊鐮師《元代文學編年史》，山西教育出版社，2005年。
〔註55〕查洪德、李軍老師《元代文學文獻學》，中國社會科學出版社，2002年。
〔註56〕李修生、查洪德《20世紀遼金元文學研究》，北京出版社，2001年。
〔註57〕王國維《宋元戲曲史》，上海古籍出版社，2008年。
〔註58〕吳梅《元劇研究ABC》，世界書局，1929年。
〔註59〕孫楷第《元曲家考略》，上海古籍出版社，1981年。
〔註60〕李修生《元雜劇史》，江蘇古籍出版社，2002年。
〔註61〕包根弟《元詩研究》，幼獅文化事業公司，1978年。
〔註62〕楊鐮師《元詩史》，人民文學出版社，2003年。
〔註63〕張宏生《感情的多元選擇——宋元之際作家的心靈活動》，現代出版社，1990

體研究》，〔註65〕方勇《南宋遺民詩人群體研究》。〔註66〕

以上多種研究成果，切入點不同，分別涉及作家、詩歌流派以及文學活動，較爲全面。然而也要看到，上世紀末學者們較多關注的是處於宋元過渡時期的遺民群體。這部分作家群體，從政治傾向而言，的確不服膺新朝，然而從歷史事實來講，卻又在元朝、甚至在大都有過切切實實的文學活動。

楊鐮師的《元西域詩人群體研究》則關注元朝新興的作家群體，「分別論述西域詩人用漢語寫作的預備期、成熟期、豐收期和元明易代之際的終止期。它不僅是作者二十年西域作家研究的總結，還可以被視爲是這方面研究集大成式的著作。」〔註67〕元朝作爲一個多民族國家，其文化的包容性、蒙古人和西域人的華化及他們在整個中華民族文化創造歷史過程中所起的作用，都是這個時代最具特色之處。從這個角度來審視元代文學無疑是一種啓發。

與作家群體研究緊密相關的是地域文學研究。戴偉華《地域文化與唐代詩歌》一書對地域文化與地域文學研究有系統的定義與回顧，他指出地域研究大致可以歸結爲兩點：一是作家的生長、生活地理環境對文學創作的影響，二是作家所在地的歷史文化積澱對文學創作的影響。而地域的劃分，最常見的就是南北以及南北之下的細分。〔註68〕

地域文學研究作爲一種觀照角度，早在《隋書·文學傳序》中就有相關論述：「然彼此好尙，互有異同。江左宮商發越，貴於清綺；河朔詞義貞剛，重乎氣質。氣質則理勝其詞，清綺則文過其意；理深者便於時用，文華者宜於詠歌：此其南北詞人得失之大較也。」〔註69〕這段文字總論齊梁之際南北詩人文學創作的異同，然而也僅僅停留於比較的層面，浮光掠影，並不深入。

劉師培《南北文學不同論》較爲系統地梳理了自「聲律之始」至春秋漢魏、晉宋隋唐、金元明清的南北文學。其中論述金元部分：「金、元宅夏，文藻黯然。惟遺山之詩，則法少陵，存中州之正聲。子昂卑卑，非其匹也。自元以降，惟劇曲一端，區分南北。若詩文諸體，咸依草坿木，未能自闢途轍，故無派別之可言。

年。
〔註64〕歐陽光《宋元詩社研究叢稿》，廣東高等教育出版社，1996年。
〔註65〕楊鐮師《元西域詩人群體研究》，新疆人民出版社，1998年。
〔註66〕方勇《南宋遺民詩人群體研究》，人民出版社，2000年。
〔註67〕胥惠民《一部元詩研究的力作》，《文學遺產》，1999年第五期。
〔註68〕詳見戴偉華《地域文化與唐代詩歌》，中華書局，2006年，第2頁。
〔註69〕《隋書》卷七十六列傳第四十一「文學」，中華書局，1973年，第1730頁。

大抵北人之文,佶屈雕琢,以爲奇麗,故華而不實。」〔註70〕在劉師培看來,金元文學在異族統治下成就不高,只有元好問師法杜甫而成爲北方文人的代表,南方文人代表趙孟頫難以匹敵。劇曲有南北流派的劃分,詩文則不過是前朝的末流,未能另闢蹊徑、自成一家,亦無派別可言。程千帆箋注中亦曾詳引劉師培《論文雜記》、魏際端《伯子論文》中有關「曲分南北」的相關論述,並指出「此謂其文雖不足道,而南北之別固存」。〔註71〕這是較早的元代文學地域研究。

從地域文化的角度對元代文學加以研究,近幾年亦有所進展。如上文提及的歐陽光《宋元詩社研究叢稿》、方勇《南宋遺民詩人群體研究》二書,在論述的過程中,就是按照作家群體所在地域展開。楊鐮師《元詩史》的章節,分出北方詩人、南方詩人兩卷專論,且在江南詩壇中,著重關注江西、福建、鄱陽、睦州、天台、宣城幾個地域。此外,還有彭茵《元末江南文人風尚與文學》,〔註72〕張進德、張慧瓊《略論元代中州散曲作家》〔註73〕等文章。群體研究與地域研究密切相關,難以涇渭分明;元代文學研究者們也都自覺或不自覺地注意到了地域文化對元代文學的影響。

大都文壇研究,正是從群體研究和地域文化研究的角度來觀照大都文學狀況。以上所提及的諸項群體、地域研究成果,其時間範圍大多聚焦到了金元、宋元過渡的特殊時期,也就是本文所劃定的「前期」。但研究重心多是在江南一帶,對大都以及北方領域較少涉及。因而,其研究中所涉及到的文學活動、文學現象、文學思潮、文學作品等方方面面,既爲本文的研究鋪就道路,又留下了探索的空間。

總而言之,元代文學研究在整體上已經有了豐富的成果,取得了一些學界的共識性定論;而在文體上,詩文研究相對薄弱;在地域群體方面,對南方作家群體的關注顯然要多於北方作家群體。在此基礎上,本文的研究重點爲元大都文壇詩文活動。

（四）元大都文壇前期的文學活動研究

本文的文學活動,除了作家的個人創作活動以外,主要指文學創作活動,

〔註70〕劉師培《南北文學不同論》,見程千帆《文論十箋》,黑龍江人民出版社,1983年,第116頁。
〔註71〕見程千帆《文論十箋》,黑龍江人民出版社,1983年,第117頁注釋。
〔註72〕彭茵《元末江南文人風尚與文學》,南京師範大學博士論文,2006年。
〔註73〕張進德、張慧瓊《略論元代中州散曲作家》,河南教育學院學報（哲學社會科學版）,2005年第二期。

包括朝會、遊園、賞畫、送別、唱酬等多種類型，充滿了文人情趣。文學活動往往涉及作家群體，且有具體的時間、地點、事件，便於加以個案分析；同時，一段時期不同性質的文學活動綜合對比，又可反映出這一時期的整體文學狀況。縱橫兩方面考察文學活動能夠對大都文壇研究起到提綱挈領的作用。

蕭啓慶在《元朝多族士人的雅集》〔註74〕一文中考述 15 個雅集，其中有 2 個與元大都前期文壇相關：大德元年（1297）清香詩會，廉園萬柳堂。

楊鐮師《元代文學編年史》一書以編年方式較爲全面地論述了元代文學的發展歷程，彙集大量元代文學的研究資料，其中，對元前期大都文壇的文學活動有較多涉及。據初步統計，在 1215 至 1315 年間，發生在元大都的重要文學事件，多達 50 餘次，是本文研究的重要基礎。

桂棲鵬《元代進士研究》〔註75〕一書中有「元代進士的文化活動」一章，分別從著作、詩、詞、散文、賦等文學樣式的創作來考察元代進士的文學活動，涉及到的元前期大都文壇的作家有張起岩、歐陽玄、馬祖常、張雄飛、干文傳、黃溍、許有壬、趙簹翁、楊載、劉彭壽、王士元等，其中馬祖常、楊載都是以詩著名，許有壬以詞著名。然而此文主要是對各自文學作品的著錄，並沒有深入分析其文學活動中彼此的交流互動。

除了以上的整體論述，還有個案研究。

1、元貞書會

洛地《「玉京書會」「元貞書會」疑辨》一文中，針對《大百科全書·戲曲卷》中收錄的「玉京書會」、「元貞書會」兩個詞條，加以辨析，認爲兩個「元雜劇作家的創作組織」是不存在的，從來不曾有過。首先是記載這兩個書會的文獻來源賈仲明《錄鬼簿》「書後補文」是一條孤證；其次，在對相關記錄有「玉京」字樣的材料判讀中，認爲它並不是指某一書會組織的名稱，而只不過是大都的代稱；同樣，「元貞」也不過是一個年號，不是書會名稱；作者還認爲對「書會成員」的判斷依據「玉京」字樣，亦是不可靠的。〔註76〕總之，其判斷，是建立在對文獻的研讀基礎之上，並沒有其他的證據。而這一質疑，似乎也沒有得到學界的廣泛認同。

〔註74〕蕭啓慶《元朝多族士人的雅集》，《中國文化研究所學報》，1997 年第六期，第 179～203 頁。
〔註75〕桂栖鵬《元代進士研究》，蘭州大學，2001 年。
〔註76〕洛地《「玉京書會」「元貞書會」疑辨》，《戲劇藝術》，1982 年 2 月，第 23～33 頁。

關眞《試論元代的書會》一文論及「玉京書會」與「元貞書會」，略述其成員，並總結了元代書會的特點：作家生活道路坎坷，創作以戲曲爲主，形式多樣，時有競技，相互切磋。並肯定了書會作爲一個文人集團推動了戲曲創作的繁榮，使戲曲藝術漸趨成熟。〔註77〕

2、送別汪元量

關於汪元量由大都南歸一事，研究較多。

首先是送行詩的眞僞問題。王國維先生在《書宋舊宮人詩詞〈湖山類稿〉〈水雲集〉後》一文中指出：「其實皆僞作也。」理由有三：一是《湖山類稿》卷三有《女道士王昭儀仙遊詞》，在汪元量南歸之時，王昭儀已死，不會有送行詩流傳；二是謝翺作《續琴操序》中記載汪元量南歸送行一事，參與的舊宮人共十八人，這與《舊宮人詞》所載不符；三是流傳至今的十四首絕句猶如一人所作，因而懷疑是元明間有人據謝翺《續琴操序》一文作僞。除宋舊宮人詩詞是假，王國維先生還指出，瞿祐《歸田詩話》中所載宋少帝《送水雲南歸詩》也是作僞，因爲當時少帝已不在大都。〔註78〕

自此以後，學界對這批詩的眞僞看法不一。一是贊同王國維先生的觀點，認爲宋宮人詩詞皆是後人僞作，從而認爲宮人送行不一定存在，如陳華《民族詩人汪水雲》、李瀾《跋湖山類稿水雲集》，張立敏碩士論文《汪元量研究五題》等文；〔註79〕一是對王國維先生的觀點有所保留，提出各種證據支持宮人送行，如史樹青《愛國詩人汪元量的抗元鬥爭事迹》，楊樹增《汪元量祖籍、生卒、行實考辨》，陳海霞碩士論文《琴師泣血南歸路——汪元量詩歌略論》等文。〔註80〕然而，從目前來看，雙方所提出的論據都沒有足夠的文獻支撐。

〔註77〕關眞《試論元代的書會》，《社會科學家》，1992年4月，第35～38頁。

〔註78〕王國維《書宋舊宮人詩詞〈湖山類稿〉〈水雲集〉後》，《觀堂集林》卷二十一，《王國維遺書》第三冊，上海古籍書店印行，1983年。

〔註79〕陳華《民族詩人汪水雲》，《中央時事周報》第四卷第十四期，1935年，第95～100頁。李瀾《跋湖山類稿水雲集》，《文瀾學報》第三卷第二期，序跋彙刊，浙江省立圖書館編印，1937年，第5～10頁。張立敏《汪元量研究五題》吉林大學碩士論文2004年。

〔註80〕史樹青《愛國詩人汪元量的抗元鬥爭事迹》，《歷史教學》，1963年第六期，第6～8頁。楊樹增《汪元量祖籍生卒行實考辨》，《中華文史論叢》1983年第四輯，上海古籍出版社，1983年，第218～219頁。陳海霞《琴師泣血南歸路——汪元量詩歌略論》山西大學碩士論文2005年。

其次是關於南歸時間。目前所見的《湖山類稿》五卷本的編排順序，不足以作爲汪元量生平編年的依據，也就是說，其詩歌的先後不代表事件發生的先後。這一點，楊樹增有論述。〔註81〕因而王昭儀去世時間與汪元量南歸送行時間，孰先孰後尚不得知。

目前關於汪元量南歸時間，學界主要有兩種看法：一是至元二十五年（1288），王國維先生首先提出，之後王獻唐、孔凡禮、王頲等人亦同；〔註82〕二是至元二十二年（1285）左右，孔凡禮、祝尚書據新發現的材料提出了這一觀點。〔註83〕

持第一種觀點所依據的文獻主要是《南歸對客》中「北征十三載」，汪元量於至元十三年隨三宮北上大都，在大都待了十三年，則南歸當在至元二十五年，南宋宮人送行詩中有「水雲留金臺一紀」之語，足以佐證。

持第二種觀點所依據的文獻主要是於《永樂大典》中新輯出的章鑒爲汪元量文集所作之序，落款題「丙戌小雪雙井章鑒公秉」。按「丙戌」爲至元二十三年（1286）。章鑒雖於至元十五年受朝廷徵召，但據《宋右丞相章公杭山先生壙志》，他不曾北上大都，一直隱居鄉里，〔註84〕所以汪元量見他只可能是在江西修水（雙井）家中。

然而王頲也指出，並不能因爲汪元量於至元二十三年到過江西就斷定他於是年南歸。汪元量在大都期間，曾經奉旨降香，他有可能是在降香途中路經江西。〔註85〕

再次，關於送行人數。目前可依據的文獻，主要有洒賢的《讀汪水雲詩

〔註81〕楊樹增《汪元量祖籍生卒行實考辨》，《中華文史論叢》1983年第四輯，上海古籍出版社，1983年，第218～219頁。

〔註82〕王獻唐《汪水雲集版本考》，見《雙行精舍校汪水雲集》，齊魯書社，1984年，第208頁。孔凡禮《關於汪元量的家世生平和著述》，原載《文學遺產》1982年第二期，收入《孔凡禮古典文學論集》，學苑出版社，第435～437頁。王頲《詩懷昔朝——汪元量籍貫，旅蹤，生平考辨》，《古代文化史論集》，上海古籍出版社，2007年，第186頁。

〔註83〕孔凡禮《關於汪元量研究的一些新資料》，收入《宋代文史論叢》，學苑出版社，2006年，第213～215頁。祝尚書《汪元量〈湖山類稿〉佚跋考》，原載《書品》1995年第三期，收入《宋代文學探討集》，大象出版社，2007年，第456頁。

〔註84〕章沂孫《宋右丞相章公杭山先生壙志》，光緒《義寧州志》卷三十藝文志銘。

〔註85〕王頲就認爲汪元量訪馬廷鸞是在降香途中分途前往，見王頲《詩懷昔朝——汪元量籍貫、旅蹤、生平考辨》，見《文化史箚記》，第187～191頁。

集序》一文，與《續琴操序》一文，以及流傳至今的南宋宮人詩詞的署名。然而三個出處的人數都不一致。迺賢所載，應該是依據他所見《水雲集》與危素的轉述。《續琴操序》則依據吳萊跋，推測是謝翺所作。流傳至今的南宋宮人詩詞中，除了王昭儀外，其他都是不見史傳的宮女，生平資料無所考。

故而汪元量南歸送行一事尚有待推究。

3、雪堂雅集

葉愛欣《「雪堂雅集」與元初館閣詩人文學活動考》一文從元朝對待儒士態度變化的歷史背景出發，大致考證「雪堂雅集」參與者的生平與著述，指出這一文學活動亦屬「同題集詠」，由此認為「雪堂雅集」標誌著館閣文人群體的形成，亦是元代文壇的奠基。〔註86〕

4、廉園雅集

廉園雅集由於廉氏園林在元時所具有的盛譽，廉園主人之一廉希憲本人在朝野的巨大影響力，以及廉氏家族的龐大，再加上眾多名士的參與，備受研究者青睞。蕭啓慶《元朝多民族士人的雅集》、楊鐮師《元西域詩人群體研究》、王梅堂《元代內遷畏兀兒族世家——廉氏家族考述》〔註87〕、孫冬虎《元清兩代北京萬柳堂園林的變遷》〔註88〕、孟繁清《元大都廉園主人考述》〔註89〕等人的論著中，都有提及。廉園雅集研究中的爭論焦點在於，廉園主人廉野雲為何人，廉園所在為何地。

關於廉野雲，目前為止，學界共有四種看法：一是認為廉野雲即廉希憲，以王德毅《元人傳記資料索引》小傳為代表；二是認為廉野雲為廉希憲之兄廉希閔，以楊鐮師《貫雲石評傳》〔註90〕為代表；三是認為廉野雲為廉希憲之弟廉希恕，以蕭啓慶《元朝多民族士人的雅集》為代表；四是孟繁清據「左丞」官職推測，廉野雲有可能為火失海牙。

〔註86〕葉愛欣《「雪堂雅集」與元初館閣詩人文學活動考》，《平頂山學院學報》，2006年12月，第31～34頁。

〔註87〕王梅堂《元代內遷畏兀兒族世家——廉氏家族考述》，《元史論叢》第七輯，江西教育出版社，1999年，第123～136頁。

〔註88〕孫冬虎《元清兩代北京萬柳堂園林的變遷》，《中國歷史地理論叢》，2006年第二期。

〔註89〕孟繁清《元大都廉園主人考述》，《元史論叢》第十一輯，天津古籍出版社，2009年6月，第94～103頁。

〔註90〕楊鐮師《貫雲石評傳》，新疆人民出版社，1983年。

　　關於廉園所在，主要有三種看法：一是楊鐮師在《元西域詩人群體研究》率先指出「釣魚臺附近」說，周泓在《北京魏公村史顧》〔註91〕文中亦持此觀點；二是「右安門外草橋」一說，《北京名勝古迹辭典》收錄「萬柳堂」詞條即持這一觀點；〔註92〕三是「廉園、萬柳堂爲兩地」說，眇工在《元人萬柳堂遺址應何在》一文中認爲「元大臣廉希憲，有私園兩處，一處是在元大都城以西釣魚臺一帶的『萬柳堂』；一處是在今右安門外草橋一帶的『廉園』。」〔註93〕今人《釣魚臺備忘錄》一書中還有專節「廉希憲萬柳堂的一段公案」討論其地址問題。〔註94〕可見，不論是學術研究或是通俗讀物，廉園、萬柳堂一直都頗受關注。

　　總體而言，對大都文壇文學活動系統性考察較少，許多具體問題懸而未決、存在爭論，無論是宏觀還是微觀，大都文壇文學活動研究都需要進一步深入。

〔註91〕周泓《北京魏公村史顧（待續）》，《遼寧大學學報（哲學社會科學版）》，2004年1月第三十二卷第一期，第98～102頁。《北京魏公村史顧（續完）》，《遼寧大學學報（哲學社會科學版）》，2004年3月第三十二卷第二期，第58～62頁。

〔註92〕北京市文物事業管理局編，《北京名勝古迹辭典》，北京燕山出版社，1989年，第233頁。

〔註93〕眇工《元人萬柳堂遺址應何在》，《京華園林叢考》，北京科學技術出版社，1996年，第82頁。

〔註94〕樹軍《釣魚臺備忘錄》，西苑出版社，2005年，第21頁。

第一章　蒙古國治下的燕京文壇

第一節　貞祐南渡前後的燕京文壇

一、政權更迭：金中都的滅亡與燕京行省的建立對文壇的影響

（一）兵臨城下的金士人處境

成吉思汗九年（金宣宗貞祐二年，1214）春，蒙古大軍圍困金中都。中都城內一片恐慌，糧食斷絕。三月，成吉思汗詔諭金宣宗議和，獲取大量人口財物後撤軍，金中都又暫時解圍。此時金廷爭議設防或遷都，最終於五月底開始南遷汴京（河南開封），完顏承暉、抹撚盡忠留守中都。史稱此次金主遷都爲「貞祐南渡」。隨金主一同南遷的有宗室、貴族、百官家屬，金廷中央尙書省的文卷檔案及賁文館所藏書籍一併南遷，〔註1〕大部分士人離開了這座圍城，大多跟隨金主，前往汴京。史料載：「貞祐紛擾，河朔不守，金主徙都汴，衣冠從而南渡」，〔註2〕儒家禮樂文化也散失不完。〔註3〕作爲曾經的金國文化中心，燕京走向了衰落。

此時留守金中都的官員與士人可知的有：

完顏承暉，字維明，本名福興。好學，深通經史。承襲父職，任益都尹

〔註1〕詳見于光度、常潤華《北京通史・金代卷》第五章「中都的抗蒙及陷落」，中國書店，1995 年，第 92〜114 頁。

〔註2〕王思廉《安石峰先生墓表》，李修生主編《全元文》，鳳凰出版社。第十冊第19 頁。

〔註3〕王惲《盧龍趙氏家傳》，《秋澗先生大全文集》卷四十八，《元人文集珍本叢刊》，新文豐出版公司印行，1985 年。李修生主編《全元文》，鳳凰出版社，1998年。第六冊第 340 頁。

鄭家塔割剌訛沒謀克。中都被圍、宣宗南遷後,完顏承暉被任命為右丞相,兼都元帥。完顏承暉因為尚書左丞抹撚盡忠久在軍旅知兵事而委以重任,卻對抹撚盡忠棄城逃跑無可奈何。這說明完顏承暉雖出身謀克家族,卻對軍事生疏,無力掌控軍權;另一方面,中都圍困,留守官員對部下毫無約束力,這座金國都城,名存實亡。完顏承暉十分傾慕中原文化。他常常將司馬光、蘇軾像掛在書房稱「吾師司馬而友蘇公」。最終因中都不保,服毒自殺。臨死前,拜謁家廟,與左右司郎中趙思文飲酒,表明以死報國之志。他還作遺表託付於尚書省令史師安石,且說道:「承暉於五經皆經師授,謹守而力行之,不為虛文。」可見其浸淫儒家思想之久,亦可知金朝儒風之盛。〔註4〕

師安石,字子安,清州人,本姓尹氏,避國諱而改。承安五年（1200）詞賦進士。初補尚書省令史,宣宗南遷,留守燕都。完顏承暉死後,他從小路出城赴汴京,將遺表上呈宣宗。〔註5〕

趙思文,字庭玉,明昌五年進士。詔授禮部員外郎兼大理司直,仍進官兩階。貞祐二年跟隨完顏承暉守燕都。承暉死,都城不守,後入順州,潛迹隘巷,以教授童子學為業。貞祐三年,路稍通,徒步還鄉里。後奔赴汴京,官至通奉大夫、禮部尚書。〔註6〕

耶律楚材（1190～1244）,契丹人,字晉卿,號湛然居士,遼東丹王突欲八世孫。貞祐南渡後,丞相完顏承暉留守燕京行尚書省事,任命耶律楚材為左右司員外郎。貞祐二年,京城不守,歸順蒙古。〔註7〕

隨著城破,留守的人生活異常艱難,發生了嚴重的饑荒,「圍閉京城,絕粒六十日」。〔註8〕在這種艱苦的環境下,人的心態也隨之轉變,耶律楚材就轉而向佛,希望從中尋求精神慰藉,自稱「及遭憂患以來,功名之心束之高

〔註4〕 生平見脫脫撰《金史》卷一百一《完顏承暉傳》,中華書局,1975年第一版,2005年印,第2223～2227頁。

〔註5〕 《金史》卷一百八《師安石傳》,第2393～2394頁。

〔註6〕 生平見《歸潛志》卷四和《中州集》小傳、元好問《通奉大夫禮部尚書趙公神道碑》,元好問著、姚奠中主編、李正民增訂《元好問全集》,山西古籍出版社,2004年,第435頁。王惲《禮部尚書趙公文集序》,《全元文》第六冊第178頁。

〔註7〕 生平詳見宋子貞《中書令耶律公神道碑》、王國維《耶律文正公年譜》、《耶律文正公年譜餘記》,《湛然居士文集》附錄,中華書局,1986年。以及劉曉《耶律楚材評傳》,南京大學出版社,2001年。

〔註8〕 行秀《湛然集序》,耶律楚材《湛然居士文集》,謝方校點,中華書局,1986年,第2頁。

閣，求祖道愈亟，遂再以前事訪諸聖安」。〔註9〕

政治中心的轉移，文人群體的撤離，城市的圍困與殘破，原先的金中都不僅城池盡為蒙古人佔有，文壇亦衰微殆盡。

（二）燕京行省的建立及士人與文化的存留

蒙古人佔領金中都後，改名燕京，將金中都路改為燕京路，總管大興府。石抹明安為燕京留守長官，兼任蒙古漢軍兵馬都元帥。王檝任宣撫使，兼行尚書六部事。

石抹明安（1164～1216），桓州人，降蒙古，攻破金中都。加太傅、邵國公，任蒙古漢軍兵馬都元帥，丙子（1216）卒於燕京，年五十三。長子石抹咸得不襲職為燕京行省。次子忽篤華太宗時為金紫光祿大夫、燕京等處行尚書省事，兼蒙古漢軍兵馬都元帥。〔註10〕

王檝（1184～1243），字巨川，號紫岩翁，鳳翔虢縣人。弱冠舉進士不第，入終南山讀書，涉獵孫、吳。後由術虎高琪舉薦，賜進士出身，授副統軍，守涿鹿隘。蒙古兵南下，戰敗被俘，因受成吉思汗賞識獲釋。甲戌（1214）授宣撫使，兼行尚書六部事，從蒙古兵南征，圍中都。乙亥（1215）中都降，兼御史大夫。丙戌（1226），從征西夏。戊子（1228），奉監國公主命，領省中都。庚寅（1230），從征關中。壬辰（1232），從攻汴京。癸巳（1233），奉命使宋，往返五次，以和議未決，隱憂致疾，卒於南宋，歸葬燕京。〔註11〕

王檝跟隨蒙古大軍攻下金中都，當時因圍城，中都城內糧食告罄，發生了人相食的慘劇，王檝向軍士許諾供給糧食，嚴禁擄掠，並將軍隊驅趕的耕牛分給城郭附近的農民，恢復農業生產。對燕京城的穩定起到了重要作用。

成吉思汗十二年（丁丑，1217）八月，木華黎被封為太師、國王、都行省承旨行事，建行省於雲（山西大同）、燕（北京），意圖攻佔中原。〔註12〕據宋朝使臣記載，當時在燕京的官員主要有：大葛相公，紀家人；札八，回

〔註9〕耶律楚材《萬松老人評唱天童覺和尚頌古從容庵錄序》，《湛然居士文集》卷八，謝方校點《湛然居士文集》，中華書局，1986年，第220頁。

〔註10〕生平見宋濂撰《元史》卷一百五十《石抹明安傳》，中華書局，1975年，第3555頁。

〔註11〕生平見王惲《國朝奉使》，《秋澗先生大全文集》卷四十四。《全元文》第六冊第257頁。《元史》卷一百五十三《王檝傳》，第3611頁。

〔註12〕《元史》卷一百一十九《木華黎傳》，第2933頁。

鶻人；紙蟬兒無師史元帥、劉元帥等。〔註13〕眾多武將，組成了一個軍人政權。〔註14〕由於政局趨於穩定，加上全真教的興起以及一些士人的努力，中原文化得以保存流傳，燕京文壇也慢慢得以恢復。

首先是全真教的興起與長春宮的興建，為大量士人提供了庇護之所，丘處機功不可沒。

丘處機（1148～1227）字通密，號長春子，登州棲霞人。蒙古太祖成吉思汗十五年（1220）丘處機受成吉思汗侍臣劉仲祿敦請，率領弟子十八人，於二月二十二日至盧溝橋，由麗澤門（即金中都西門三門之左門，今北京廣安門西南地帶）入燕京。燕京行省石抹咸得不邀其住玉虛觀。〔註15〕後西行觀見成吉思汗，在雪山向成吉思汗宣講道教「節欲保躬、天道好生惡殺、治尚無為清靜之理」，〔註16〕受到成吉思汗的重視，賜號「神仙」，爵大宗師，掌管天下道教，免除道士徭役、差發，全真教由此興盛。〔註17〕丘處機西行三年回，於十九年（甲申，1224）三月至燕京，屢受燕京行尚書省石抹咸得不、宣撫使御史大夫王檝敦請，八月奉旨居太極宮，住持大天長觀。每次齋戒完後，丘處機即率眾遊覽金故苑瓊華島，石抹咸得不與札八將北宮園池及附近田地作為全真道院。丁亥（1227）五月二十五日，成吉思汗下旨改瓊華島為萬安宮，太極宮為長春宮，令丘處機總管天下道教，「詔天下出家善人皆隸焉，且賜以金虎牌，道家事一仰神仙處置」，〔註18〕一時間「海內承風，洞天福地起道場，全真之教大行。」〔註19〕

丘處機在燕京最初居住的玉虛觀，位於金中都仙露坊，至元七年楊果作有

〔註13〕孟珙《蒙韃備錄》，叢書集成初編所選《古今說海》本，中華書局，1985年，第4頁。

〔註14〕王崗《北京通史‧元代卷》，第13頁。

〔註15〕李志常《長春真人西遊記》卷上，黨寶海注譯，河北人民出版社，2001年，第12頁。

〔註16〕耶律楚材《玄風慶會錄》，明正統道藏本。

〔註17〕陳垣《南宋初河北新道教考》，中華書局，1962年。

〔註18〕李志常《長春真人西遊記》卷下，黨寶海注譯，河北人民出版社，2001年，第103～106頁。石抹咸得不《請真人長春公住持天長觀疏》、《請丘神仙久住天長觀疏》，王檝《王宣撫請疏》，見《長春真人西遊記》附錄。

〔註19〕生平見陳時可《長春真人本行碑》，《甘水仙源錄》卷二，《四庫全書存目叢書》第二五九冊，第432頁。《元史》本傳。徐世隆《頌長春宮大醮靈應事》，（《永樂大典》四六五四「天」字引）李蘭肹《元一統志》，趙萬里輯校，中華書局，1966年，第44頁。

《玉虛觀大道祖師傳授之碑》。〔註20〕定居之所大天長觀，也就是後來的長春觀，在金昊天寺之東會仙坊內，肇基於唐開元間，後歷經百年，於金大定初增修，明昌三年（1192）重建。泰和二年（壬戌，1202）正月望日焚毀殆盡。泰和三年（1203）五月新建，十二月賜天長觀額爲「太極宮」，有瑞應碑。〔註21〕

貞祐南渡後，太極宮只剩下石像觀額，爲風雨侵蝕，荒廢多年。「天長之聖位殿閣，常住堂宇，皆上頹下圮，至於窗戶階砌，毀撤殆盡」。丘處機接管天長觀後，命弟子著手修建，「日益修葺，罅漏者補之，傾斜者正之」，丙戌（1226）年完工，「創修僚舍四十餘間，不假外緣，皆常住自給也。」〔註22〕足見此時全眞教財力雄厚、人力充足。丘處機去世後，其弟子王志謹繼續營造，歷經二十年，「建正殿五間，裝石像於其中，方丈、廬室、舍館、廚庫煥然一新，凡舊址之存者，罔不畢具。」〔註23〕王志謹（1178～1263），號棲雲，東平人。「亂甫定，從長春眞人北遊燕薊」。〔註24〕正是這一番營建，造就了長春宮的盛大規模，自此也成了燕京地區的一大勝景。其故址之一，即爲今日北京白雲觀。〔註25〕除了長春宮，全眞教還有別館，位於太液池瓊華島，爲金明昌中萬寧宮西園遺迹。〔註26〕貞祐南渡之後，皇家園林已廢，成爲全眞教名下產業。

戰亂之際，長春宮內收留眾多災民，「時國兵踐蹂中原，河南北尤甚，民罹俘戮，無所逃命。處機還燕，使其徒持牒招求於戰伐之餘，由是爲人奴者

〔註20〕 于敏中等編纂《欽定日下舊聞考》卷五十九，北京古籍出版社，1983年版，2001年印，第954～955頁。

〔註21〕 《金史》卷十二《章宗本紀》，第260、262頁。孛蘭肹《元一統志》，趙萬里輯校，中華書局，1966年，第44頁。于敏中等纂《日下舊聞考》卷九十五，北京古籍出版社，1983年版，2001年印，第1575～1585頁。

〔註22〕 李志常《長春眞人西遊記》卷下。黨寶海注譯，河北人民出版社，2001年，第116頁。

〔註23〕 王鶚《重修天長觀碑銘》，《全元文》第八冊第18頁。

〔註24〕 生平見王鶚《棲雲眞人王尊師道行碑》，《甘水仙源錄》卷四，《四庫全書存目叢書》第二五九冊，第462頁。《全元文》第八冊第24頁。今人楊訥所作《元刻本〈盤山棲雲大師語錄及其作者王志謹〉》，《文獻》1992年第一期，第175～181頁。

〔註25〕 有關「白雲觀」，詳見劉厚祜《白雲觀與道教》；章寅明《全眞道第一叢林——白雲觀》，《道教與傳統文化》，中華書局，2005年，第347～352頁。

〔註26〕 于敏中《日下舊聞考》卷二十六，北京古籍出版社，1983年版，2001年印，第362～365頁。

得復爲良，與濱死而得更生者，毋慮二三萬人，中州人至今稱道之。」〔註27〕而這些災民之中，不乏文人儒士，王元粹就是較爲著名的一個。王元粹，字子正，初名元亮，後名粹，平州人。爲遼國士族後代，金末任南陽酒官，遭戰亂流落襄陽，又因襄陽破而北歸，寄食燕京，入全眞教。後由楊惟中任命主持太極書院。〔註28〕

由於全眞教的聲望地位日益提高，宮觀廟宇眾多、香火旺盛，道士享有免除差役的特權、待遇優渥，加上儒道文化親緣關係，丘處機及其弟子本身也有較高的文化修養，這些因素都吸引著眾多儒士的加入。而全眞教也因此對燕京文壇起到越來越重要的影響。〔註29〕

第二，王楫與孔廟的重建、禮制及儒學教育的保存。

金中都作爲金朝的政治文化中心，教育一度非常發達，分別設立了國子監、國子學、太學、女眞國子學、女眞太學、大興府府學、大興府女眞府學等各級學校，傳播儒學，培養人才。〔註30〕國子監與其東側的孔廟構成左廟右學之制，所以又稱之爲廟學。而貞祐南渡之後、金中都被圍期間，作爲最高學府與教育管理機構的國子監與孔廟都毀於戰亂。

蒙古統治燕京後，王楫在原金樞密院舊址重新創立廟學，並於己丑（1229）二月八日丁酉，率領燕京士大夫行釋奠禮，並取歧陽石鼓列於廊廡之下，〔註31〕這一系列的舉措，令燕京儒生盛讚「吾道有光」。〔註32〕

釋奠即置爵於神前而祭，爲儒家禮制之一。《禮・文王世子》：「凡學，春，官釋奠於其先師，秋冬亦如之。凡始立學者，必釋奠於先聖先師。」此時行釋奠禮，實際上是王楫想通過這種隆重的儀式宣告儒學與禮制的恢復。

而「歧陽石鼓」，是十塊花崗岩的石頭，因其形狀似鼓得名，今藏故宮博物院珍寶館。石鼓上刻有文字，據唐蘭先生考證，爲戰國秦獻公十一年所鑿。〔註33〕唐代初，這十面石鼓在陳倉被率先發現，韓愈爲博士時，曾請求將石

〔註27〕《元史》卷二百二《丘處機傳》，第4524～4526頁。
〔註28〕元好問《中州集》小傳，《元好問全集》第901頁。
〔註29〕鄧紹基《元代文學史》「全眞教對元代文學的影響」論述較詳細，人民文學出版社，1991年，第21～25頁。
〔註30〕《北京通史・金代卷》，第248～251頁。
〔註31〕《元史》卷一百五十三《王楫傳》，第3611～3613頁。
〔註32〕耶律楚材《釋奠》，《湛然居士集》卷三。
〔註33〕唐蘭《石鼓文時代考》，《故宮博物院院刊》1958年一期。

鼓車載至太學，但是未獲批准，鄭餘慶將之移至鳳翔三畤原孔子廟。〔註 34〕故此十面石鼓又被稱作「陳倉石鼓」或「歧陽石鼓」。

石鼓自出土之始，就引起了世人極大的關注，主要因爲其上所刻文字，「蓋紀周宣王畋獵之事，其文即史籀之迹」，是最早的石刻文字。由於文字古奧，筆畫奇特，不僅受到歷代文字學者的關注，還成爲書法史上的重要一章，成爲一種特殊的字形——「石鼓文」。在文學史上，杜甫、韋應物、韓愈等專爲賦詩，後世歌詠亦層出不窮。然而石鼓本身也因朝代更迭、戰亂頻仍而曲折離奇。石鼓歷經五代之亂散失。宋司馬池任鳳翔知府，四處搜尋，僅得九枚。皇祐四年，向傳師搜獲最後一枚。大觀二年，宋徽宗下令將這十枚石鼓自京兆（陝西）移置汴梁（河南開封），因極寶貴文字，用黃金將石鼓上的文字填充。最初放置在皇家學宮內，後移至保和殿。金滅北宋，石鼓被金人所得，因塗有金，與汴梁奇玩一同運往燕京，即後來的金中都。〔註 35〕

1215 年，金中都被蒙古大軍攻破，遭到了重創，廟學也毀於戰火。王檝此番重建廟學，意義重大。十枚歧陽石鼓在古人看來，是周代遺物，歷經千年，成爲儒家禮制文化的象徵，傳承不絕。直到至元十六年（1279），石鼓依然保存在這裡。當時被徵召北上的南宋人汪夢斗還特意前去探訪。大德六年（1302），虞集被薦授大都路儒學教授。他在泥土草萊之中尋得石鼓，大德十一年（1307），虞集升任國子助教，向朝廷稟告，由兵部派遣大車裝載十枚石鼓，放置在國子學大成門內左右壁下，每邊各五枚，並且在下面砌建磚壇作爲底座，又建造柵欄將之鎖起，使人只可觀賞而不能靠近，但依然不能阻止人們前來摹揚石鼓文。到了至正十一年，字畫已經患漫磨滅了許多。〔註 36〕在元代，歌詠石鼓的人很多，張養浩、揭傒斯、宋褧、馬臻、吳師道、吳萊等人均有作品。若沒有此時王檝的珍視，也就不會有後代的流傳。

綜上所述，丘處機在成吉思汗的支持下大力發展全眞教，王檝利用自己的影響力重建廟學、恢復儒家教育、保存儒家禮制，這些都對燕京文壇的恢復提供了幫助。

〔註 34〕孫承澤《春明夢餘錄》卷六十七，王劍英點校，北京古籍出版社，1992 年。

〔註 35〕孫承澤《春明夢餘錄》卷六十七。

〔註 36〕虞集《石鼓序》，王頲校點《虞集全集》，天津古籍出版社，2007 年，第 596 頁。

二、文壇復蘇：分別以丘處機與耶律楚材爲中心的燕京唱和

（一）丘處機燕京唱和

丘處機在燕京期間，曾於四月十四日在天長設壇念經做法事，時群鶴翔舞，張天度作賦，諸人作詩。〔註 37〕丘處機結交大批燕京文人，彼此唱和。丘處機至德興龍陽觀度夏，還曾以詩寄燕京士大夫，其中有孫周、楊彪、師諝、李士謙、劉中、陳時可、吳章、趙中立、王銳、趙昉、孫錫、王覿、王眞哉。〔註 38〕這群人共同構成了最初的燕京文壇。在王檝的首倡下，其中一批人紛紛爲丘處機唱和，結集爲《瑞應鶴詩》，〔註 39〕今未得見，從題目上看，大概就是歌詠丘處機作法事、群鶴翔舞的瑞兆。

孫周，字楚卿，曾任燕京儒學官。〔註 40〕楊彪，字仲文，曾任吏部尚書。〔註 41〕師諝，字才卿。李士謙，字子進。劉中，字用之，曾任宣德課稅使。陳時可，字秀玉，號清溪居士，又號寂通老人、疏翁，燕人，金翰林學士。吳章，字德明。趙中立，字正卿。王銳，字威卿。趙昉，字德輝。孫錫，字天錫。王覿，字逢辰。王眞哉，字清甫。張天度，字子眞，號南塘老人。〔註 42〕

丘處機自西域回燕京後，就在燕京的長春觀定居，並時常往來瓊華島。丘處機作爲道教總管，在燕京的活動主要是代表官方做法會、致齋作醮、祛災祈雨，〔註 43〕應驗之際，燕京的名公碩儒便以詩相賀。丘處機閒暇時常常率領道眾一同遊覽燕京名勝，如瓊華島、西山等地，所到之處均有賦詩。這些作品，主要保存在《長春眞人西遊記》中，收錄各體詩詞二十首。

這一時期丘處機的詩歌創作主要有四方面內容：

〔註 37〕李志常《長春眞人西遊記》卷上。黨寶海譯注，河北人民出版社，2001 年，第 13 頁。

〔註 38〕李志常《長春眞人西遊記》卷上。黨寶海注譯，河北人民出版社，2001 年，第 16～17 頁。

〔註 39〕耶律楚材《寄巨川宣撫》序「今觀《瑞應鶴詩》，巨川首唱」，又有《觀瑞鶴詩卷獨子進治書無詩》，謝方校點《湛然居士文集》，中華書局，1986 年，第 126～127 頁。

〔註 40〕吳章《祭長春眞人文》，《全元文》第二十二冊第 287 頁。

〔註 41〕孟珙《蒙韃備錄》「任相」，叢書集成初編所選《古今說海》本，中華書局，1985 年，第 4 頁。

〔註 42〕劉曉《耶律楚材評傳》中曾對以上諸人考證，《耶律楚材評傳》，南京大學出版社，2001 年，第 200～202 頁。

〔註 43〕丘處機在燕京的道教活動，詳見尹志華《丘處機與全眞道在燕京的大發展》，《昆侖山與全眞道（全眞道與齊魯文化國際學術研討會論文集）》，第 267～271 頁。

一是對全眞道教理念的直接陳說，主要採用「頌」這種文體。

在丘處機看來，要想達到修行自如，必須「萬物皆空」。個人的好惡悲喜爲空，「世情無斷滅，法界有消磨，好惡縈心曲，漂淪奈爾何！」功名事業爲空，「有物先天貴，無名不自生。人心常隱伏，法界任縱橫。」一切皆空，「徇物雙眸眩，勞生四大窮。世間渾是假，心上不知空。」由此引申出來，就是朝夕萬變、人生無常，「朝昏忽忽急相催，暗換浮生兩鬢絲。造物戲人俱是夢，是非向日又何爲？」而時間則顯得格外無意義，「昨日念無縱，今朝事亦同。不如齊放下，度日且空空。」〔註44〕這體現了道家獨特的生死觀。

他臨死前所作頌，更是對自己一生的總結：「死生朝昏事一般，幻泡出沒水長閒。微光見處跳烏兔，立量開時納海山。揮斥八紘如咫尺，吹噓萬有似機關。狂辭落筆成塵垢，寄在時人妄聽間。」〔註45〕將人的生死看得猶如早晨與晚上一般稀鬆平常，生命也不過是水中的氣泡，很快就消失無蹤。然而正是因爲這種消失，是融入自然的過程，反而獲得極大的境界，日月星辰的光耀閃動、山川大海的磅礴氣勢，莫不與生命同在。即便是這篇記錄內心思想表達自我的文字，也很快就化爲烏有，而虛無即盛大。

而由「萬物皆空」的思想派生出「清淨無爲」的理念，其《鳳棲梧》詞云：「得好休來休便是，贏取逍遙，免把身心使。多少聰明英烈士，忙忙虛負平生志。造物推移無定止，昨日歡歌，今日愁煩至。今日不知明日事，區區著甚勞神思。」〔註46〕既然功名利祿均爲過眼煙雲，悲喜無謂，生命無常，還不如無所作爲，樂得逍遙自在。

二是借遊覽園林美景之際，通過松、菊等意象的描摹與清虛意境的營造，闡發道義。這部分詩占大多數。

瓊華島、樂壽山本爲金故宮遺址，後劃歸全眞道名下，在道眾的經營之下，禁樵採，日益修葺，成爲風景絕好的旅遊勝地，「園池中禽魚蕃育，歲時遊人往來不絕」。〔註47〕這些亭臺園林、花草樹木在丘處機眼中，卻是另一番風景。

〔註44〕李志常《長春眞人西遊記》卷下。黨寶海注譯，河北人民出版社，2001年，第106頁。

〔註45〕李志常《長春眞人西遊記》卷下。黨寶海注譯，河北人民出版社，2001年，第123頁。

〔註46〕李志常《長春眞人西遊記》卷下。黨寶海注譯，河北人民出版社，2001年，第111頁。

〔註47〕李志常《長春眞人西遊記》卷下。黨寶海注譯，河北人民出版社，2001年，第121頁。

丘處機詩中景色多以描摹植物爲主，尤其是與道家修行相聯繫的象徵長壽的松菊意象，突出其淒清冷峻的特徵。如《恨歡遲·重九》一詞對重陽節菊花的描摹：「一種靈苗體性殊。待秋風、冷透根株。散花開、百億黃金嫩，照天地清虛。九日持來滿座隅。坐中觀、眼界如如。類長生、久視無凋謝、稱作伴閒居。」〔註48〕

菊花獨在秋天開放，丘處機贊其與生俱來的「靈苗」「體性」。菊之金黃本是暖色，但在詩中被秋風吹徹，「冷透根株」「照天地清虛」，營造出淒清冷峻之感，與道教孤寂清修之境相類。而菊花不易凋謝的特質，又與道教追求長生的理想相合。此首詞借菊花語道，託物言志。

丘處機詩中的松柏顯得氣象蕭森：「森森松柏罩清煙」「松間獵獵暖風回」「翠柏陰森繞殿扶」「喬松挺拔來深澗」，〔註49〕這些都是描繪瓊華島的風景，原本繁華富麗的宮苑被郁郁蔥蔥、高大茂密的喬木包圍，猶如絕境，罕有人迹，在普通人眼中的美景勝地，在道教人筆下便是修煉場所；眾人的遊樂興感，在道教人那裡變成了對修成正果的嚮往。

如其《寒食二首》其一云：「十頃方池閒御園，森森松柏罩清煙。亭臺萬事都歸夢，花柳三春卻屬仙。島外更無清絕地，人間惟有廣寒天。深知造物安排定，乞與官民種禍田。」其二云：「清明時節杏花開，萬戶千門日往來。島外茫茫春水闊，松間獵獵暖風回。遊人共歡斜陽逼，達士猶緩短景催。安得大丹冥換骨？化身飛上鬱羅臺。」〔註50〕《壽樂山顛》：「地土臨邊塞，城池壓古今。雖多壞宮闕，尚有好園林。綠樹攢攢密，清風陣陣深。日遊仙島上，高視八紘吟。」〔註51〕

「森森松柏」「綠樹攢攢」「茫茫春水」「陣陣清風」，寒食清明，花紅柳綠，原本是遊人如織的賞春踏青的時節，卻顯得幽深寂寥，超然世外。而面對故都宮苑，斷井頹垣，並非興亡之歎，而是「亭臺萬事都歸夢」「深知造物安排定」的曠達平和心態，對時事了然的洞悉。與「遊人共歡斜陽逼，達士

〔註48〕 李志常《長春眞人西遊記》卷下。黨寶海注譯，河北人民出版社，2001年，第111頁。

〔註49〕 李志常《長春眞人西遊記》卷下。黨寶海注譯，河北人民出版社，2001年，第110頁。

〔註50〕 李志常《長春眞人西遊記》卷下。黨寶海注譯，河北人民出版社，2001年，第107頁。

〔註51〕 李志常《長春眞人西遊記》卷下。黨寶海注譯，河北人民出版社，2001年，第110頁。

猶緩短景催」、眾人惜時傷景相對比，丘處機卻是對得道成仙的追求，「安得大丹冥換骨？化身飛上鬱羅臺。」這一切都表現出與眾不同的情思與體悟。

其《遊西山》：「西山爽氣清，過雨白雲輕。有客林中坐，無心道自成。」〔註52〕一詩雖然簡樸，但也寫出道人自得之心。可謂一切景語皆情語，無時無刻不在追求「道」。

三是寫道教具體的齋醮、祈禳活動，對現實社會的功德。

丙戌（1226）正月，王志謹請丘處機黃籙醮三晝夜，「是日，天氣晴霽，人心悅懌，寒谷生春」，丘處機曾作詩：「詰曲亂山深，山高快客心。群峰爭挺拔，巨壑太蕭森。似有飛仙過，殊無宿鳥行。黃冠三日醮，素服萬家臨。」〔註53〕

黃籙醮是齋法的一種，在開壇作法事之前，丘處機有所感觸而作詩，並沒有寫儀式的盛大，下筆之處全是自然景物，亂山巨壑，迥異人寰，氣象蕭森，令人陡生肅穆靜謐之心，有超凡出塵升仙之想。末了點題「黃冠三日醮，素服萬家臨」，才表明此次活動的隆重熱烈。而於人海之中，獨見群峰；於熱鬧之處，唯存道心；越發顯出丘處機道行之高深，而其詩語之奇俊。

而丘處機的詩中並非完全不食煙火，還有對現實的關懷。丘處機曾多次祈雨，緩解燕京一帶的旱情，且多應驗。丙戌（1226）五月，京師大旱，「農不下種，人以爲憂。爲祈雨醮三日兩夜。當設醮請聖之夕，雲氣四合，斯須雨降。」〔註54〕丁亥（1227）五月，正值春夏之交，燕京又遭遇大旱，丘處機作祈雨醮。丁亥（1227）小暑，丘處機有詩示道眾：「溽暑熏天萬里遙，洪波拍海大川潮。嘉禾已見三秋熟，旱魃仍聞五月消。百姓共忻生有望，三軍不待令方調。實由道化行無外，暗賜豐年助聖朝。」〔註55〕

姑不論道教祈雨靈驗是否眞有其事，但在丘處機看來，道教作法事，是爲天下百姓消災解難，有助於國家的大事。而國泰民安，也正是道教所追求的成傚之一，是道化之所在，「實由道化行無外，暗賜豐年助聖朝」。任繼愈先生指出：「金元時期的全眞教把出家修仙與世俗的忠孝仁義相爲表裏，把道

〔註52〕李志常《長春眞人西遊記》卷下。黨寶海注譯，河北人民出版社，2001年，第120頁。

〔註53〕李志常《長春眞人西遊記》卷下。黨寶海注譯，河北人民出版社，2001年，第111頁。

〔註54〕李志常《長春眞人西遊記》卷下。黨寶海注譯，河北人民出版社，2001年，第115頁。

〔註55〕李志常《長春眞人西遊記》卷下。黨寶海注譯，河北人民出版社，2001年，第121頁。

教社會化，實際上是儒教的一個支派。」〔註56〕

四是與燕京士人探討詩歌，往來唱和，宣揚道義。其中和丘處機交往密切的，主要有陳時可、吳章。

陳時可早在丘處機初到燕京之時，就曾在玉虛觀與之唱和，對全真教十分傾慕。丘處機回京後，更是常常往來。丘處機自瓊華島回長春觀，陳時可前來拜訪，丘處機便出七律相示：「蒼山突兀倚天孤，翠柏陰森繞殿扶。萬頃煙霞常自有，一川風月等閒無。喬松挺拔來深澗，異石嵌空出太湖。儘是長生閒活計，修真薦福邁京都。」〔註57〕此詩前三聯俱是寫景，末一聯點明主旨。「長生」「修真」「薦福」乃是道教修煉的目標。

吳章曾贈與丘處機四首絕句，而丘處機次韻相答。其一云：「燕國蟾宮即此州，超凡入聖洞賓儔。一時鶴駕歸蓬島，萬劫仙香出土丘。」其二云：「我本深山獨自居，誰能天下眾人譽？軒轅道士來相訪，不解言談世俗書。」其三云：「莫把閒人作等閒，閒人無欲近仙班。不於此日開心地，更待何時到寶山？」其四云：「混沌開基得自然，靈明翻小大椿年。出生入死常無我，跨古騰今自在仙。」〔註58〕

吳章的原詩未見，從丘處機的贈答來看，似乎是對丘處機的讚美之詞。第一首寫燕京道教勃興；第二首以道人心態回覆，「誰能天下眾人譽」；第三首有勸道之意，無欲則近道，當及時修煉；第四首重申道教主旨，將生死、古今都看淡，以成仙為目標。

吳章在丘處機死後，曾作《祭文》評價道：「九八仙而五四皓，無書不覽，無事不知；九經庫而五總龜，天下之老，天子之師。」〔註59〕用「八仙」「四皓」來比擬丘處機神仙風骨，以「九經庫」「五總龜」贊許他學問博洽。吳章稱「吾屬蹉跎，蒙知最重」，這裡的「吾屬」，即祭文開頭所稱「燕京儒學官孫周等」，也說明燕京士人在戰亂中失意落魄時，丘處機很是看重，多方援助，才令他們如此感激涕零。

〔註56〕任繼愈《中國道教史》，上海人民出版社，1990年。

〔註57〕李志常《長春真人西遊記》卷下。黨寶海注譯，河北人民出版社，2001年，第110頁。

〔註58〕李志常《長春真人西遊記》卷下。黨寶海注譯，河北人民出版社，2001年，第116頁。

〔註59〕李道謙《甘水仙源錄》卷二，《四庫全書存目叢書》子部第二五九冊，齊魯書社，1995年。《全元文》第二十二冊第287頁。

　　此外，丘處機與王檝的關係也很好。王檝曾多次邀請丘處機作法事，還曾首唱《瑞應鶴詩》，與丘處機也有詩歌往來。〔註60〕

　　丘處機的詩歌以第二方面的內容居多，主要以清虛幽深意境的營造來宣揚教義。其詩中的景物，總是以奇崛的山勢、陰森的松柏居多，冷冽清峻，表現出道教不食煙火，超拔物外，於清靜無爲、冥思玄想中修眞得道。正是這種表現手法，使得他的詩歌並不是教義的傳聲筒，而顯得詩味盎然，含蓄蘊藉。其寫景多帶有主觀色彩，將山川草木、園林諸多平常之景描摹得較爲突兀、怪異，如「蒼山突兀倚天孤，翠柏陰森繞殿扶」，「喬松挺拔來深澗，異石嵌空出太湖」，從而反映出作爲修道之人與眾不同的審美感受，也別具一格，形成了獨有的意象與意境。

　　有研究者指出，「丘處機的山水詩絕大多數是對修道環境和道教勝地山水景物的描繪，並構成優美、深邃的意境氛圍，這本來是山水詩的一般特徵，但在宗教詩人丘處機筆下，它們則獲得了新的意蘊和生命，因爲丘處機不袛是把它們當作一般的審美對象，描繪自然山水之美，而主要是把它們當作道的靈秀外化，通過它們象喻性地表現自己體道的生命感受」。〔註61〕而他在燕京的詩歌創作，則是身處城市、心在山林，將一切自然景物、道教事物與全眞教理念相融合，通過獨特意象的描摹，營建了得道高人超驗的意境，頗富韻味。

　　丘處機在燕京的一系列文學活動，對於全眞道教在燕京的宣揚與傳播有著重要作用。陳垣先生在《南宋初河北新道教考》一書中就曾指出，全眞教有「結納士流」的特性。正是因爲全眞教這一新興的宗教與儒士較好地融合在一起，儒士對全眞教的依附與推波助瀾，才最終造就了全眞教在燕京的大盛。

　　首先，全眞教人士本身具有極高的文化修養，丘處機的詩歌活動就是明證。他在詩歌上的造詣，足以使之被文壇接受，燕京士大夫樂意與之詩歌往來。這使得全眞教與儒士接納，有一個共同的文化基礎與感情認同。「全眞王重陽本士流，其弟子譚、馬、丘、劉、王、郝又皆讀書種子，故能接納士類，而士類亦樂就之。」〔註62〕事實上，陳時可、吳章都是燕京文壇的宿儒名士，

〔註60〕耶律楚材《寄巨川宣撫》詩序：巨川宣撫文武兼資，詞翰俱妙，陰陽曆數無所不通。嘗舉《法界觀序》云：「此宗門之捷徑也。」今觀《瑞應鶴詩》，巨川首唱焉，歎其多能，作是詩以美之。

〔註61〕徐翠先《論丘處機山水詩的象喻性》，《文學遺產》，2004 年第二期，第 144〜147 頁。

〔註62〕陳垣《南宋初河北新道教考》，中華書局，1962 年，第 15 頁。

詩歌唱和是增進彼此瞭解的最佳方式。

其次，丘處機的地位與全真教的特權，使得戰亂中的士人，得以暫得庇護，這也吸引了大量士人的投靠。「燕都亡覆，河北之士又欲避元，全真遂為遺老之逋逃藪」〔註63〕而這樣一批文士的加入，使得全真教人員素質提高，丘處機才有可能與弟子相唱和。

綜上所述，丘處機燕京唱和，總的說來是以詩歌為媒介宣揚全真道教，從玉虛觀《瑞應鶴詩》，到長春觀、瓊華島示道眾的諸詩，以及與儒士的交遊唱和，均受到全真道教的影響。同時，丘處機將松菊意象與頌這一宗教文體相結合，使得其詩歌較有韻味，而不單純是教義的傳聲筒，也使他的創作頗受燕京士人重視。更重要的是，丘處機的獨特地位，使得他的文學活動對當時的燕京文壇具有重要影響力，全真道教的各項宗教活動，都成為士大夫們紛紛吟詠作詩的主題。這些，都進一步促進了全真教在燕京的興盛。文學活動，則成為道教活動的媒介。

（二）耶律楚材燕京唱和

1、寄詩唱和

丘處機於蒙古太祖成吉思汗二十二年（1227）秋，在長春宮去世；同年冬，耶律楚材奉詔來燕京搜索經籍，恰好構成了燕京文壇中心的交接，他面對的正是以丘處機為首的全真道教的興盛及燕京士大夫的歸附。

耶律楚材自1218年受成吉思汗徵詔從燕京出發往漠北，從此開始了長達十年的西域生涯，堪稱「他一生跨度最大、歷時最久、創作欲最旺盛的時期」，這一階段所作「西域詩」，是元詩史的開篇。〔註64〕1223年，耶律楚材在西域生活五年後，與丘處機相遇唱和。〔註65〕他看見諸士大夫為丘處機所作《瑞應鶴詩》，曾一一遙和，分別為萬松老人、王楫、張天度、李士謙、吳章、師諤、陳時可、張子聞、劉中、趙中立、楊彪、雪軒老人邦傑、王直哉等十三人作詩，總題為《西域寄中州禪老士大夫一十五首》，〔註66〕其中萬松

〔註63〕陳垣《南宋初河北新道教考》，中華書局，1962年，第15頁。

〔註64〕楊鐮師《元代文學編年史》，第9頁。

〔註65〕王國維《耶律正公年譜》，《耶律文正公年譜餘記》，《湛然居士集》附錄，謝方校點《湛然居士文集》，中華書局，1986年。

〔註66〕劉曉指出，《湛然居士文集》將這一組詩刪作《西域寄中州禪老》為誤，當從浙西村舍本作《西域寄中州禪老士大夫一十五首》。詳見《耶律楚材評傳》第73頁注2。

老人與陳秀玉分別有贈詩兩首。耶律楚材與丘處機在燕京詩友的重合也就意味著他們面對同一個文人圈，即燕京文壇。他雖然離京萬里，但憑藉著詩歌唱和活動與燕京詩友保持著情感上的聯繫與詩歌上的交流，這次寄和可看作是燕京文壇在西域的延伸。同時，詩作也反映出耶律楚材對儒、釋、道三教的不同態度。

首先，耶律楚材表達了對佛教友人的思慕之情。

寄萬松老人《恨離師太早淘汰未精起乳慕之念作是詩以寄之》：「吾師道化震清都，奔逸絕塵我不如。近口虛傳三島信，幾年不得萬松書。宗門淘汰猶嫌少，習氣薰蒸尚未除。惆悵天涯淪落客，臨風不是憶鱸魚。」〔註67〕

萬松老人（1166～1246），名行秀，俗姓蔡，因建萬松軒而自號。是禪宗曹洞宗的代表人物。承安二年（1197）遷燕京報恩寺，1206 年，應中都仰山棲隱禪寺請，遷棲隱寺。1215 年，蒙古大軍攻破中都，行秀曾因反對大頭陀教（糠禪）而坐牢，後於蒙古窩闊台二年（1230）奉詔住萬壽寺。1232 年，曾率僧道朝拜窩闊台，奉旨蠲免徭役。行秀學問淹博，儒釋兼備，與士大夫文人都有交往。〔註68〕

耶律楚材二十七歲時經由聖安澄公和尚介紹，「受顯訣於萬松」，被命名為「湛然居士從源」。經過三年的精研參道，耶律楚材成為嗣法弟子，從此與萬松往來密切。

詩中「三島」指傳說中的蓬萊、方丈、瀛洲三座海上仙山，此處則指代燕京。「臨風不是憶鱸魚」，化用張翰典故，因思鱸魚美而棄官回鄉，這裡則指對佛學以及萬松老人的眷戀。耶律楚材因為自己學佛不精，未能領悟佛學精髓而深感遺憾，並表達了對老師的思念之情。

其次，耶律楚材抨擊了當時盛行於燕京的異端邪教「糠禪」。

在給吳章的詩中，耶律楚材提出了對當時流行的佛教流派的異議。其《寄德明》詩序：「德明寓燕作詩欲自絕，且云『但得一飽死鬼足矣』，士大夫憐之。其詩末句有云：『功名拍手笑殺人，四十八年如一夢。』予每愛此兩句。近觀《彌勒下生賦》，德明所作也，因作詩以寄之。」詩云：「英侯志節本凌

〔註67〕耶律楚材《湛然居士文集》卷六，《四部叢刊》影元鈔本。
〔註68〕生平事迹見《萬松老人評唱天童覺和尚頌古從容庵錄序》；劉曉《萬松行秀新考》，《中國史研究》，2009 年第一期。陳高華、張帆、劉曉《元代文化史》，廣東出版集團，2009 年，第 59～60 頁。

雲，尚自飄零故國塵。有道且同麋鹿友，談玄能說虎狼仁。幸然不作飽死鬼，可惜空吟笑殺人。彌勒下生何太早，莫隨邪見說無因。」詩後有注：「《楞嚴經》第十卷云：『未來世有人，啖糠愚癡種。無因而非見，破壞世間人』，故有是句。」〔註69〕

「麋鹿友」典出蘇軾《前赤壁賦》：「侶魚蝦而友麋鹿」，與自然同在，隱居山水；「虎狼仁」典出《莊子・外篇・天運》：「虎狼，仁也」，道家玄學辯證的思想。以此頷聯稱讚吳章是精通儒道、超脫世俗的高人。

吳章《彌勒下生賦》今未見，或不傳。佛教中有《彌勒下生經》，在佛教系統中，「彌勒」被看作是釋迦牟尼的法統繼承人，是未來佛，但是要歷經八萬四千歲的交遞增減。這是一個非常漫長的時間，故而耶律楚材在詩中才說「彌勒下生何太早」。

按此詩注「《楞嚴經》」當為「《楞迦經》」之訛。《四庫全書》所收《湛然居士集》中《楞嚴經》作「《楞迦經》」，當是。兩部經書不可混為一談。《入楞伽經》卷十有：「分別無法體，妄覺者分別；未來世有人，啖糠愚癡種。無因而邪見，破壞世間人；從微塵生世，而微塵無因。」〔註70〕「無因」指外道否定佛教因果論，「邪見」亦是指這種否定因果的謬論。

而論者認為，此處的《彌勒下生賦》與當時金元之際的佛教禪宗分支「糠禪」有關，周良霄先生在《元代史》中就指出：「與耶律楚材同時人、元帥趙德明，是糠禪的信徒，曾著有《頭陀賦》、《彌勒下生賦》以弘其教，可以證糠禪即頭陀教別稱。」〔註71〕按耶律楚材有《寄趙元帥書》一文，〔註72〕稱當時留守燕京的元帥趙君瑞曾作《頭陀賦序》，但未曾提及《彌勒下生賦》。

糠禪，即頭陀教，是金元之際盛行一時的宗教，也是被耶律楚材猛烈抨擊的佛家「邪教」。其《西遊錄序》：「西域九十六種，此方毗盧、糠、瓢、白經、香會之徒，釋氏之邪也。」〔註73〕「九十六種」，又稱「六師外道」，〔註74〕是對佛家外道的總稱；而糠禪則是外道在中原的一種表現。外道邪說種類各異，

〔註69〕耶律楚材《湛然居士文集》卷六，《四部叢刊》影元鈔本。

〔註70〕元魏天竺三藏菩提留支譯《入楞伽經》卷十，大正新修大藏經。

〔註71〕周良霄、顧菊英《元代史》，上海人民出版社，1993年，第740頁。

〔註72〕耶律楚材《湛然居士文集》卷八，《四部叢刊》影元鈔本。

〔註73〕耶律楚材《湛然居士文集》卷八，《四部叢刊》影元鈔本。

〔註74〕古印度佛陀時代，中印度（恒河中流一帶）勢力較大之六種外道。外道，係以佛教立場而言，實為當時反對婆羅門思想之自由思想家，而在一般民眾社會中所流行之思想體系。見《佛學大詞典》。

但總體特徵為否定佛教因果報應，即《楞伽經》中所言「無因而邪見」，這也是耶律楚材詩中所言之意。

有關「糠禪」得名，向達先生、周良霄先生均認為有輕侮之意，並據「啖糠愚癡種」及敦煌《變魔文》：「外道之徒總是糠，大風一起無收掇」為例。〔註75〕若說「糠」在佛教經典中有貶義，但外道幾十種，為何唯獨這一流派以「糠」命名？更進一步細究，似乎糠禪與彌勒是有聯繫的，糠禪又稱「頭陀教」，前人已證。〔註76〕而「頭陀教」正是與彌勒有關：「如來以法心付彌勒，彌勒以正法垂世立教而修頭陀行。」〔註77〕彌勒是未來佛，而「未來世有人，啖糠愚癡種。無因而非見，破壞世間人」，大概因此之故，信奉這一教派的人會被稱作「糠禪」。因而，疑吳章所作《彌勒下生賦》或者就是《頭陀賦》。

在耶律楚材《湛然居士集》中，多次提及《頭陀賦》，他曾說「余觀作《頭陀賦》數君子，皆儒也」，〔註78〕而趙君瑞「首倡序引」、「所著《頭陀賦序》」，〔註79〕則極有可能這是一次文人集體創作，共同賦詠「頭陀教」。趙君瑞希望通過燕京士人的引見，來求得與耶律楚材的結交，「君不以僕不才，轉託諸士大夫萬里相結為友」，當時趙君瑞身邊有一批文人，如孫周（字楚卿）、李士謙（字子進）、陳時可（字秀玉）包括吳章（字德明），也同時是耶律楚材與丘處機的友人。面對這樣一個共同的文化圈，前者有全真教的《瑞應鶴詩》，後者有趙君瑞的《頭陀賦》，釋道流派並存，耶律楚材更覺得打擊邪教的任務重大，他作《辯邪論》寄給趙君瑞，闡明「吾夫子之道治天下，老氏之道養性，釋氏之道修心」，要求趙元帥摒棄邪教，又「率引儒術，比而論之，以勵吾儒為糠孽所惑者」，弘揚佛法正道。

第三，耶律楚材遠在西域，傾向於儒家「用舍行藏」的處世態度。

劉中曾給耶律楚材寄書，告誡他不要忘記孔子之教。對此，耶律楚材深

〔註75〕周良霄、顧菊英《元代史》，上海人民出版社，1993年，第740頁。

〔註76〕有關糠禪研究，詳見溫玉成《金元糠禪述略》，《法音》1988年第八期，第23〜24頁。連立昌、王見川《金元時期之「糠禪」初探》，《圓光佛學學報》，1999年第三期，第141〜153頁。

〔註77〕李鑒《寂照禪師道碑》，熊夢祥《析津志輯佚》，北京古籍出版社，1983年，第85頁。

〔註78〕耶律楚材《〈糠孽教民十無益論〉序》，《湛然居士文集》卷八，《四部叢刊》影元鈔本。

〔註79〕耶律楚材《與趙元帥書》，《湛然居士文集》卷八，《四部叢刊》影元鈔本。

表認同，並作詩言志。他在《寄用之侍郎》的詩序中表達了自己對儒教和佛教的看法：「用之侍郎遣書，誠以無忘孔子之教。予謂窮理盡性莫尚佛法，濟世安民無如孔教。用我則行宣尼之常道，舍我則樂釋氏之真如，何爲不可也！因作詩以見意云。」其詩云：「蓬萊憐我寄芳箋，勸我無忘仁義先。幾句良言甜似蜜，數行溫語暖於綿。從來誰識龜毛拂，到底難調膠柱弦。用我必行周孔教，捨予不負萬松軒。」〔註80〕

頸聯用典，「龜毛拂」即用龜毛作的拂塵，而「龜毛」在佛語中譬喻有名無實之物。〔註81〕「膠柱弦」，意爲膠住瑟上的弦柱，以致不能調節音的高低。比喻固執拘泥，不知變通。而這兩個典故，是委婉說明劉中本意雖好，但是儒教在西域其實很難施行。對此，耶律楚材表達了自己的態度「用我必行周孔教，捨予不負萬松軒」，若有機會，定當光大儒學，然而無計可施時，還有佛學可以窮理盡性。

第四，耶律楚材對全真道教似有不滿，陳垣先生在《耶律楚材父子信仰之異趣》一文中最早指出這一點。〔註82〕

耶律楚材對王檝首倡《瑞應鶴詩》頗有微詞。王檝在燕京時，與丘處機來往密切，多次請丘處機作法事。而耶律楚材《寄巨川宣撫》一詩則對王檝對待佛道的態度略有嘲諷。其詩序云：「巨川宣撫文武兼資，詞翰俱妙，陰陽曆數無所不通。嘗舉《法界觀序》云：『此宗門之捷徑也。』今觀《瑞應鶴詩》，巨川首唱焉，歎其多能，作是詩以美之。」其詩云：「曆數興亡掌上看，提兵一戰領清官。馬前草詔珠璣潤，紙上揮毫風雨寒。昔日談禪明法界，而今崇道倡香壇。諸行百輔君都占，潦倒鰥生何處安。」〔註83〕尾聯自稱「潦倒鰥生」無所適從，對王檝佛道兼通的「多能」，明褒實貶。

《觀瑞鶴詩卷獨子進治書無詩》：「丁年蘭省識君初，緩步鳴珂遊帝都。象簡嘗陪天仗立，玉驄曾使禁臣趨。只貪殢酒長安市，不肯題詩《瑞應圖》。我念李侯端的意，大都好事不如無。」首聯、頷聯寫與李士謙同在朝爲官，

〔註80〕耶律楚材《湛然居士文集》卷六，《四部叢刊》影元鈔本。

〔註81〕丁福寶《佛教大辭典》智度論十二曰：『如兔角龜毛，亦但有名而無實。』成實論二曰：『世間事中，兔角龜毛，蛇足監香風色等，是爲無。』止觀十上曰：『人我如龜毛兔角不可得。』《宗鏡錄》四十六曰：『如辯兔角之大小，了龜毛之短長。』楞伽經二曰：『無性而作言說，謂兔角龜毛等世間現言說。』楞嚴經一曰：『無則同於龜毛兔角。』

〔註82〕陳垣《耶律楚材父子信仰之異趣》，《燕京學報》第六期，1929 年 12 月。

〔註83〕耶律楚材《湛然居士文集》卷六，《四部叢刊》影元鈔本。

身居高位，李士謙本是儒者出身，又供職蘭臺，學問精深，頸聯化用杜甫「李白斗酒詩百篇，長安市上酒家眠。天子呼來不上船，自稱臣是酒中仙」之典，「不肯」二字頗含對「題詩《瑞應圖》」這一行為的不屑與倨傲。末句用禪宗的「好事不如無」來解釋其原因，真正的得道之人，是不會在意形式，暗諷全真道題《瑞應鶴詩》的大張旗鼓，有違修道清淨平和無為的宗旨。

耶律楚材在《〈西遊錄〉序》中指斥：「全真、大道、混元、太一、三張左道之術，老氏之邪也」，明白無誤地將全真教歸為道家邪教。

有論者總結耶律楚材的宗教觀是「以佛教為本位的三教合一」，〔註84〕在耶律楚材看來，儒釋道三教有許多相通之處，被統稱為「三聖人」，但他在《〈糠蘖教民十無益論〉序》一文中稱：「余本書生，非釋非糠」，表明他仍然是以儒者自居。只因「儒者嘗為佛者害，佛者未嘗為儒者害」「蓋儒者率掌銓衡，故得高下其手」，儒者入世，佛者出世，儒者掌握著更多的話語權，在世俗社會中佔據主導地位，因而相對而言，佛者為弱勢群體，理應受到更多的庇護。這也體現出，耶律楚材力圖在三教之中、尤其是儒釋之間保持一個相對平衡的理想狀態，即他在《西遊錄》中提及的「使三聖人之道若權衡然行之於世」。而由於儒者往往是社會力量的擁有者，故而儒者的責任才更為重要，他所規勸的對象也是以儒者為主，說服的方式也是用儒家朱墨流派作比。

因此，耶律楚材的宗教觀，恐怕是以儒學為中心點的「三教平衡」更為確切。

擯棄了佛道之爭，寂寞單調的西域生活，令耶律楚材格外懷念燕京知己，詩中流露出的思鄉情感與對自己年華流逝的感歎，才是他詩人本色的抒發。

《和正卿待制韻》：「布袖龍鍾兩眼塵，丹誠如舊白頭新。暮雲西畔猶懷漢，曉日東邊才是秦。酒賤不妨連夜醉，花繁長發四時春。花繁酒賤無佳思，誰念天涯萬里人。」

《雪軒老人邦傑久不惠書作詩怨之》：「當時傾蓋便忘年，別後春風五度遷。萬里西行愁似海，千山東望遠如天。不聞舊信傳梅嶺，試道新詩怨雪軒。更上危樓一回首，朝雲深處是燕然。」

《謝王清甫惠書》：「西征萬里扈鑾輿，高閣文章束石渠。只道昔年周夢蝶，卻疑今日我為魚。一簪華髮垂垂老，兩眼黃塵事事疏。多

〔註84〕見劉曉《耶律楚材評傳》，南京大學出版社，2001年，第238頁。

謝貴人憐遠客，東風時有寄來書。」〔註85〕

一個人遠在萬里之遙的西域，不知不覺間已過去了五年，很多時候都是一人斟酌詩句，獨自飲酒賞花，歲月在這種孤寂中悄然而逝，「布袖龍鍾兩眼塵，丹誠如舊白頭新」「一簪華髮垂垂老，兩眼黃塵事事疏」便是對自己生命的惋歎。每每想念燕京的朋友，常常害怕自己被眾人遺忘，而回顧這一番西行路途，似乎又恍然若夢。耶律楚材在成吉思汗時代，更多的時候是被當作一個星相占卜家，他的治國能力在成吉思汗西征時期根本難以施展，是以有「西征萬里戹鑾輿，高閣文章束石渠」的感慨，有「冷官清淡泊遼西，羨人得志能如虎，笑我乏材粗效雞」〔註86〕的自嘲。當他寫詩贈予燕京詩友時，除了對儒釋道三教加以評論外，更是藉此機會向朋友傾訴。

2、重返燕京

1229 年，耶律楚材西行十年後回到燕京作《西遊錄》，上部寫西域歷程，是為了滿足周圍人對異域秘聞的好奇心；下部「頗涉三聖人教正邪之辨」，以主客論辯的形式敘述與丘處機交往的過程，指出他的十項過錯，借由對丘處機的批判，進而指責全真教毀夫子廟為道觀、毀拆佛像改寺為道觀，「有摒斥二教之志」，對其表示了強烈的不滿。同時，耶律楚材還借客之口，提出了一種治民治國理想：以佛家因果之誡化民心、以道教慈儉自然之道化民行、以儒家綱常倫理之教化民德，「使三聖人之道若權衡然行之於世」。然後上策朝廷，「請定制度、議禮樂、立宗廟、建宮室、創學校、設科舉、拔隱逸、訪遺老、舉賢良、求方正、勸農桑、抑遊惰、省刑罰、薄賦斂、尚名節、斥縱橫、去冗員、黜酷吏、崇孝悌、賑困窮。若然，則指太平若運掌之易也。」〔註87〕

當時王檝建立了宣聖廟，並率領士大夫行釋奠之禮，而耶律楚材則參與盛會。其《釋奠》一詩序云：「王巨川能於灰燼之餘草創宣聖廟，以己丑二月八日丁酉率諸士大夫釋而奠之，禮也。諸儒相賀曰：『可謂吾道有光矣！』是日，四眾奉迎釋迦遺像行城，歡聲沸沸，僕皆預其禮，作是詩以見意云。」其詩為：「儒流釋子無相諷，禮樂因緣盡假名。」至此也就不難理解，為何耶律楚材要將儒家的釋奠禮與佛家的遊行禮相提並論，因為這正是對全真教「摒

〔註85〕耶律楚材《湛然居士文集》卷六，《四部叢刊》影元鈔本。
〔註86〕耶律楚材《才卿外郎五年止惠一書》，《湛然居士文集》卷六，《四部叢刊》影元鈔本。
〔註87〕耶律楚材著，向達校注，《西遊錄》，中華書局，2000 年，第 1 頁，第 13～20頁。

斥二教」強勢的反撥，更是對自己「三教平衡」理想的申訴。

　　重回燕京之後，面對著故都、故物、故人，耶律楚材不由得流露出故國之思、黍離之悲。他在披雲樓與諸士大夫唱和：「閒上披雲第一重，離離禾黍漢家宮。窗開青鎖招晴色，簾卷銀鉤揖曉風。好夢安排詩句裏，閒愁分付酒杯中。靜思二十年間事，聚散悲歡一夢同。」

　　「離離禾黍」化用《詩經・王風・黍離》之典，「周大夫行役，至於宗周，過故宗廟宮室，盡爲禾黍，閔周室之顛覆，旁徨不忍去而作是詩也。」後遂用作感慨亡國之詞。「青瑣」本爲裝飾皇宮門窗的青色連環花紋，只有天子才能使用，後華貴的宅第、寺院等門窗亦用此種裝飾，因而借指華屋。用在這裡，以華貴之景反襯淒涼愁緒。

　　《析津志》載：「披雲樓在故京燕之大悲閣東南，題額甚佳，莫考作者。樓下有遠樹影，風雨晴晦，人皆見之。」〔註88〕據《日下舊聞考》引《春明夢餘錄》：「披雲樓在京城南，舊有題額，是金章宗手書，上有遠樹影，雖風雨晦暝皆見。」〔註89〕可知披雲樓爲金朝故物，耶律楚材本身作爲遼國王孫、金臣世家，到如今入仕蒙古，且經歷了十載異域生涯，回來後物是人非，滄桑巨變之感又甚於常人，悵然若失，茫然似夢，對現實一時間難以接受。其詩中多次流露出這種情感。他在給陳時可的一組詩中感歎「回首親朋半土丘，嗟予十稔浪西遊」，「悲予去國十年遊」，「空驚滄海變陵丘，白晝分明夢裏遊」。〔註90〕

　　與故國滄桑相比，現實中儒學凋零，自己的志向難以伸展，更令他擔憂，其《過燕京和陳秀玉韻》「下士笑予謀計拙，至人知我謂心憂」「冷官待罪予爲歉」「君子云亡眞我恨，斯文將喪是吾憂」，儘管現實堪憂，他卻始終有所堅持，希冀統治者能夠迴心轉意，「再行不憚風沙惡，鶴迹雲蹤任去留」「猶望道行澤四海，敢辭沙漠久淹留」「尙期晚節迴天意，隱忍龍庭且強留」。給吳章的詩中更是申明自己的願望「但期聖德澤天下，敢惜餘生寄海涯。」〔註91〕雖然陳時可、吳章的詩均不見，但由和詩的內容可知，燕京士大夫對耶律楚材的回歸抱

〔註88〕熊夢祥著、李致忠輯《析津志輯佚》，北京古籍出版社，1983年，第107頁。
〔註89〕于敏中等纂《日下舊聞考》，卷一五六，北京古籍出版社，1983年版，2001年印，第2515頁。
〔註90〕耶律楚材《過燕京和陳秀玉韻》，《湛然居士文集》卷三，《四部叢刊》影元鈔本。
〔註91〕耶律楚材《還燕和美德明一首》，《湛然居士文集》卷四，《四部叢刊》影元鈔本。

有很大的期望，希望他能夠振興儒學，是以耶律楚材在詩中屢屢自剖心迹。

然而當時的現實並非一兩個人就能夠扭轉時局，加上耶律楚材「冷官待罪」的身份無能為力，他也為自己預備了退路，其詩「自料荒疏成棄物，菟裘歸計乞封留」，已有告老退隱的打算。又云「除妄楔邊重出楔，求真頭上更安頭。亨通富貴剛生喜，苦惱悲愁強作憂。斫斷葛藤閑伎倆，繫驢橛子不須留」，〔註92〕更是用佛家的「以楔出楔，將聲止聲」〔註93〕來勸勉自己除妄求真，看淡人生起伏，以「葛藤」「繫驢橛」等佛語來比擬現實中名利的束縛，從而保持淡泊通達的心態。

耶律楚材的這一組和詩寫得委婉曲折：他洞悉現實，但又不放棄理想；他向朋友表明兼濟天下的志向，但同時也並不拘泥固執。他將儒家「用舍行藏」的傳統與佛家「破執證空」的理念相融合，而這一點也正是他「用我必行周孔教，捨予不負萬松軒」〔註94〕處世觀的延續。

由以上所引詩文可知，耶律楚材學佛的經歷影響了他的文學創作。在詩歌內容上，他維護佛教的地位、表達自己對佛學的傾慕、選擇佛家的遁世；在詩歌形式上，屢屢使用佛家典故，王士禎《池北偶談》稱「元耶律文正《湛然居士集》十四卷，中多禪悅之語」，〔註95〕四庫館臣則指出「雖時時出入內典，而大旨必歸於風教」，〔註96〕認為依然以儒家為旨歸。其實，耶律楚材是以儒家為進，以佛家為退。

三、小　結

貞祐南渡以後，戰爭的殘酷、政權的更迭、士人的撤離、文化的毀壞，使得原先金朝的政治文化中心——燕京文壇日漸凋敝，然而在一部分留京士人的努力下，燕京文壇尚存一線生機。

艱難時世，大多數文人轉向佛、道尋求精神的慰藉，全真教由於丘處機受到成吉思汗的青睞而大盛，形成了以丘處機為中心的燕京唱和；又由於丘

〔註92〕耶律楚材《過燕京和陳秀玉韻》，《湛然居士文集》卷三，《四部叢刊》影元鈔本。

〔註93〕釋延壽《宗鏡錄》卷二十一，大正新修大藏經本。

〔註94〕耶律楚材《寄用之侍郎》，《湛然居士文集》卷六，《四部叢刊》影元鈔本。

〔註95〕王士禎《池北偶談》，中華書局，1982年，第419頁。

〔註96〕永瑢等撰《四庫全書總目》之《湛然居士集》，中華書局，1965年第一版、2008年印，第1422頁。

處機去世，耶律楚材回燕，很快取而代之成爲文壇的中心。這一時期的燕京文壇活動，主要就是以二人爲中心展開。

丘處機向道，耶律楚材「三教平衡」，使得各自的文學創作都具有宗教色彩。以耶律楚材爲代表的金士大夫的創作，兼具故國之思的悲涼。總體說來，這一時期的燕京文壇無論在創作內容或是藝術特色方面，都較爲單一。

第二節　金亡之後的燕京文壇

一、文脈重續：亡金士人的回歸與蒙古政權的舉措

（一）「壬辰北渡」大量士人由汴京北遷對燕京文壇的影響

1、「貞祐南渡」後「壬辰北渡」前，金朝文學的興盛造就了一大批文人

貞祐南渡後，金朝文學中心由燕京轉移至汴京（河南開封）。與燕京文壇的冷寂相反，汴京文壇因爲暫時的偏安而湧入大量人才得以迅速繁榮。元好問曾經不止一次地指出貞祐南渡後詩學發達的盛況。其《楊叔能小亨集引》稱：「貞祐南渡後，詩學大行。」〔註97〕《陶然集詩序》云：「貞祐南渡後，詩學爲盛。」〔註98〕《中州集・溪南詩老辛願》云：「南渡以來，詩學爲盛。」〔註99〕

然而應該注意的是，這種詩學之盛在元好問看來，卻與虛誇浮風相伴，文壇新生代過於沾沾自喜，容不得半點批評；文壇前輩過於誇大其辭，不吝讚美。雙方的作用造成了文壇虛假繁榮：「後生輩一弄筆墨，岸然以風雅自名。高自標置，轉相販賣，少遭指摘，終死爲敵。一時主文盟者，又皆泛愛多可，坐受愚弄，不爲裁抑，且以激昂張大之語從曳之。至比爲曹、劉、沈、謝者，肩摩而踵接，李、杜而下，不論也。」〔註100〕這種風氣，最初總令人有無所適從之感，幸而一批詩人在詩歌創作上有所堅持，故而成爲詩壇的領軍人物與堅實基礎。「初亦未知適從，溪南辛敬之、淄川楊叔能以唐人爲指歸。」〔註101〕「洛西辛敬之、淄川楊叔能、太原李長源、龍坊雷伯威、北平王子正之等，不啻十數人，

〔註97〕元好問著、姚奠中主編、李正民增訂《元好問全集》，山西古籍出版社，2004年，第762頁。
〔註98〕《元好問全集》，第770頁。
〔註99〕《元好問全集》，第957頁。
〔註100〕《中州集・溪南詩老辛願》，《元好問全集》，第957頁。
〔註101〕《楊叔能小亨集引》，《元好問全集》，第762頁。

號稱專門。就諸人中，其死生於詩者，汝海楊飛卿一人而已。」〔註102〕「敬之業專而心通，敢以是非白黑自任。每讀劉（景玄）、趙（宜之）、雷（希顏）、李（欽叔）、張（仲經）、杜（仲梁）、王（仲澤）、麻（知幾）諸人之詩，必爲之談源委、發凡例、解脈絡、審音節、辨清濁、權輕重、片善不掩，微纇必指。」〔註103〕劉祁也指出：

> 南渡後，文風一變，文多學奇古，詩多學風雅，由趙閑閑、李屏山倡之。屏山幼無師傳，爲文下筆便喜左氏、莊周，故能一掃遼宋餘習。而雷希顏、宋飛卿諸人皆作古文，故復往往相法效，不作淺弱語。趙閑閑晚年詩多法唐人李、杜諸公，然未嘗語於人。已而麻知幾、李長源、元裕之輩鼎出，故後進作詩者爭以唐人爲法也。〔註104〕

二人不約而同的指出了這一時期的文學特點：文學經歷了戰亂，在得到短暫的安寧後便立刻興盛起來；而此時的詩風、文風，都具有復古傾向，詩歌創作以唐詩爲標竿。他們對同時代人的評價更是勾勒出一批知名詩人，分別是趙秉文、李純甫、劉昂霄、趙元、雷淵、李獻能、張澄、杜仁傑、王渥、麻九疇、辛願、楊弘道、李汾、雷琯、王粹等，既是當時金朝文壇傑出代表，也是後來文人效法對象。

趙秉文（1159～1232），字周臣，號閑閑，磁州滏陽（河北磁縣）人。金世宗大定二十五年（1185）進士。南渡後，除翰林侍講學士，轉侍讀。興定中，拜禮部尚書，兼侍讀同修國史，知集賢院。主文壇三十年。〔註105〕

李純甫（1177～1223），字之純，號屏山居士，弘州襄陰（河北陽原）人。金章宗承安二年（1197）進士。南渡後，任左司都事，後任京兆府判官。〔註106〕

雷淵（1184～1231），字希顏，別字季默。金衛紹王崇慶二年（1213）進士，從李純甫遊。南渡後，學益博、文益奇、名益重。〔註107〕

宋九嘉（？～1233），字飛卿，夏津（山東）人。爲人剛直豪邁，少游太

〔註102〕《陶然集詩序》，《元好問全集》，第770頁。
〔註103〕《中州集‧溪南詩老辛願》，《元好問全集》，第957頁。
〔註104〕劉祁《歸潛志》卷八，中華書局，1983年，第85頁。
〔註105〕生平見《金史》卷一一○《趙秉文傳》，中華書局，1975年，第2426～2429頁。元好問《閑閑公墓銘》。
〔註106〕生平見《金史》卷一二六《李純甫傳》，第2734～2735頁。
〔註107〕生平見《金史》卷一一○《雷淵傳》，第2434～2429頁。元好問《雷希顏墓銘》。

學，長從李純甫遊，爲文有奇氣，中至寧元年（1213）進士。死於天興二年（1233）兵亂。〔註108〕

麻九疇（1183～1232），字知幾，初名文純，易州（治今河北易縣）人。南渡後讀書遂平西山，舉進士不第，正大三年（1226），薦試館職，後謝病去。〔註109〕

李汾（1192～1232），字長源，先名讓，字敬之，太原平晉（山西太原）人。舉進士不第，元光末，以薦入史館爲從事，後入武仙幕府，行尚書省講議官。金亡爲武仙所害。〔註110〕

短暫的中興，很快就被南征的蒙古大軍擊碎。蒙古太宗窩闊台汗四年（金哀宗天興元年，壬辰，1232）二月，蒙古與金軍主力在三峰山展開決戰，金軍大敗，鈞州、許州、陳州相繼失陷，居民大多被驅迫北上，是爲「壬辰北渡」。汴京攻破後，城內的士人也紛紛北上。

2、亡金士大夫的回歸

在戰亂中，一部分士人殉國，一部分士人死於遷徙流轉的途中，一部分士人散落四方，跑到了南宋境地，另有一部分士人逐漸回歸到燕京周邊。壬辰北渡後，由於文人的再次遷徙與燕京行省的政治地位，使得燕京逐漸又成爲北方文人聚集的中心，促進了燕京文壇的恢復。而一部分文人在國家滅亡之際，自覺承擔起記錄歷史的重任，其中就以元好問、劉祁爲代表。

元好問（1190～1257），字裕之，號遺山，忻州秀容（山西忻州）人。興定五年（1221）進士，哀宗正大元年（1224）中宏詞科，授儒林郎，充國史編修，歷鎮平、內鄉、南陽縣令。正大八年（1231），受詔入汴都。金天興元年（1232），困居圍城，任尚書省掾、左司都事，轉中順大夫，行尚書省左司員外郎，兼修起居注。入翰林，知制誥。天興二年（1233），北渡黃河，被羈聊城。〔註111〕

劉祁（1203～1250）字京叔，號神川遁士，渾源（山西）人。八歲從祖父、父親宦遊南京（河南開封），結識名宦學士。天興元年（1232）蒙軍圍汴

〔註108〕生平見《金史》卷一二六《宋九嘉傳》，第 2736 頁。

〔註109〕生平見《金史》卷一二六《麻九疇傳》，第 2739～2740 頁。

〔註110〕生平見《金史》卷一二六《李汾傳》，第 2741 頁。《中州集》卷一〇、《歸潛志》卷二。

〔註111〕生平生平見《金史》卷一二六《元好問傳》，第 2742～2743 頁。郝經《遺山先生墓銘》，施國祁《元遺山先生年譜》。

梁間，劉祁滯留汴京。金亡後，**輾轉回鄉**。〔註112〕

壬辰北渡，許多士大夫淪爲難民，元好問爲了保護人才，曾於蒙古太宗窩闊台汗五年（金哀宗天興二年，癸巳，1233）寫信給耶律楚材，推薦五十四名汴京北還士人，即史上有名的《寄中書耶律公書（癸巳）》。〔註113〕

姚從吾先生《元好問癸巳上耶律楚材書的歷史意義與書中五十四人行事考》一文對此五十四人中的四十五人生平有詳細考證，根據其日後所表現的事業與影響劃分爲：由耶律楚材直接或間接援引參加新朝建設者十二人，爲孔元措、楊奐、楊果、劉祁、劉郁、梁斗南、趙著、李過庭、李微、樂夔、麻革、劉汝翼；直接間接協助忽必烈建立元朝並參加安定中原與統一中國有表現者二十三人，爲張德輝、李治、王鶚、魏璠、高鳴、李昶、徐世隆、商挺、敬鉉、李謙、杜仁傑、張澄、張緯、曹居一、張肅、楊恕、張聖俞、張徽、程思溫、程思忠、李浩、賈庭揚、冀致君；亡金遺老與社會名士未參加新朝工作而直接得到照顧者十九人（包括生平一時無考者九人），爲馮璧、王若虛、李獻能、高唐卿、李天翼、勾龍瀛、呂大鵬、李全、王鑄、王賁；另有無考九人，王綱、謝良弼、李**恒**簡、李蔚、張輔之、趙維道、楊鴻、胡德珪、李禹冀。他對元好問舉薦行爲大加稱讚：「直接救濟了金朝自大定明昌以來兩朝所培養的學者與儒士，間接保全與綿延了中國傳統的文化」。〔註114〕

此外，劉曉《耶律楚材評傳》中對與耶律楚材有唱和的梁陟、李過庭、敬弦、李微、李全、趙著等人的傳記資料有所補充。〔註115〕趙琦《金元之際的儒士與漢文化》一書中對無考九人中的七人王綱、謝良弼、李蔚、胡德珪、張鼎、趙維道、楊鴻加以考證，對其他人的生平也多有補充。〔註116〕

這一批文人具有共同特點：他們在金朝成長，很多爲金朝進士或太學生

〔註112〕生平見王惲《渾源劉氏世德碑銘並序》，《秋澗先生大全文集》卷五十八，《元人文集珍本叢刊》，新文豐出版公司印行，1985年。

〔註113〕元好問《寄中書耶律公書》，《元好問全集》，山西古籍出版社，2004年，第804～805頁。姚從吾《元好問癸巳上耶律楚材書的歷史意義與書中五十四人行事考》。

〔註114〕《姚從吾先生全集》第六冊，臺灣正中書局，1982年，第152～217頁。按「李治」，《元朝名臣事略》、《元史》、《永樂大典》、《四庫全書總目》等均作「李冶」，但當做「李治」。詳見劉德權《敬齋古今黈點校說明》辨析，中華書局，1995。

〔註115〕劉曉《耶律楚材評傳》，南京大學出版社，2001年，第198～204頁。

〔註116〕趙琦《宋元之際的儒士與漢文化》，人民出版社，2004年。

出身，並經歷了「貞祐南渡」。在汴京聚集，以知名文人趙秉文、李純甫等爲中心，交遊唱和。而後經歷「壬辰北渡」，前輩凋零，他們成爲文壇的中堅力量。國破家亡的時代轉折，流離困頓的人生經歷，促使他們更加深刻地反思歷史、體味現實，明確自身的責任。如元好問作《中州集》，劉祁作《歸潛志》，目的都在於保留往昔故物、不致堙沒無聞。

（二）中原中心：燕京行省機構的擴充與耶律楚材的舉措

木華黎統治期間的燕京行省，主要是「蒙古政權在漠南漢地的軍事指揮中心」，課稅所設置目的在於對漢地經濟的掠奪以保障軍事需要。〔註117〕然而當金朝滅亡之後，金朝的土地、人民盡歸蒙古所有，燕京行省機構就面臨著職能的轉換，除了負責燕京地區的日常行政管理，還升級爲「中原地區最高行政機構」。〔註118〕同時，原金行都汴京由於蒙金戰爭，圍城期間，備受重創，加上「壬辰北渡」後大量士人的回歸，以及蒙古統治者採取的一系列政策，燕京再一次成爲了中原地區的文化中心，「夫燕，誠方今人物之淵藪也。變故之後，宿儒名士往往而在。」〔註119〕

這一時期，對燕京文化恢復起到重要作用的是中書令耶律楚材。

蒙古太宗二年（1230），耶律楚材奏立燕京等十路征收課稅使，長官與副官均用士人，燕京以陳時可、趙昉爲課稅使。參佐均用省部舊人。窩闊台因稅收之故，於次年（辛卯，1231）任命耶律楚材爲中書令。因爲大權在握，耶律楚材對燕京的影響日益顯著。

首先，抑制了燕京權貴石抹咸得不的勢力，制止他濫殺無辜，維護了燕京的治安。

其次，在蒙古滅金的過程中，愛惜生靈，尤其將儒生從戰爭中拯救出來。圍汴期間，耶律楚材遣使入汴京城索取孔子五十一代孫孔元措襲封衍聖公，收拾散亡禮樂人等，及取名儒梁陟、王萬慶、趙著等人，使直釋九經，進講東宮。令大臣子孫，瞭解儒家文化。〔註120〕

從耶律楚材集中可考知，與耶律楚材有交往的北歸金士人有元好問、梁陟、趙著、李全、趙賁、王萬慶、麻革、敬鉉、呂鯤、李世榮、蘭光庭、王

〔註117〕王崗《北京通史・元代卷》，第13頁。
〔註118〕趙琦《宋元之際的儒士與漢文化》，人民出版社，2004年，第97頁。
〔註119〕李庭《送荊幹臣詩序》，《寓齋集》卷四。
〔註120〕詳見《元史》卷一百四十六《耶律楚材傳》，第3455頁。

革、李過庭、董彥才、李微、苗秀實、苗蘭。〔註121〕

第三，是爲儒生謀求出路。太宗八年（丙申，1236）於燕京置編修所，平陽置經籍所，以開文治。召儒士梁陟充長官，王萬慶、趙著副之。九年（丁酉，1237）秋八月，命术虎乃、劉中試諸路儒士，中選者除本貫議事官，於次年得四千三十人，史稱「戊戌選試」。經由「戊戌選試」，楊奐、張文謙、趙良弼、雷膺、劉德淵、石璧、硯彌堅、安滔、徐之綱、許衡、孟攀鱗等人被選拔出來，獲得在中央或地方任職的機會。他們不僅在窩闊台時代擔任重要職務，更在忽必烈時代成爲傑出人物，在政治上影響深遠。同時由於大部分人都是儒者，且許衡、硯彌堅、安滔等人在儒學教育上有很大貢獻，對漢文化的保存與延續起到重要作用。〔註122〕

正是在耶律楚材的努力下，燕京行省逐漸彙聚了許多北歸士人。他們的生存得到了基本的保證，而這爲燕京文壇的恢復奠定了基礎。

二、仕隱之間：亡金士大夫的文學活動

（一）歸潛堂詩：仕與隱的權衡與試探

蒙古太宗窩闊台汗七年（乙未，1235）劉祁北渡，經由銅臺（河北大名銅臺驛）、燕山、武川（河北宣化）返鄉渾源（山西），路上費時近一年。

劉祁返鄉後重建故居，命名爲「歸潛堂」，並寫信邀請陳時可作《歸潛堂銘並序》。

陳時可《歸潛堂銘並序》一文中對劉祁以「潛」爲名，有些不以爲然。「吾京叔之文之行有不可掩者，而以『歸潛』名所居堂，第恐欲潛而不得耳」，〔註123〕其銘文中有「戶外履滿名飛揚，吾恐自此饒薦章，遠來乞銘何可當」的句子，亦是對劉祁的「歸隱」態度的懷疑，認爲其有求名之嫌。

〔註121〕詳見劉曉《耶律楚材評傳》「交遊」一章，南京大學出版社，2001年，第178～211頁。

〔註122〕有關耶律楚材的貢獻與「戊戌選試」，詳見余大均《論耶律楚材對中原文化恢復發展的貢獻》，《內蒙古大學學報（人文社會科學版）》1979年Z2期第103～113頁。劉曉《耶律楚材評傳》第五章「戊戌試」一節，南京大學出版社，2001年，第129～140頁。趙琦《金元之際的儒士與漢文化》第二章「戊戌選試─確立儒籍」一節，人民出版社，2004年，第61～72頁。

〔註123〕陳時可《歸潛堂銘並序》，劉祁《歸潛志》卷十四，崔文印校點，中華書局，1983年，第172頁。

劉祁於蒙古窩闊台十年（1238）參加「戊戌選試」中選，任山西東路考試官，後宦遊相，不再「歸潛」，則此文應寫於此之前。而當時的陳時可應該仍在燕京路課稅使的任上。與此同時，還有不少文士投贈詩歌，共二十人二十五首詩，分別為吳章、李欽止、白華、呂大鵬、元好問、麻革、性英、李微、李惟寅、薛玄、蘭光庭、趙著、張緯、高鳴、劉德淵、劉肅、張仲經、張師魯、張特立、勾龍瀛。

李獻卿，字欽止，號定齋居士。〔註124〕山西永濟人，金進士，李獻能堂兄。〔註125〕在元朝大概曾任職尚書省左右司郎中。〔註126〕

白華，字文舉，號寓齋，金貞祐三年進士，仕至樞密院判官，右司郎中。金亡入宋，太宗七年北歸，寓居真定。〔註127〕

性英，字粹中，號木菴。貞祐南渡後居洛西，時人以詩人目之。詩人辛願、趙元、劉昂霄、元好問皆在洛西，有詩歌交流。其詩受趙秉文、楊雲翼、李純甫、雷淵等人推崇。壬辰北渡後，居燕京仰山，與耶律楚材父子均有往來。〔註128〕

李惟寅，字舜臣，金進士，析津人。

薛玄，字微之，華陰人，號庸齋，仕至河南府提學。〔註129〕

蘭光庭，字仲文，應州金城（山西應縣）人。金朝進士出身，曾任工部尚書。與耶律楚材有唱和。〔註130〕

劉德淵（1209～1286），字道濟，邢臺人。早年遊王若虛門下，北渡後，赴

〔註124〕劉祁《歸潛志》卷十四，鮮于樞《困學齋雜錄》，《叢書集成初編》據知不足齋叢書本排印，中華書局，1985 年，第 11 頁。

〔註125〕《金史》卷一二六《李獻能傳》，第 2736 頁。

〔註126〕王惲《大元故尚書省左右司員外郎韓公神道碑銘並序》稱韓仁「起授左右司員外郎，公早夜在公，以吏務自任，郎中李獻卿才望重兩朝，亦許公和光解紛，能就吾事。」《秋澗先生大全文集》卷第六十，《元人文集珍本叢刊》，新文豐出版公司印行，1985 年。

〔註127〕生平見《金史》卷一一四《白華傳》，第 2503～2514 頁。

〔註128〕生平見趙秉文《同英粹中賦梅》、元好問《木庵詩集序》；劉曉《金元之際詩僧性英事迹考略》，《中國社會科學院歷史研究所學刊》第三集，商務印書館，2004 年。劉曉文中曾指出，性英為劉祁賦詩題款「仰山性英粹中」，則說明此時性英已經在燕京宛平縣西北山中金元名剎樓隱寺任住持。

〔註129〕生平見鮮于樞《困學齋雜錄》，《叢書集成初編》據知不足齋叢書本排印，中華書局，1985 年，第 14 頁。

〔註130〕生平見劉曉《耶律楚材評傳》，南京大學出版社，2001 年，第 203 頁。

戊戌試，魁河北西路。中統建元（1260），授翰林待制。因性格耿直，不能適應官場，轉嚮學問。精通史學、古文奇字。至元二十三年卒，年七十八。〔註131〕

劉肅，字才卿，威州洺水（河北威縣）人。金興定二年（1218）進士，辟新縣令。入爲尙書省掾，擢戶部主事。金亡，入東平幕府。在幕府期間，任行尙書省員外郎，改行軍萬戶府經歷。〔註132〕

張師魯，字明道，燕山人。

張特立，初名永，字文舉，號中菴，曹州東明人。泰和三年（1203）中進士，調宣德州司侯，擢監察御史。北渡後潛心易學，通程氏易，晚年教授諸生東平，嚴實禮遇非常。卒年七十五。〔註133〕

在這組投贈詩歌中，留守燕京士人與回歸士人，表現出了不同的態度。其中，陳時可、吳章一直活躍於燕京文壇，李獻能、呂大鵬、麻革、李微、趙著、張緯、高鳴、張仲經、勾龍瀛則是元好問推薦的五十四人中由汴京北歸的名士，白華、性英、李惟寅、薛玄、蘭光庭、劉德淵、劉肅、張師魯、張特立亦是北歸金士人。〔註134〕

留京士人對劉祁的「歸潛」態度表示了懷疑與譏諷。吳章詩云「城上棲烏尾畢逋，歸來小隱與時俱。高山流水誰同聽？明月清風德不孤。富貴於人眞暫熱，文章照世足爲娛。廟堂一旦求遺逸，只恐終南是仕途。」

首聯「尾畢逋」一語出《後漢書・五行志一》：「桓帝之初，京都童謠曰：『城上烏，尾畢逋，公爲吏，子爲徒。』」范曄釋此曰：「案此皆謂爲政貪也。『城上烏，尾畢逋』者，處高利獨食，不與下共，謂人主多聚斂也。」貞祐南渡，大部分權貴均隨皇室南遷，而吳章等人留守燕京城，度過了一段最爲艱苦的歲月。到如今，汴京破滅，南遷士人狼狽北還，不禁讓人有風水輪流轉的慨歎，「富貴於人眞暫熱」。此時劉祁向燕京課稅使陳時可求銘歸潛堂，並遍求名賢題詩，似乎觸動了留燕士人的神經，「廟堂一旦求遺逸，只恐終南

〔註131〕生平見王惲《故卓行劉先生墓表》，《秋澗先生大全文集》卷六十一。《全元文》第六冊，第 565 頁。

〔註132〕生平見《元朝名臣事略》卷十《尚書劉文獻公》，蘇天爵輯、姚景安點校《元朝名臣事略》，中華書局，1996 年，第 197～199 頁。《元史》卷一六○《劉肅傳》，第 3763～3765 頁。

〔註133〕生平見《金史》卷一百二十八《張特立傳》，第 2773～2774 頁。《元史》卷一百九十九《張特立傳》第 4475～4476 頁。

〔註134〕諸人詩歌見劉祁《歸潛志》卷十四，崔文印校點，中華書局，1983 年，第 173～182 頁。

是仕途」，名曰「歸潛」，實則是終南捷徑。吳章與陳時可的評價，不約而同。

　　而與劉祁同為北歸士人的李獻欽則因世事巨變，對興衰成敗看淡：「誰知天地遽翻覆，滄海橫流陷平陸」，「平生事業安用為，攜家徑走南山陲」，「有時俯仰塵土間，擾擾干戈如鬥蟻」，從而對劉祁規勸道：「我有一言君試聽，乾坤萬古真郵亭。但教定宇天光發，區區世間富貴何異螺羸與螟蛉。」〔註135〕

　　總而言之，這一組題詩，折射出當時北歸士人的艱難處境與複雜心態。他們一方面剛剛從國破家亡、兵荒馬亂中逃回北方，戰爭所造成的巨大破壞，對原有生活的顛覆，令他們心灰意冷，只渴望回歸平靜的家園，因而對劉祁劉郁兄弟二人重建故園、歸潛隱居的志向表示贊同與欣羨。在眾人的詩中，都描述了自己對這種隱居生活的想像，如呂大鵬「嵐秀充朝餕，冰弦響夜堂」，李微「山給窗扉翠，泉貢枕簟涼」，李惟寅「雲蒸秋潭冷，月落夜窗虛。歲月杯中物，生涯几上書」，「野鳥從喧寂，山雲自去留」等。在詩人筆下，隱居生活就猶如陶淵明的世外桃源，可以遠離塵世的喧囂與戰亂的侵擾，與嚴子陵、謝靈運等先賢一樣，過世外高人的生活，這對剛剛死裏逃生的難民來說，尤為可貴。很多士人對此表示了嚮往之情，趙著「遙思二陸猶如此，自愧區區未屬厭」，劉肅「惆悵朱門客，思歸不得歸」，性英「因君益覺行蹤拙，又為浮名繫此身」，都是對照自己的現狀，羨慕劉祁、劉郁兄弟的隱居生活。

　　然而另一方面，一部分北歸士人對其歸隱又抱有一種猶疑，正當新政權百廢待興、亟需人才之際，隱士難當，元好問詩「卻恐光聲埋不得，皇天久矣付斯文」，麻革詩「第恐遁世志，還負習隱譏」，薛玄詩「只恐葛龍潛不定，一聲雷雨躍天地」，蘭光庭詩「只恐池中非久處，竚看雷雨起天津」，張緯詩「卻恐漢庭須羽翼，鶴書未許老巖隈」，張特立詩「才大到頭潛不得，已傳華萼出蓬門」，均有同感。由於劉祁才高名重，歸潛之志，不能夠貫徹到底。他們從惋惜人才的角度，也指出了「歸潛」不過是暫時的沉寂，終究會有復出的一天，而這個觀點和陳時可、吳章殊途同歸。

　　劉祁之所以會給陳時可寫信求銘，不過是一種試探，希望身為燕京課稅使的陳時可或許會給自己提供某種機會。

　　劉祁的意圖在《歸潛堂記》一文中已經表露無遺。該文首敘家世交遊、少年之志：出身名門，遍讀經籍，結交豪傑，「慨然有功名心」。時易世變，壯年歸隱，反思平生，以儒者自居，以聖人之道自期，「其平昔所志，修身治

〔註135〕劉祁《歸潛志》卷十四，崔文印校點，中華書局，1983年，第175頁。

國平天下，窮理盡性至於命，進則以斯道濟當時，退則以斯道覺後也」，其初心不改，僅僅由於「世路方艱，未可爲進取謀」，故而歸隱。「歸潛」並非其最終意圖，祇是一時的權宜之計。後又進一步借客之口分析天下形勢，「今吾子生當亂世，正英雄奮發之秋」，提供了幾種出路：一是封疆據土，二是附雄藩巨鎮，三是建立戰功，四是文詞遊說。而劉祁則強調時機，「蓋君子之道以時卷舒」。〔註136〕

最後點明「歸潛」的眞正含義：「《易》曰：『龍德而隱，遁世無悶』。」實則「潛」即「潛龍勿用」之意。而薛玄詩「只恐葛龍潛不定，一聲雷雨躍天地」則是針對這一點，指出其終究會「飛龍在天」，有所作爲。「潛」並不是「隱」，而是爲了奮發積蓄力量，等待時機。他這次「要使新詩走群彥」，大張旗鼓請眾人爲其「歸潛堂」題詩，也是對輿論的試探。

爲劉祁題詩的這一批北歸士人，大多都出仕新朝，或依附雄藩巨鎮，並沒有誰去過眞正的隱士生活。蒙古窩闊台十年（戊戌，1238），詔試儒士，劉祁中選，任山西東路考試官。後征南行臺粘合公聞其名，邀至相下，待以賓友，七年而逝，年四十八。〔註137〕

由此可見，歸潛堂題詩這項詩人酬答唱和的文學活動，折射出時人的諸種心態。它是亡金士人逃難歸來獲得暫時安棲後，對今後人生的一種集體思考與打算：是就此歸隱，在哀悼故國中度過余生；還是迅速融入新朝，獲得另一次人生發展的機遇。詩歌贈答，彷彿一種群體性的試探，又彷彿一種群體性的呼應。在這個時刻，「歸潛」不過是「出仕」的變調，是對時局的斟酌與權衡，等待屬於自己時機的到來。

（二）題梁氏《無盡藏》詩卷：重振家聲

1、故家舊藏

蒙古太宗窩闊台汗八年（丙申，1236）於燕京置編修所，儒士梁陟充長官。王萬慶、趙著副之。〔註138〕

梁陟本爲燕京大興路良鄉世家大族，其五世祖梁德成遼末爲鄉里豪富，曾祖梁伯溫爲金皇統進士，官通議大夫，同知河南府事，贈安定郡伯。父親

〔註136〕劉祁《歸潛堂記》，《歸潛志》卷十四，崔文印校點，中華書局，1983年，第171～172頁。

〔註137〕王惲《渾源劉氏世德碑銘並序》，《秋澗先生大全文集》卷五十八。

〔註138〕《元史》卷二《太宗本紀》，第34頁。

梁牧有別墅，金代諸名士常常在其間聚會觴詠，梁陟童年時代就一同參與詩歌活動，頗受眾人賞識。〔註139〕

　　梁陟明昌中進士，官中奉大夫，同知南京路（即汴京，今河南開封）都轉運司事。有才幹，擅長吏事，能剖繁治劇，時人都佩服他的通達聰敏。汴京被圍期間，耶律楚材曾於圍城中訪求梁陟，其《用梁斗南韻》：「丁年學道道難成，卻得中原浪播名。否德自慚調鼎鼐，微才不可典機衡。誰知東海潛姜望，好向南陽起孔明。收拾琴書作歸計，玉泉佳處老餘生。」〔註140〕這首詩是與梁陟相唱和，梁陟詩已不可見，但從耶律楚材的自謙之詞「否德自慚調鼎鼐，微才不可典機衡」，想必梁陟對耶律楚材稱讚有加。而耶律楚材也將梁陟比作「姜望」「孔明」，甚至提出讓賢，亦是對其行政能力的肯定。元好問上書舉薦稱之為「耆舊」，在時人心中，梁陟頗具名望。

　　金亡之後，梁陟北歸故鄉燕京，距離南遷之日已有十餘年的時間。他得到了故居舊家的《無盡藏》詩卷，約諸人一同題詩。今此詩卷未見，僅有元好問《梁都運亂後得故家所藏無盡藏詩卷見約題詩同諸公賦》一詩及劉從益、王惲、胡祗遹等人相關題詩，據此仍可推知一二。

　　所謂「無盡藏」，典出佛家語的「無盡藏海」，這裡化用蘇東坡《前赤壁賦》裏的意象：「（客亦知夫）水與月乎？逝者如斯而未嘗往也，盈虛者如彼而卒莫消長也，蓋將自其變者而觀之，則天地曾不能以一瞬；自其不變者而觀之，則物與我皆無盡也，而又何羨乎？且夫天地之間，物各有主，苟非吾之所有，雖一毫而莫取，惟江上之清風與山間之明月。耳得之而為聲，目遇之而成色，取之無禁，用之不竭，是造物者之無盡藏也。而吾與子之所共適。」意為江上清風、山間明月，有聲有色，取之不盡、用之不竭，為造物之妙，因而稱「無盡藏」。

　　梁陟故家在今北京西南的良鄉附近。趙秉文曾有《無盡藏賦》一文，開頭描寫了風景所在：「出國門而南騖兮，並瀘水以西馳，枕房山之東麓兮，面萬頃之蒼陂，得孤亭之爽塏兮，納萬象而君之。」〔註141〕

　　《元一統志》載良鄉縣為漢置，「遼金皆仍舊名，國朝因之，隸大都路」，

〔註139〕袁桷《推誠保德功臣開府儀同三司太傅上柱國追封薊國公諡忠哲梁公行狀》，《清容居士集》卷三十二。

〔註140〕耶律楚材《湛然居士集》卷十四，《四部叢刊》影元鈔本。

〔註141〕趙秉文《閑閑老人滏水文集》卷二，《四部叢刊》景明鈔本。

「良鄉縣，北距上都八百七十里，東北距大都七十里，東距宛平縣南界首桑垈村二十里，西距房山縣董村東界首十五里。南距新城縣一百三十里，北距宛平縣七十里，東南距固安州一百里，西南距涿州范陽縣六十里，西北距房山縣大防山四十五里。」〔註142〕

趙秉文賦中「國門」，當指金中都燕京城門。近年來，經過考古人員的發掘與歷史學家的研究，金中都的四至已大體明確：「南垣在今廣安門外西南鳳凰嘴村，經萬壽寺、石門村、霍道口、祖家莊、茱戶營到北京南站四路通的地方，這一線的東西方向的涼水河，是爲中都南護城河，河的北岸原有連綿不斷的土丘，即爲城垣遺址。中都的東垣，在金北京宣武區虎坊橋迤西梁家園的南北一線，南自四路通向北延長，經陶然亭東側、窯臺、黑窯廠胡同、潘家胡同西側向北直到翠花灣地方。北垣在今宣武門內東起翠花灣迤南向西、經頭髮胡同東西一線。西垣在今羊坊店東南角，向南延伸到鳳凰嘴村。」〔註143〕

良鄉縣在金中都的西南方，故而稱「南鶩」。瀘水，疑指盧溝河，「渾河與桑乾水」，「自大興縣界流至東安州境，南入武清縣界」，〔註144〕即今之永定河，流經良鄉境內，在良鄉東方，故稱「瀘水以西」。而良鄉縣「西到房山縣三十里」，故稱「馳枕房山之東麓」。

由以上可知，趙秉文《無盡藏賦》中描述的地理位置，在燕京城郊位於瀘水、房山之間的良鄉一帶，這正是梁陟故家所在。

梁陟故家庭院風景優美，有一個位於高處、水邊的亭子，登上亭子可以俯瞰周圍湖光山色，令人流連忘返。趙秉文賦中點明「萬頃之蒼陂」，「孤亭之爽塏」有水、有亭。其後對秋夜登亭臨水、乘風賞月的情狀極盡描摹，並且議論道：「水不與風期，風來而水波；山不與月期，月照而山白。庸知夫性空眞風、性空眞月，是尙有極耶？然則聲塵有盡，所以聲聲者無盡也。色塵有盡，所以色色者無盡也。」風月無邊，這一段話，即是對蘇軾《前赤壁賦》中「無盡藏」的生發。主人聽罷而喜：「今而後知乾坤一亭，萬物一藏，吾廬尙無恙也。」〔註145〕則此「無盡藏」賦乃是爲亭主人所作，而此亭又爲宅院之一部分。

〔註142〕趙萬里輯校《元一統志》，第4頁、第9頁。
〔註143〕《北京通史・金代卷》，第48頁。
〔註144〕趙萬里輯校《元一統志》，第17頁。
〔註145〕趙秉文《閑閑老人滏水文集》卷二，《四部叢刊》景明鈔本。

元好問為梁陟《無盡藏》詩所題：「飛亭四望水雲寬，亭上高人杳莫攀。已就湖山攬奇秀，更教鄉社得安閒。風流豈落正始後，詩卷常留天地間。勝賞休言隔今昔，肩吾新自會稽還。」〔註146〕所述景色有亭有水。又「肩吾新自會稽還」一句用典，庾肩吾為南朝梁代南陽新野人，簡文帝蕭綱繼位後，以庾肩吾為度支尚書。後侯景至建康，矯詔遣庾肩吾使江州招降蕭大心，他乘機逃至會稽，轉赴江陵，投奔蕭繹，封武康縣侯。此處當指梁陟戰亂後得以重返故園之意。故元好問詩題中「亂後」，應指壬辰北渡、汴京圍城、金朝滅亡之後，而此詩也應該是作於燕京。

又劉從益有《題無盡藏（梁斗南所藏畫）》一詩：「誰開天地秘密藏，今古人間用不窮。眼尾搖光千丈月，耳根傳響一溪風。勝遊赤壁文章在，高臥燕山氣象同。二老風流渺何許，後生猶可畫圖中。」〔註147〕說明此《無盡藏》不僅有詩卷，還有畫，很可能詩卷就是題畫詩集。詩中點明「風」、「月」之景，以及「勝遊赤壁文章在，高臥燕山氣象同」，即指蘇軾《前赤壁賦》「無盡藏」之意，同時又指出該風景所在之地為燕京。

按劉從益（1181～1224），字雲卿，號蓬門，渾源（今屬山西）人。金初名士南山翁劉撝曾孫，劉祁、劉郁之父。大安元年（1209）進士，拜監察御史，後去官，起為葉縣令。入授翰林文字，以疾卒。〔註148〕

劉從益不曾經歷金亡北歸，則早在金南遷之前，他就曾為梁陟《無盡藏》畫題詩，極有可能是與趙秉文作賦同時，更有可能就是一批金士大夫在遊賞梁家別墅之時，共同題畫作賦作詩結集，也就是元好問所說的《無盡藏》詩卷。而當梁陟歷經戰亂回到睽違已久的家園時，重睹舊物，再次請元好問等人一同題詩。但目前只有元好問的詩流傳下來。

除了梁陟同時代的人曾題《無盡藏》詩卷外，後學晚輩亦曾目睹此手卷並題詩。王惲先後有七首。

按王惲詩中曾提及「晚香何有百花崖」「特就房山巖畔月，百花潭水濯冠纓」，則進一步印證，梁氏無盡藏所繪之景在房山一帶。《日下舊聞考》卷一百六載：「盧溝河在府南四十里，即桑乾河也，亦名渾河。府西百里有清水河，

〔註146〕元好問著、施國祁箋注《元遺山詩集箋注》卷九，人民文學出版社，1958年。
〔註147〕元好問編《中州集》卷六，《四部叢刊》影元刊本。
〔註148〕生平見《金史》卷一二六《劉從益傳》，第2733～2734頁。趙秉文《故葉令劉君遺愛碑》，《中州集》卷六，《歸潛志》卷九。

流徑大臺村，又西北百餘里有小溪，流徑青口村，俱入之。其上為百花陀、十八盤、青山、摘星諸嶺，岩谷幽邃，直聳雲霄，人騎罕通，僅容一線。」「宛平縣西二百里有百花山，特多花卉，有不可名者。」又「洹水郎山雨露春」，其中「洹水」即在良鄉境內，《日下舊聞考》「京畿良鄉縣」載：「東徑涿縣北東流注於桃（水）。」〔註149〕

胡祗遹題詩：「細閱梁侯自序辭，故家簪紱見當時。無情劫火猶忠厚，留在金陵五詠詩。」梁陟曾自序「故家」顯赫盛狀。「金陵五詠」，指劉禹錫《金陵五題》，為詠史懷古之名篇。說明當時元好問等人的題詠，亦多為懷古興亡之感。「抱持手澤索題詩，愧乏佳言詠孝思。炬赫家聲終有日，劫灰焦火尚堪追」〔註150〕一詩，則是對梁陟之孫梁國禎而言，表明重振家聲之意。則「故家」當為梁家無疑。

2、同題集詠

楊鐮師在《元詩史》中指出元詩的特點之一即社會人群因賦詠同一個題目而納入一個共同的文化圈，通常為相同時期詩人的同題集詠。〔註151〕梁氏無盡藏詩卷的題詠，則是跨越了時間的同題集詠，折射出不同時代的文人情感。

首先是戰亂之前、承平時期，金士人悠遊自在的生活，受蘇軾影響、融禪思於文學的風格體現。如「無盡藏」一名，就是由《前赤壁賦》中而來，而趙秉文的賦更是在《前赤壁賦》基礎上的生發。也由此可見蘇軾對其影響。

其賦中「庸知夫性空真風、性空真月，是尚有極耶？然則聲塵有盡，所以聲聲者無盡也。色塵有盡，所以色色者無盡也」，更是提出了「性空」「聲聲者無盡」「色色者無盡」等禪宗思想。

劉從益「二老風流渺何許，後生猶可畫圖中」，則表達了對蘇軾二人「寄蜉蝣於天地，渺滄海之一粟」，物我兩忘的曠達瀟灑胸懷氣度的仰慕之情。

其次是戰亂之後，物是人非，重睹故物，北歸士人於滄桑之中，依然追求自由境界。

元好問「風流豈落正始後，詩卷常留天地間。勝賞休言隔今昔，肩吾新自

〔註149〕于敏中等纂《日下舊聞考》，卷一百六，北京古籍出版社，1983 年版，2001 年印，第 1753、1756～1757 頁，卷一百三十三，第 2144 頁。

〔註150〕胡祗遹《題梁氏無盡藏詩卷（斗南之孫家藏)》，《紫山大全集》卷七，《景印文淵閣四庫全書》本。魏崇武、周思成點校《胡祗遹集》，《元朝別集珍本叢刊》，吉林文史出版社，2008 年，第 160～161 頁。

〔註151〕楊鐮師《元詩史》，第 624 頁。

會稽還」，亦表示了對前人風流姿態的讚歎，將之與魏晉風度相提並論。然而與承平時期不同的是，此刻的詩人，是經歷了多年戰亂，重返故國，當初畫圖上的風景、詩卷的作者們，都已作古，而他們的作品卻歷經劫難存留下來，生命的短暫與永**恒**，就在這詩卷上同時呈現，先賢們的氣度風韻宛若眼前。

庾肩吾之典運用之妙就在於其內涵之豐富。李賀曾作《還自會稽歌》，詩序云：「庾肩吾於梁時嘗作宮體謠引，以應和皇子。及國世淪敗，肩吾先潛難會稽，後始還家。僕意其必有遺文，今無得焉，故作《還自會稽歌》，以補其悲。」〔註152〕庾肩吾的文章已經不見，李賀代為作歌詩以抒發悲愴之感。歷史總是如此令人懸想不已，文人又總是如此多情，詩歌更是一座可以跨越時間與距離的橋梁溝通古今。「勝賞休言隔今昔，肩吾新自會稽還」，後之視今，猶今之視昔，元好問在歌詠「無盡藏」詩卷的同時，思接古人，正始之音、赤壁之賦、無盡藏卷，均是士大夫對自由精神狀態的一種追求，其本質相通，即便是滄海桑田的世事變遷亦不能改變。

第三，社會穩定時，後人對先賢的仰慕。

梁家曾一度成為文人聚會的中心。王惲、胡祇遹均為梁陟無盡藏詩卷題詩。在詩中，他們都對梁氏無盡藏題詩津津樂道，認為可以與蘭亭集會相比擬。

王惲《跋梁中憲無盡藏手卷四首》：「人物風流晉永和，一樽觴詠百年歌。邇來水檻中臺宴，更比當時樂事多。」〔註153〕胡祇遹《題梁氏無盡藏詩卷（斗南之孫家藏）》：「衣冠人物蘭亭會，樓觀溪山輞口莊。忍向牛童問遺迹，野泉分水下寒塘。」輞口莊即王維輞川別業。

王惲、胡祇遹相較元好問等人而言屬於晚輩，他們面對無盡藏手卷，不由得生發出懷古幽思。王惲《跋梁斗南先生無盡藏手軸》：「升平豪富林泉主，白髮歸來一幅巾。世與士安籌國計，誰云開府是辭臣。江頭宮殿千門暗，物外雲煙萬古春。休向諸郎訪遺事，青山依舊是比鄰。」〔註154〕

無盡藏題詩，也傳為佳話：「風流雅集冠當時，一代名卿盡有詩。多少金盤薦華屋，浮雲流水竟誰知。」「深陵高穀不須傷，留在佳篇名益彰。一字新詩雙白璧，錦囊瑤軸為深藏。」〔註155〕

〔註152〕李賀《李賀歌詩編》卷一，《書韻樓叢刊》（據四部叢刊景印常熟瞿氏鐵琴銅劍樓藏金刊本校刊），上海古籍出版社，2005年。
〔註153〕王惲《跋梁中憲無盡藏手卷四首》，《秋澗先生大全文集》卷三十四。
〔註154〕王惲《跋梁斗南先生無盡藏手軸》，《秋澗先生大全文集》卷十六。
〔註155〕胡祇遹《題梁氏無盡藏詩卷（斗南之孫家藏）》，《紫山大全集》卷七。

同題集詠，可以跨越時間。由於不同時代同詠一題，面對同一題材，前人留下的歌詠作品亦作為後人歌詠的對象，形成了感情的疊加。另一方面，面對同一題材，且容易受前人的影響，往往抒發的感情極為類似，具有古今同調、思接古人之感，形成了感情的強化。

3、重振家聲

梁陟是燕京故家之後，他在戰亂之後重新邀請文人為其《無盡藏卷》題詩，暗含著一種重振家聲的願望。

《無盡藏卷》留存了先賢的手迹，見證了家族的輝煌，是金王朝穩定繁榮時代的產物，睹物思舊，對經歷了貞祐南渡、壬辰北渡，物質、心靈均飽受戰爭之苦的亡金士大夫而言，過去的歲月遙不可及，回憶時充滿了眷戀。因而元好問的題詩，便以「庾肩吾還自會稽」這一歷史情境為基調，借歌詠《無盡藏卷》來抒發自己的故國之思。

而對於梁陟而言，他出仕新朝，故國情感猶存，然而家族延續的責任更大，他希望能在新朝擴大自己家族的影響力，讓《無盡藏卷》代代相傳。

事實上，王惲、胡祗遹的題詠，則印證了這一點。作為新朝的官員，他們更多的是感受到新朝建立後的安定，因而對於故家重建，抱有信心。「鐘鼓山林窮勝事，衣冠韋杜似樊川。一門顯允稱多士，野老猶能說定年。」「馬頭旌旆八騶行，劍佩鏘鏘尹雒京。特就房山岩畔月，百花潭水濯冠纓。」〔註156〕

《再題梁氏無盡藏》：「月白風清世不知，園林鐘鼓想當時。萱堂此日南陔樂，又見肩輿拜慶詩。」「洹水郎山雨露春，江山如畫見橫陳。世臣喬木千年事，長配先生德日新。」〔註157〕

胡祗遹《題梁氏無盡藏詩卷（斗南之孫家藏）》：「抱持手澤索題詩，愧乏佳言詠孝思。烜赫家聲終有日，劫灰焦火尚堪追。」「興衰無刻不推遷，消盡繁華到野田。留在賢孫嗣前業，入雲高第看他年。」這一系列的詩已將注意力由家族歷史轉向了後世子孫事業。〔註158〕

元貞三年（1297），王惲、楊桓、劉叔謙同聚會梁氏別墅，作詩：「問字嘗思過子雲，一樽梁墅喜情親。清燈夜話逢知友，喬木蒼煙憶世臣。野水添

〔註156〕王惲《跋梁中憲無盡藏手卷四首》，《秋澗先生大全文集》卷三十四。
〔註157〕王惲《再題梁氏無盡藏》，《秋澗先生大全文集》卷三十四。
〔註158〕胡祗遹《題梁氏無盡藏詩卷（斗南之孫家藏）》，《紫山大全集》卷七。

杯無盡藏，侯門儲慶有餘春。五枝休數燕山寶，黃閣經綸見秉鈞。」〔註159〕
在這首詩中，還曾提及「無盡藏」。

梁陟的曾孫梁德珪，字伯溫，一名暗都剌，至元二十九年累升中書參政。
成宗立，任資德大夫、中書左丞。因梁德珪之故，梁陟被追諡爲通憲先生。
而梁德珪後於大德元年位至中書右丞，二年拜平章政事，大德七年以罪罷，
不久死去。延祐元年追諡忠哲。〔註160〕梁氏家族在元初也稱得上「留在賢孫
嗣前業，入雲高第看他年」。

以梁陟爲代表的故家大族，在新朝又獲得了新的發展。而眾人紛紛爲其
《無盡藏卷》題詩，亦表示出對這種家族文化傳承的認同與期許，燕京文學
也正是賴此得以延續。

然而應該看到，這種唱和之詩，在藝術創作上應酬的痕迹很深，王惲的
詩「百花潭水濯冠纓」一句直接借用黃庭堅《老杜浣花溪圖引》，「月白風清
世不知」一句又是與《題魯人張仲和卿舒嘯亭手卷》一詩的自我重複，足見
這種題跋，在藝術上並不高明。

三、小　結

綜上所述，歷經戰亂歸來的亡金士大夫們，在面臨新朝時有了各自不同
的選擇，這一心態在他們的文學唱和活動中表露無疑。逐漸興起的文學活動
使得原先沉寂單調的燕京文壇又逐漸恢復了生機。

第三節　新舊交替中的燕京文壇

一、新舊交替：燕京權力中心的轉移與南方理學北傳

（一）燕京管權的交替

耶律楚材當政期間，燕京地區的管理權主要控制在他手中。然而，「自太
宗十二年（1240）起，耶律楚材實際上已經失去了窩闊台汗往日的信任，職

〔註159〕王惲《與梁總判楊少監武子劉總管叔謙會梁都運高舍別墅夜話帳中樂怡怡也
　　　　梁君索詩因書此以答雅意元貞三年二月十八日也》，《秋澗先生大全文集》卷
　　　　二十二。
〔註160〕袁桷《推誠保德功臣開府儀同三司太傅上柱國追封薊國公諡忠哲梁公行狀》，
　　　　《清容居士集》卷三十二。

務被剝奪，大權旁落。」〔註161〕其對燕京的管轄權，自然也就被取代。

在稅收財政方面，由奧都剌合蠻出任諸路課稅所長官。在行政方面，設立行尚書省，劉敏、牙老瓦赤任長官。楊惟中取代耶律楚材，任中書令。

劉敏（1201～1259），字德柔，一字有功，宣德青魯（今河北宣化）人。元太祖七年（1212），蒙古軍南下山西，劉敏十二歲，被俘，任成吉思汗宿衛，因通曉各族語言，賜名玉出幹，任奉御。後隨成吉思汗西征。十八年（1223），授安撫使，便宜行事，兼燕京路征收稅課、漕運、鹽場、僧道、司天等事，並給西域工匠千餘戶，及山東、山西兵士，立兩軍戍守燕京。劉敏與兩位侄兒一同任職燕京總管府。並選宋元爲安撫副使，高逢辰爲安撫僉事，李臻爲參謀。劉敏在燕京的勢力逐漸坐大，甚至可以與耶律楚材相抗衡，抑制燕京契丹人的勢力。劉敏選精通星相曆法的人，任命爲司天太史氏，興建學校，進名士爲師。對燕京儒學的恢復也起了一定的作用。但他主要是爲窩闊台提供燕京一地的賦稅，用於和林城的建造。太宗窩闊台十三年（辛丑，1241）春，燕京建立行尚書省，授予劉敏以專權。牙魯（老）瓦赤奉命與劉敏同治漢民，二人有權力爭鬥，最終劉敏取得勝利。幕僚李臻升任左右司郎中。定宗即位，詔令劉敏與奧都剌同任燕京行省事。憲宗元年（辛亥，1251）夏六月，又命劉敏與牙魯（老）瓦赤同時掌管燕京。憲宗四年（甲寅，1254）劉敏請求由兒子劉世亨接替職位，劉世亨被賜名塔塔兒臺，其弟劉世濟賜名散祝臺，爲必闍赤，入宿衛。九年，劉敏病亡於燕京，年五十九。〔註162〕

楊惟中（1205～1259），字彥誠，弘州（今河北陽原）人。金末，以孤童子事窩闊台，有膽略，深受窩闊台器重。二十歲，即奉命出使西域三十餘國。皇子闊出伐宋，楊惟中爲軍前行中書省事。攻克宋棗陽、光化、光州、隨州、郢州、復州及襄陽、德安府，得名士數十人，收伊洛諸書送燕都，立宋大儒周敦頤祠堂，建太極書院，延請儒士趙復、王粹（王元粹）等講授其間，由此通聖賢之學，慨然欲以道濟天下。後任中書令。窩闊台去世，太后馬乃眞後稱制，楊惟中以一相任天下。定宗即位，詔楊惟中宣慰平陽道，平定亡金餘黨。憲宗元年（1251），忽必烈開府金蓮川，總管漢地。楊惟中任河南經略

〔註161〕劉曉《耶律楚材評傳》，《耶律楚材評傳》，南京大學出版社，2001年，第148頁。傅海波、崔瑞德編《康橋中國遼西夏金元史》，「耶律楚材的失勢」一節，中國社會科學出版社，1998年，第390～393頁。
〔註162〕生平見元好問《大丞相劉氏先塋神道碑》，《遺山先生文集》卷二十八，《四部叢刊》景明弘治本；《元史》卷一五三《劉敏傳》，第3609頁。

使。遷陜右四川宣撫使。憲宗九年（己未，1259），忽必烈總管東路大軍，舉薦楊惟中為江淮京湖南北路宣撫使，大軍還，楊惟中在蔡州去世，年五十五。中統二年追諡忠肅。〔註163〕

綜合前文所述可知，燕京從蒙古政權佔領至今，由於其軍事地位重要，又是天下財賦中心，權力錯綜複雜。主要有幾股勢力長期盤踞：

一是燕京的舊勢力，如石抹明安、石抹咸得不父子，他們因為在攻下中都的戰爭中立功而獲得世襲燕京一帶的管轄權。

二是燕京木華黎子孫為代表的蒙古貴族，因為在滅金的戰役中需要以燕京為軍事據點，從而盤踞著大量的蒙古軍人勢力。後來蒙古人又常常派遣自己的政治代表，管理燕京。

三是耶律楚材為代表的舊金士人，因為耶律楚材力圖恢復儒治，將大量舊金士人安置在燕京一帶。

四是劉敏、楊惟中為代表的新貴，他們雖然也是漢人，但由於在蒙古統治者身邊長大，又通曉蒙古語，並未被看做異族從而被授予重權。

五是以斂財著名的回回人，如牙魯瓦赤、奧都剌合蠻，他們因為在征稅方面獲利頗豐，深受蒙古統治者的器重，在政治上也日益權重。

而隨著耶律楚材權勢的衰弱，蒙古統治者對燕京統治的加強，燕京的政治權力逐漸掌握在劉敏、楊惟中等新貴的手中。他們一方面是漢人，與燕京的主要居民溝通無礙，也較為注重漢人儒家文化；另一方面，他們又通曉蒙古語，且多是宿衛出身，深得蒙古統治者的信任。相對於異族的蒙古、色目統治者，燕京士大夫們也更願意與劉敏、楊惟中這樣的人親近。因而儘管燕京的政權出現了交替，楊惟中取代耶律楚材任中書令，但是整體而言，對儒家文化的保護與重視，並未有太大削弱。尤其是楊惟中還在燕京建立太極書院，更是進一步推動了南宋理學在燕京乃至北方地區的傳播。

（二）蒙古對宋戰爭促進了南北學術的交流

蒙古佔領金中都，對金朝是致命一擊，而南宋作為金朝宿敵，面對新的局勢，不僅未能抓住時機勵精圖治、恢復中原，反而鬆懈倦怠、文恬武嬉。蒙古大軍進入宋境，假道四川、包抄汴京，南宋亦答應了與蒙古聯手滅金。

〔註163〕生平見郝經《故中書令江淮京湖南北等路宣撫大使楊公神道碑銘》，《郝文忠公陵川集》卷三十五，《北京圖書館古籍珍本叢刊》第九十一冊第 801～803 頁。《元史》卷一四六《楊惟中傳》，第 3467～3469 頁。

最終於 1234 年，攻破蔡州，金亡。蒙古、南宋以陳州（今河南淮陽）、蔡州爲界，宋軍還屯本境，蒙古則佔領了黃河以北的大部分土地。南宋當局不自量力，想趁機收復河南，於端平元年（1234）跨越邊界，率軍收復原金國的歸德府（即北宋南京應天府），又收復汴京（即北宋東京開封府），進而西進洛陽（北宋西京），史稱「端平入洛」。〔註 164〕隨即南宋遭到蒙古襲擊，最終因備戰不足、糧草短缺而導致失敗，且貽人口實。蒙古興兵南下，於 1235 年春以兩路進攻南宋。東路軍由皇子闊出率領，漢軍萬戶張柔、史天澤等從征，分別攻下唐州、棗陽、襄陽、鄧州、光化、郢州（湖北鍾祥）、蘄（湖北蘄春）、黃（湖北黃岡）等地，周邊劉安、隨州、德安（湖北安陸）、荊門、江陵等地均受抄掠。後蒙古、南宋兩軍在襄陽展開拉鋸對峙。西路軍由皇子闊端率領，漢軍萬戶劉黑馬等從征，進取四川。分別攻下鳳州、興元（陝西漢中）、大安（陝西寧強）、成都、隆慶（四川劍閣）、重慶、萬州、夔州（四川奉節）、漢州（四川廣漢）、遂寧、敘州（四川宜賓）、瀘州、資州（四川資中）等地，宋軍一路抵抗，奮力收復城池，但大勢難回。〔註 165〕

也正是在蒙古大軍攻伐南宋的過程中，楊惟中、姚樞奉命軍前訪儒，又有大批儒士被帶回北方。除了南宋儒士，還有滯留南宋境內的北方儒士，這些人促進了南北學術的交流。據趙琦考證，楊惟中尋訪的儒生，除了南人趙復外，還有北人硯彌堅、朱萬齡、竇默、李綱、白華、楊弘道、王元粹、宋衜等。〔註 166〕他們都對學術影響甚大。

（三）燕京學術的發展

1、蒙古時期國子學建立

元太宗窩闊台五年（1233），燕京設立學校，選派優秀子弟二十二人，與遣送至漢地的蒙古文書（必闍赤）十八人共同入學。蒙古子弟學習漢文，漢人子弟學習蒙古文和弓箭。由燕京路征收課稅長官陳時可負責，總教官三人，分別爲宣授蒙古必闍赤四牌子總教馮志亨，宣授金牌提舉國子學事中書楊惟中，御前宣國子學事仙孔八合識李志常。四教讀者劉某、趙某。通事二人，羅某、劉某。而這四十人的學習內容，除了語言之外，還閱讀《孝經》《論語》

〔註 164〕詳見陳高華先生《早期宋蒙關係和「端平入洛」之役》，《元史研究論稿》，中華書局，第 203～230 頁。

〔註 165〕詳見韓儒林主編《元朝史》，第 154～163 頁。

〔註 166〕趙琦《宋元之際的儒士與漢文化》，人民出版社，2004 年，第 50～53 頁。

《孟子》《中庸》《大學》等儒家經典，兼習匠藝事。〔註167〕

由於這一段的史料有限，具體的學員身份已經無從得知。且國子學規模較小，培養的人才多以實用為主。其意義就在於，「它是蒙古漢廷為適應新的政治情勢，而企圖涵化蒙漢菁英的第一所教育機構」。〔註168〕

憲宗蒙哥汗元年（1251），道士馮志亨退廟及地，由在京儒士主領。二年（1252），忽必烈潛邸之時，多次傳旨增修文廟。而蕭啟慶就此指出，國子學控制權已由全真道士轉為儒者，開始走向儒學化途經。

2、太極書院

在理學北傳的過程中，姚樞起到了重要作用。

姚樞（1203～1280）字公茂，號敬齋，又號雪齋，祖籍營州柳城（今遼寧朝陽）人，後遷居洛陽。其父姚淵曾任許州（今河南許昌）錄事判官，因而居許州。壬辰之變，許州被圍，姚樞攜家逃出城外。姚樞聽說太宗詔學士十八人於長春宮，由楊惟中負責，前往投靠。楊惟中以兄長禮待姚樞，並把他推薦給窩闊台。

太宗七年（乙未，1235），窩闊台命楊惟中隨二皇子闊出南征，於軍前行中書省事，姚樞跟隨楊惟中，奉詔在軍中求儒、道、釋、醫、卜、酒工、樂人等，儒生因此得以在屠城之災中保全性命。而趙復是其中最為著名的代表，正是他的出現，促進了程朱理學在北方的傳播，歷來備受研究者關注。〔註169〕

趙復，字仁甫，德安（今湖北雲夢）人。宋理宗寶慶（1225～1227）、紹定（1228～1233）間，舉鄉貢進士，預廷試。未仕，以所聞濂、洛、關、閩之學教授城南文筆峰下，著《希憲錄》。從遊者甚眾，江南皇甫庭其一也。《寄

〔註167〕關於該時期國子學的原始資料有《析津志輯佚》，北京古籍出版社，1983年，第197頁。研究文章有蕭啟慶《大蒙古國的國子學——兼論蒙漢菁英涵化的濫觴與儒道勢力的消長》，《蒙元史新研》，允晨文化實業股份有限公司，1994年，第65～94頁。

〔註168〕蕭啟慶《大蒙古國的國子學——兼論蒙漢菁英涵化的濫觴與儒道勢力的消長》，《蒙元史新研》，允晨文化實業股份有限公司，1994年，第88頁。

〔註169〕見侯外廬、邱漢生、張豈之《宋明理學史》之二十四章第一節「北方理學的傳授者——趙復及其思想」，人民出版社，1984年4月第一版。吳志根《元初北方理學的傳播者趙復》，《江漢論壇》1984年第十二期，第78～80頁。周良霄《趙復小考》，《元史論叢》第五輯，中國社會科學出版社，1993年。魏崇武《趙復理學活動述考》，《信陽師範學院學報》1995年第一期，第79～85頁。魏崇武《趙復在北方傳播理學的意義和貢獻》，《殷都學刊》1995年第二期，第59～63頁。

皇甫庭》云：「寄語江南皇甫庭，此行無慮隔平生。眼前漫有千行淚，水自東流月自明。」〔註170〕趙復因爲九族殘破，一心求死，姚樞則努力保全其性命，並勸說他一同北上。趙復將程朱二子性理之書傳給姚樞。

趙復北上燕京後，聲名大著，「遊其門者將百人，多達材其間」。〔註171〕經生逐漸聚集燕京，「學徒從者百人，北方經學自茲始。」〔註172〕

太宗十二年（1240），楊惟中仿照宋嶽麓書院、白鹿洞書院，在燕京修建太極書院，貯藏江、淮圖書八千餘卷，立周敦頤祠堂，以二程、張、楊、游、朱六子配食，歲時釋菜，尊爲先師。又刻《太極圖》與《通書》《西銘》於壁，請趙復爲師儒，王粹佐之，選俊秀有識度者爲道學生。以「太極」爲名，於是伊洛之學遍天下。〔註173〕

而趙復的理學影響主要是由他的學生輩發揚光大。據《宋元學案》所記，許衡、姚樞、竇默、劉德淵、張文謙、王粹、楊奐、郝經、硯彌堅、劉因、姚燧、梁樞等人，都與趙復有學術傳承關係。趙復於定宗二年（1247）刻印《伊洛發揮》，攜數百本南遊，到亡金儒士聚集最多的東平府，途經白溝，先後到達保定、趙州、魏縣、東平、濟南，後又返回燕京，歷時兩年多。〔註174〕

3、姚樞蘇門講學

太宗十三年（辛丑，1241），姚樞被賜金符，以郎中佐牙魯瓦赤行臺於燕，因不滿燕京官場行賄受賄的風氣，棄官攜家至衛輝，墾荒雲門，開田數百畝，修二水輪，營建居室，並於城中設立私廟，祭祀祖先。他於正中廳堂供奉孔子像，以周、兩程、張、邵、司馬六君子像陪祀，讀書其中。過著隱居生活。還自行刊刻《小學》《書》《語》。又使楊惟中刊刻《四書》，田尚書刊刻《詩》、《易》程傳、《書》蔡傳、《春秋》胡傳，並讓弟子楊古刻沈氏活板與《近思錄》《東萊經史論說》等書，傳播四方。姚樞曾到魏，與竇默相切磋。竇默，字子聲，初名傑，字漢卿，廣平肥鄉人。他在金末戰亂中家破人亡，學得針灸技藝，以醫術爲生。後流落德安孝感縣，並受縣令謝憲子影響而習《四書》，接觸到了南方

〔註170〕鮮于樞《困學齋雜錄》，《叢書集成初編》據《知不足齋叢書》本排印，中華書局，1985年，第4頁。

〔註171〕生平見《元史》《趙復傳》。姚燧《序江漢先生事實》，《牧庵集》卷四。

〔註172〕《元朝名臣事略》卷八《左丞姚文獻公》。

〔註173〕郝經《太極書院記》，《郝文忠公陵川集》卷二十六。《周子祠堂碑》，《郝文忠公陵川集》卷三十四。

〔註174〕見楊弘道《送趙仁甫序》，《小亨集》卷六。

理學。後來由楊惟中在征南軍中發現，北歸大名，後返鄉。〔註175〕

許衡因此專門前往蘇門，傳抄姚樞所印書籍，並根據這次訪書所得修正了自己的教學活動，以小學四書爲進德基礎。1250 年（庚戌），許衡舉家遷居衛輝，依姚樞而居，共同探討學問。姚樞、竇默、許衡的影響很大，擴大了理學在北方的傳播。〔註176〕日後還成爲忽必烈金蓮川幕府中的正儒一派。〔註177〕

正是在這種新舊交替的政治環境中，在南宋理學的北傳過程中，燕京文壇又呈現出新的面貌。

二、南來北往：趙復、元好問等人的文學活動

（一）南士趙復在燕京的文學活動

趙復的詩文流傳較少，目前所見，有《元詩選・癸集》收詩六首，《困學齋雜錄》收詩兩首，《全元文》收文三篇。前人較多關注趙復的理學活動，而本文則試圖從現存的趙復詩作以及與他人的唱和中，窺見趙復當時的文學活動。在燕京，趙復與北方學士多有文字交往，知名的有元好問、楊奐、楊弘道、郝經。

1、求同存異：趙復與元好問的交往

趙復與元好問在燕京有詩文贈答活動，反映出二人由於身世經歷相似在情感上有相通之處，又由於所處的南北學風差異造成了二者文學思想的不同。

元好問有《贈答趙仁甫》二詩：「我友高御史，愛君曠以眞。昨朝識君面，所見勝所聞。江國辭客多，玉骨無泥塵。軒昂見野鶴，過眼無雞群。想君夜醉潯陽時，明月對影成三人。散著紫綺裘，草裏烏紗巾。浩歌魚龍舞，水伯不敢嗔。何意醉夢間，失腳墮燕秦。萬世一旦暮，萬里猶比鄰。世無魯連子，黑頭萬蟻徒紛紛。君居南海我北海，握手一杯情更親。老來詩筆不復神，因君兩詩發興新。都門回首一大笑，袖中知有江南春。」

「南冠牢落坐貧居，卻爲窮愁解著書。但見室中無長物，不聞門外有軒

〔註175〕生平見蘇天爵《元朝名臣事略》卷八《內翰竇文正公》；陳高華《論竇默》，《元史研究新論》，上海社會科學院出版社，2005 年，第 184 頁。

〔註176〕生平見姚燧《中書左丞姚文獻公神道碑》；《元史》卷一五八《姚樞傳》，第 3711～3716 頁。

〔註177〕蕭啓慶《「潛邸舊侶」考》，《內北國而外中國》，中華書局，2007 年，第 113～143 頁。

車。六朝人物風流在，兩月燕城笑語疏。寒士歡顏有他日，晚年留看定何如。」〔註178〕

詩中高御史，據施國祁考證當為高嶷。〔註179〕高嶷，字士美，遂州人。都轉運使高有鄰季子。金末以才幹精絕拔為樞密院都事，學術純正，轉監察御史，金亡入燕。居順天時，曾告知郝經讀書作文之法。〔註180〕

詩中有「都門回首」「兩月燕城」之語，說明元好問與趙復的見面是在燕京。據繆鉞《元遺山年譜彙纂》，癸卯（1243）八月，元好問在燕京。後南下。冬應耶律楚材之請至燕京。他正是於此時見到趙復。〔註181〕

詩稱讚趙復為鶴立雞群的傑出人物，其「浩歌魚龍舞」前後數句所繪之景，讓人不由得聯想到辛棄疾《滿江紅‧題冷泉亭》：「醉舞且搖鸞鳳影，浩歌莫遣魚龍泣。恨此中、風物本吾家，今為客。」趙復是被俘虜北上的南宋人，辛棄疾是在北方被金佔領後投奔南宋，如此對讀，殊可玩味。似有若無的用典，隱含著對趙復不能以身殉國、實踐理學家一貫提倡的氣節的一種揣測。然而詩歌語言的多義性與含蓄性，又使得人僅僅停留於揣測，許多不言而喻的微妙情感卻也以這種方式傳達，從而造成詩味無窮的效果。

元好問繼而又議論道「世無魯連子，黑頭萬蟻徒紛紛。君居南海我北海，握手一杯情更親」，用魯仲連義不帝秦典，世上再無像他一般高蹈避世、不慕榮利的義士，多是為生計奔忙的凡夫俗子。按元好問此時為亡國之臣，趙復以戰俘身份北上，二人同病相憐。

七律贈詩，則更述知己之意：「南冠牢落坐貧居，卻為窮愁解著書」，表面上這一首詩是稱讚趙復著書立說，傳播學術，實則也是自我勉勵。元好問自金亡後，便以史自任，編纂《中州集》，存一代之文獻。他於國亡之後，深切體會「南冠牢落」這種被羈押、不自由的情境，從道理上而言，他理所應當與國家共存亡；但是從情感上而言，他又覺得自己有比死更重要的事情做。「寒士歡顏有他日，晚年留看定何如」，他和趙復一樣同是忍辱負重地活著，

〔註178〕元好問著、施國祁箋注《元遺山詩集箋注》卷五、卷十，人民文學出版社，1958年，第266頁，第510頁。《元好問全集》，第112頁，第258頁。

〔註179〕元好問著、施國祁箋注《元遺山詩集箋注》卷十《柳亭雨夕與高御史夜話》，人民文學出版社，1958年，第486頁。

〔註180〕郝經有《哭高監察》，略述其生平。《郝文忠公陵川集》卷十三。

〔註181〕繆鉞《元遺山年譜彙纂》，《元好問全集》附錄，山西古籍出版社，2004年，第1441～1442頁。

以期故國文化不滅。因此，就這點來看，元好問與趙復更是惺惺相惜。

《元史‧趙復傳》載其爲人：「與人交，尤篤分誼。元好問文名擅一時，其南歸也，復贈之言，以博溺心、末喪本爲戒，以自修讀《易》求文王、孔子之用心爲勉。」〔註182〕

所謂「博溺心」，語出《莊子‧繕性》：「文滅質，博溺心，然後民始惑亂，無以反其性情而復其初。」南朝梁劉勰《文心雕龍‧情采》：「使文不滅質，博不溺心，正采耀乎朱藍，間色屏於紅紫。」意爲過多的文采會淹沒內容與情感。「末喪本」是宋儒常常警惕的，朱熹、呂祖謙《近思錄》載：「橫渠先生曰：湛一氣之本，攻取氣之欲。口腹於飲食，鼻口於臭味，皆攻取之性也。知德者屬厭而已。不以嗜欲累其心，不以小害大、末喪本焉爾。」因爲對外在事物的過分追求而喪失了本質。趙復在此婉勸元好問的，顯然還是因爲元好問「文名擅一時」，從文與道的關係上，要元好問能夠以道爲重，注重理學的修爲，不要過分重視文采。

凌廷堪認爲元好問對趙復的「贈言」不以爲然，繆鉞引《贈答劉御史雲卿》一詩說明元好問推挹韓歐，而與趙復不能相契合。〔註183〕

按《贈答劉御史雲卿》實爲四首，劉雲卿即劉祁之父劉從益。其詩中有「大梁語三日，副我夙所欽」，且劉從益去世於1224，則這組詩的寫作時間當在汴京之時，元好問向劉從益表達了一個晚輩對他的敬仰之情。

《其一》指出了當時金朝的學術風氣，「濂溪無北流，此道日西沉」。關於金朝的學風，劉祁《歸潛志》中有更爲詳細的論述：「金朝取士，止以詞賦爲重，故士人往往不暇讀書爲他文。嘗聞先進故老，見子弟輩讀蘇黃詩，輒怒斥。故學者止工於律賦，問之他文，則懵然不知。間有登第後始讀書爲文者，諸名士是也。南渡以來，士人多爲古學，以著文作詩相高。然舊日專爲科舉之學者疾之爲仇讎，若分爲兩途，互相詆譏。其作詩文者目舉子爲科舉之學，爲科舉之學者指文士爲任子弟，笑其不工科舉。」〔註184〕劉祁指出金朝士人往往將詩文創作與科舉應試對立起來，而違背了科舉取士的初衷，劉祁主張賦、詩、策、論四者俱工，不可偏廢。劉祁是劉從益的兒子，元好問《其二》詩中稱讚道：「君家有箕裘，聖學待冊勳」，父子詩學傳家，其觀點

〔註182〕《元史》卷一百八十九《趙復傳》，第4315頁。
〔註183〕繆鉞《元遺山年譜彙纂》。
〔註184〕劉祁《歸潛志》，第80頁。

當不會大相逕庭，劉從益應該也是不滿時風。

其中具體論及學術派別之爭的爲《其三》：「學道有通蔽，今人乃其尤。溫柔與敦厚，掃滅不復留。高騫當父師，排擊劇寇讎。眞是未可必，自私有足羞。古人相異同，寧復操戈矛。春風入萬物，枯枿將和柔。克己未有加，歸仁亦何由。先儒骨已腐，百罵不汝酬。胡爲文字間，刮垢搜瘢疣。吾道非申韓，哀哉涉其流。大儒不知道，此論信以不。我觀唐以還，斯文有伊周。開雲揭日月，不獨程張儔。聖途同一歸，論功果誰優。戶牖徒自開，膠漆本易投。九原如可作，吾欲起韓歐。」〔註185〕

這一段議論當有所針對，元好問之所以提倡「聖途同一歸，論功果誰優」，主要是因爲學術爭鬥嚴重，門戶之見太深，黨同伐異，是以元好問提倡溫柔敦厚，「開雲揭日月，不獨程張儔」，主張不獨尊程朱理學，「吾欲起韓歐」，對韓愈、歐陽修極爲推重，認爲他們可以比肩程顥、程頤、張載的學術。在這裡，元好問不滿的衹是金人對於學術偏狹的態度，並非針對理學本身。

研究者多認爲，元好問在金末是詞賦出身的文章大家，作爲一個南方理學傳承者，趙復與他必然存在著一定的分歧。趙復注重的是儒家傳統的「文道觀」，並且在道學與文藝之間更重視前者。元好問與趙復的文學思想的差異，主要是因爲宋金南北學風不同造成的。

孫克寬先生在《元代漢文化之活動》一書中指出「金源一代學術，多偏於文儒，南渡後趙秉文最爲大家，元氏（元好問）則自命繼起趙氏」，而元好問「對南渡後的文學名卿，皆有淵源」。認爲元好問所代表的金代學風，是偏重於「文」，始終以詩名家，所自期者不過成一代之史，以事功爲急。〔註186〕言下之意即金代學術並沒有眞正意義的以道學性理作爲儒學正統。

魏崇武在其博士論文《理學傳播與蒙元初期散文觀的嬗變》中對趙復北上之前的金儒的理學接受史作了梳理，指出由於受到詞賦取士的科舉制度影響，所形成的「所謂舊金學風，就是這樣一種重律賦、輕經義的學風。而就經學而言，則承襲漢唐儒學，不外乎訓詁章句」，不過是舊儒學的末流。〔註187〕

〔註185〕元好問著、施國祁箋注《元遺山詩集箋注》卷一，人民文學出版社，1958年，第85頁。《元好問全集》第13頁。

〔註186〕孫克寬《元代漢文化之活動》，臺灣中華書局，1968年，第124頁，第152頁。

〔註187〕魏崇武《理學傳播與蒙元初期散文觀的嬗變》，北京師範大學博士論文，2007年，第46頁。

　　然而元好問詩中卻眞切反映出兩個人由於相似的人生經歷與共同的歷史使命而同氣相求，並且嘗試著溝通，詩歌唱和在這裡的重要作用不言而喻。元好問贈趙復的兩首詩，不過百來字，包含的內容，卻足以映射出二人的心迹，這其中有試探、有揣測，更有理解、有同情、有體諒；而詩歌以用典的特殊表現手法，更是曲折傳遞許多難以言明的情感，令人體味琢磨，這也正是詩的魅力所在。

　　論者多從理學傳播的角度，指出趙復北上的重要意義，「開拓了蒙漢文化交流的新領域、新階段」，同時也指出趙複本人在當時似乎並沒有爲人廣泛接受。〔註 188〕然而應該看到，在思想領域或許無法獲得統一的元好問與趙復，在詩歌贈答上卻能夠取得情感的共鳴。

　　2、不隨俗變：與楊奐的交往

　　趙復存世不多的文中，有兩篇是爲楊奐而作。

　　楊奐（1186～1255），字煥然，號紫陽，乾州奉天（陝西禮泉）人。承安五年（1200），楊奐與弟楊炳同試長安，不果回鄉。後曾前往燕京。元太宗十年（1238）「戊戌選試」，楊奐以儒生就試東平，兩中賦論第一。他北上拜謁耶律楚材，由耶律楚材舉薦爲河南路征收課稅所長官，兼廉訪使。楊奐在河南招致名士，如楊果、張徽、王元禮、薛玄、翟致忠、劉繼先等爲幕僚。

　　憲宗元年（辛亥，1251），六十六歲的楊奐自洛陽入燕京，辭去河南路征收課稅所長官之職，請老歸秦。楊奐在這一時期與趙復有所交往，請趙復爲其母作《程夫人墓碑》。

　　元憲宗二年（壬子，1252）九月，忽必烈在潛邸，召楊奐參議京兆宣撫司事。楊奐辭歸，閒居鄉里。後卒於家。謚號文憲。〔註 189〕

　　楊奐死後一年，憲宗六年（丙辰，1256），趙復還爲其遺稿作《楊紫陽文集序》。〔註 190〕楊奐的文集散佚嚴重，趙復的文集更是不存，二人交往的具體

〔註 188〕魏崇武《理學傳播與蒙元初期散文觀的嬗變》，北京師範大學博士論文，2007年，第 41 頁。

〔註 189〕生平見元好問《楊公神道碑》，蘇天爵《廉訪使楊文憲公》，《元朝名臣事略》卷十三，趙復《程夫人墓碑》。

〔註 190〕按此文末署「丙午嘉平節」，則當在定宗元年（1246），然而楊奐死於憲宗五年（1255），故《宋明理學史》將此「丙午」定爲後一個甲子，即元大德十年（1306）。周良霄先生對此有辨析，根據元好問《故河南路課稅所長官兼廉訪使楊公神道之碑》以及姚燧《紫陽先生文集序》二文認爲「丙午」實即「丙辰」之誤。這裏即採用周良霄先生的觀點。

細節已無文獻可徵，僅就兩篇文章推知一二，趙復與楊奐之所以能夠在思想上有所契合，大概是因為他們都堅持「王道之學」。

在《程夫人墓碑》中，趙復敘述了楊奐的家世，並指出：「奐自早歲緝學，晚為通儒，及再抵燕，不變於俗學，而德業益富，士論厭然遂定。」楊奐的這次北上，在戊戌選試之前。而他不隨俗變、堅持自己方向的品格就已突顯出來。趙復所謂的「俗學」，當是與儒學相對的史學。楊奐之母程夫人因為丈夫為吏，上司待下屬苛刻，因而告誡楊奐兄弟說：「士立身行己，教亦多術，何必爾耶？汝曹若不改圖，吾斂含不瞑矣！」〔註191〕也因為這個緣故，楊奐在金朝不願為吏。

趙復在《楊紫陽文集序》一文開宗明義，指出「君子之學，至於王道而止。學不至於王道，未有不受變於流俗也」。他將「王道」視為學術的標準，並且列舉三代、春秋、漢、唐諸多名君賢相，認為在學術上均有遺憾。先秦諸子「各以其意而言學，學者不幸而不得見古人之全體」。〔註192〕齊桓公、晉文公崇尚霸業功利，「義、堯、舜、文之意泯」。叔向、子產、蓬伯玉、季札，天資甚高，然而因為身處戰國，諸侯紛擾，王室衰微，成就有限。賈誼、董仲舒能夠體察聖人之道，但是不得施行。房玄齡、杜如晦有施行的條件，但是卻不能領會聖人之道。諸葛亮、王猛不隨波逐流，但是因為身處末世，迴天無力，其道其行難免會有偏差。因為君臣相得本已罕見，而育才養人之道又常常廢棄，故而真正可以體察聖人之道的學者，少之又少。

由趙復對以上歷史人物的評價，可以看出其「君子之學」「至於王道」，並不僅僅是對事功的鄙薄，〔註193〕而是強調「王道」難得，時機儘管重要，但也不應放棄對「王道」的追求。「『待文王而後興者，凡民也。若夫豪傑之士，雖無文王猶興。』其逮於今，惟秦君子楊氏，其志其學，粹然一出於正。」這是對楊奐堅持王道之學的讚賞。

趙復在序中屢屢提及的「王道」思想，源自於楊奐的學術著作《正統》六十卷。元好問為楊奐作神道碑時，也提及此書，援引序文，並記載楊奐自

〔註191〕《全元文》第二冊第 207 頁。

〔註192〕蘇天爵編《元文類》卷三十二，《四部叢刊》影元至正本。《全元文》第二冊第 207 頁。

〔註193〕見侯外盧、邱漢生、張豈之《宋明理學史》之二十四章第一節「北方理學的傳授者——趙復及其思想」，人民出版社，1984 年 4 月第一版，第 686 頁。

己的評價：「吾書具在，豈復以口舌爲辯？後世有賞音者」，〔註194〕可見楊奐
對此書的期許很高，而此書當爲楊奐一生學術的總結。

趙復評價其《正統》一書：「至於總《八例》以明正統之分合，作《通解》
以辨蘇韓之純疵。」楊奐此書已亡佚，但有《正統八例總序》一文流傳。開
篇列舉大量歷史興衰事實，指出：「王道之所在，正統之所在也」，點明此書
的編纂主旨，是爲了弘揚「王道」。而此書的體例特殊，「矯諸儒之曲說，懲
歷代之行事，敝以一言，總爲八例：曰得、曰傳、曰衰、曰復、曰與、曰陷、
曰絕、曰歸」，是希望通過這八種體例，對歷史加以總結歸納，最終揚善抑惡，
「卓然願治之君，苟察斯言而不以人廢，日思所以敦道義之本，塞功利之源，
則國家安寧長久之福可坐而致，其爲元元之幸，不厚矣乎！」〔註195〕

趙復的一番「王道」之論，正是針對楊奐觀點有感而發。趙復又引《詩
經‧大雅‧緜》中的句子：「予曰有疏附，予曰有先後，予曰有奔奏，予曰有
禦侮」，認爲楊奐的觀點與之「殆近然耶」。朱熹對此詩解釋道：「言混夷既服，
而虞芮來質其訟之成，於是諸侯歸周者眾，而文王由此動其興起之勢，是雖
其德之盛，然亦由有此四臣而不殺者，所以深歎其得人之盛也。」〔註196〕《大
雅‧緜》的一詩主旨爲「奠基於古公，強盛於文王」，〔註197〕也就是文王以仁
政得人心，以王道得天下的歷史。

趙復對楊奐的期許是「得君行道」，「推是心以列諸位，實王道之本原」，
並進一步指出，「學之爲王者事，猶元氣之在萬物，作之則起，抑之則伏。然
莫先於嚴誠僞之辨，誠僞定而王霸之略明矣。」還是強調能夠不受現實條件
的限制，以王道之學爲目標，從而不偏離學術的本源。

趙復對楊奐的高度讚揚，稱「其逮於今，惟秦君子楊氏」，其實也反映出
當時學術風氣是近於功利，儒學衰微、吏學興盛，像楊奐這樣堅持「王道」

〔註194〕元好問《故河南路課稅所長官兼廉訪使楊公神道之碑》，《元好問全集》第512
頁。

〔註195〕楊奐《正統八例總序》，《還山遺稿》卷上，《北京圖書館古籍珍本叢刊》第九
十三冊第763頁。關於楊奐的散文研究，詳見魏崇武《光明俊偉尚新求變——
簡論金末元初楊奐的散文》，《殷都學刊》，2005年第三期，第49~54頁。
錢茂偉《楊奐、鄭思肖的正統觀辨析》，《史學史研究》，2000年第三期，第
45~51頁。

〔註196〕朱熹《詩經集傳》，《宋元人注四書五經》，中國書店，1985年，中冊，第123
頁。

〔註197〕詳見程俊英、蔣見元《詩經注析》中華書局，1991年版，第758~759頁。

之學的，實在少有。而二人卻是在這一點上達成了思想的共識。

3、梅花意象：羈旅鄉思

趙復有兩首關於燕京的詩。

《薊門雜興》云：「何物愁來白髮生，月高霜冷正參橫。一聲寒角城鴉起，吹盡梅花怨未平。」又有《薊門聞笛》：「夢裏繁華醉裏遊，倚天青壁障危樓。梅花哀怨成何事，吹破中原二百州。」〔註198〕

趙復此刻大概是隨著南征軍隊北上，初抵燕京，因而這兩首詩都寫得格外悲涼。詩中無一例外地運用了「梅花意象」。

首先，詩中的「梅花意象」由聯想產生。

趙復二詩中所出現的「梅花」，都並非寫實之景，而是在聽見角聲或者笛聲之後，所產生的一種獨特聯想，這主要是由於情景的獨特。凄厲的角聲、幽怨的笛聲、孤寂的寒夜、清冷的月色、鬢邊的華髮、深秋的霜降，都與雪有著相似性、相關性，而雪與梅花的形象密切聯繫，會不由自主的聯想起來，這是一種通感的修辭手法。

第二，「梅花意象」的生成具有深刻的文化內涵，又構成了「思鄉」的意境。〔註199〕

《樂府詩集》卷二十四載，「漢橫吹曲」有《梅花落》，「本笛中曲也。按唐大角曲亦有《大單于》《小單于》《大梅花》《小梅花》等曲，今其聲猶有存者。」〔註200〕這一曲調流行後世，南朝以至唐代文人鮑照、吳均、徐陵、盧照鄰、沈佺期等都有《梅花落》歌詞，內容都與梅花有關。而笛聲與梅花的聯繫經由詩歌的傳唱，越來越密切。

盧照鄰《梅花落》：「梅嶺花初發，天山雪未開。雪處疑花滿，花邊似雪回。因風入舞袖，雜粉向妝臺。匈奴幾萬里，春至不知來。」

空曠的塞外，陣陣風雪，聲聲羌笛，飄飄蕩蕩。遍野白雪，彷彿梅嶺花開，又彷彿美人的雪貌花顏。不由得思念起那個梅花處處的故鄉，和倚門等待征人歸來的紅妝。然匈奴未滅，外患未平，何以家為。而梅花所昭示的春

〔註198〕顧嗣立《元詩選・癸集》，中華書局，2001年，第8頁。

〔註199〕關於「梅花意象」，程傑有《梅花意象及其象徵意義的發生》，對中國古典詩歌「梅花意象」的梳理。《南京師範大學學報（社會科學版）》，1998年第四期，第112～118頁。本文則重點分析「梅花意象」與「羈旅鄉思」之間的聯繫。

〔註200〕郭茂倩《樂府詩集》卷二十四，《四部叢刊》景汲古閣本。

天，也不過是空歡喜一場。

笛聲、塞外、匈奴、梅花，這些意象共同營造了一個固定的意境：因為外敵入侵而不得不背井離鄉、戍守邊關的征人，對故鄉的思念。那幽怨的笛聲，勾起了他的愁緒，或者因為排遣思鄉之情，而借助笛聲來抒發內心的淒苦。

高適的《塞上聽吹笛》：「雪淨胡天牧馬還，月明羌笛戍樓間。借問梅花何處落？風吹一夜滿關山。」李益《夜上受降城聞笛》：「回樂峰前沙似雪，受降城外月如霜。不知何處吹蘆管，一夜征人盡望鄉。」均是在這種相似意境之下的情感抒發。

李白《與史郎中欽聽黃鶴樓上吹笛》：「一為遷客去長沙，西望長安不見家。黃鶴樓中吹玉笛，江城五月落梅花。」則是將個人政治地位的變化，貶謫身份，與思鄉情感相聯繫，「人窮則反本」，「五月梅花」這種奇異的場景，令人更覺詩人內心的寒冷。

由此可見，在唐代詩歌中，尤其是邊塞詩中，笛聲與梅花兩種意象已經牢不可分地成為一種意境，聽見笛聲，就不由自主地想到梅花，想到家。這大概是因為塞外苦寒，終年積雪，缺乏春意，而內心就越發渴望春天的到來，春意彷彿就是來自南方家鄉的訊息。而梅花這一報春使者，便成為這種複雜情感的載體，寄情於物，幻化成「象」。

第三，「梅花意象」體現了趙復的身世經歷、個人情感、所處之景與文化背景的契合；同時又在唱和活動中，成為一種情感傳遞的「觸點」。

趙復家居江漢之上，在蒙古侵宋的戰爭中家破人亡，以俘虜身份被迫北上。深秋夜涼霜重，偶然間聽得笛聲，念及自己的身世遭遇，異族入侵，而這燕薊之地又和塞外何異？祇是國破家亡，想起江漢之上的故鄉，卻是再也回不去了，往日歲月不過繁華一夢，「吹破中原二百州」，這悠悠笛聲中是不能承載的羈旅之愁。

定宗二年（丁未，1247）冬十一月，趙復離開燕京，途經順天，借宿郝經家中，當時霜清月冷，角聲嘹亮，郝經曾作《聽角行（贈漢上趙丈仁甫）》一詩：「疏星淡不芒，破月冷無色。千年塞下曲，忽向窗中得。當空勁作六龍嘶，四海一聲天地寂。長呼渺渺振長風，引起浮雲卻無力。此聲誰謂非惡聲，借問何人有長策。漢家有客北海北，節毛落盡頭毛白，聽此空令雙淚垂。中原雁斷無消息，南枝越鳥莫驚飛，牢落天涯永相失。江上舊梅花，今夜落誰

家。樓頭有恨知何事，牽住青空幾縷霞。」〔註201〕

在沈寂幽暗的深夜，突然傳來角聲劃破長空，彷彿是天上龍的嘶鳴。角聲是軍旅之聲，如今天下兵興，何時可以求得治國安邦的萬全之計，恢復天下的太平呢？趙復顛沛流離的生活就是戰亂所帶來的，他像蘇武被拘匈奴一樣，在這樣的夜裏聽見這樣的聲音，又如何不傷感？令人不由自主地想起家園，以江上梅花興發羈客思鄉之情。

郝經不僅是一個與趙復在學問上相互探討的理學家，他還是一個希望能夠建功立業的政治家，「借問何人有長策」正反映了他的政治抱負。然而令人慨歎的是，十餘年後，當郝經以翰林侍讀學士之職，任國信使，代表元朝出使南宋，被拘禁眞州達十數年。北人南下，聽見角聲，想起當年自己所做詩句，不禁有命運輪迴之感。「近在儀眞，每聞角聲，因思向來卒章四句：『江上舊梅花，今夜落誰家。樓頭有恨知何事，牽住青空幾縷霞。』便有江城羈留之兆。」其《後聽角行》：「燕南壯士江城客，孤館無眠心已折。那堪夜夜聞角聲，怨曲悲涼更幽咽。一噴牽殘楊柳風，五更吹落梅花月。霜天裂卻浮雲散，雁行斷盡疏星接。餘音渺渺渡江去，依稀似向愁人說。勸君且莫多歎嗟，家人恨殺生離別。可憐辛苦爲誰來，雕盡朱顏頭半白。萬緒千端都上心，一寸肝腸能幾截。當時聽角送南人，南人吹角不送人。不如睡著東風惡，拍枕江聲總不聞。」〔註202〕

「那堪夜夜聞角聲，怨曲悲涼更幽咽。一噴牽殘楊柳風，五更吹落梅花月」，當年他爲人而興感，如今他自己深切體會到羈旅愁苦，思鄉情切。牽繫其中的，正是「梅花意象」。

4、與全真教的關係

趙復曾經爲燕京玉清觀作碑文。

燕京玉清觀是由燕京隱士馬天麟籌建。馬天麟，字君瑞，法號志希。出生於上谷德興的醫學世家。其父行醫桓州，馬天麟弱冠時，因通曉女眞語而任桓州元帥府翻譯。貞祐南渡，補亳州衛眞縣酒稅監，後任職期滿，居住汴京城內，與同鄉沖虛大師有交往，往來汴京丹陽觀，與名士大夫均有交遊。

壬辰北渡後，金亡，馬天麟自許昌北渡抵達燕京，拜洞眞大師于眞人爲師。之後，以道士的身份，出居庸關，過武川，抵達昌州境內，因醫術高明，

〔註201〕郝經《郝文忠公陵川集》卷八。
〔註202〕郝經《郝文忠公陵川集》卷十二。

受到了那演相公的器重，並隨那演相公南下回到燕京，拜見清和老師，得印號清夷子。

馬天麟居住在甘泉坊附近的東嶽行祠，後得地數畝，創建了玉清觀，接納四方道眾。後常常往來於昌州與燕京之間。馬天麟將醫術所得及名公貴人所贈都用於經營玉清觀，那演及其弟三相公，也時常資助，南菴菴主李志玄亦從旁協助。馬天麟與太一知公李志通、丹陽大師劉志安交遊三十年，臨終前託付後事，希望能夠立碑流傳不朽。趙復因此而作此碑文。〔註203〕

趙復碑文中提及的諸多道人，均為全真道士。

沖虛大師，即洞真真人于善慶（1166～1250），後改名于志道。字伯祥，山東寧海（山東牟平）人，與馬鈺同鄉。泰和三年（1203），賜號「沖虛大師」。蒙古太宗四年、金天興二年（1233）春，汴京城破，于善慶應詔北上。乙未（1235）秋入燕京，其時尹志平掌管全真教，禮待非常。丙申（1236），燕京全境因旱而蝗，于善慶順應民意做法，投符盧溝，天下雨，災情緩解。戊戌（1238）夏四月，詔天下選試道釋，進號「通玄廣德洞真真人」。其後受李志常奏請，掌管重陽宮。于善慶在燕京時與燕京士人陳時可、吳章、張本均有來往。〔註204〕

清和老師，即尹志平（1169～1251），字太和，祖籍滄州（河北滄州），宋時徙居萊州（今山東掖縣）。尹志平為丘處機高足，元太祖十四年（己卯，1219），作為十八弟子之首，陪同丘處機北上燕京，又前往大雪山覲見成吉思汗。元太祖十九年（癸未，1224），尹志平隨丘處機返燕京，居太極宮。全真教盛極一時，尹志平退居緝雲秋陽觀，又徙居德興（府治今河北涿鹿）龍陽觀。太祖二十二年（丁亥，1227），丘處機去世後，尹志平接管教職，在白雲觀中建處順堂，安放丘處機骨灰。太宗十年（戊戌，1238），尹志平年七十，將教中事務託付李志常。定宗四年（己酉，1249），賜號「清和演道至德真人」。憲宗元年（辛亥，1251）春二月十有一日逝，年八十三歲。中統二年（1261），追諡清和妙道廣化真人。〔註205〕為全真道第六代掌教宗師。

〔註203〕生平見趙復《創建玉清觀碑》，《全元文》第二冊第 205 頁。

〔註204〕生平見楊奐《終南山重陽萬壽宮洞真于真人道行碑》，《還山遺稿》卷上；《甘水仙源錄》卷三，李道謙《甘水仙源錄》卷三，《四庫全書存目叢書》子部第二五九冊，齊魯書社，1995 年，第 451 頁。

〔註205〕生平見王惲《大元故清和妙道廣化真人玄門掌教大宗師尹公道行碑銘並序》，《秋澗大全集》卷五十六，《全元文》第六冊第 483 頁；弋轂《清和妙道廣化

　　眞常眞人，即李志常（1193～1256），字浩然，號眞常子。其先洺州（今河北永平）人，宋季徙居開州觀城（今山東範縣）。元太祖十三年（1218），李志常拜丘處機爲師，賜號眞常子，並於次年（1219），作爲十八隨行弟子之一陪同丘處機北上燕京，又西行大雪山觀見成吉思汗。元太祖十九年（癸未，1224），李志常隨丘處機回燕京居太極宮，參與教門中事。元太祖二十二年（1227），丘處機逝世，尹志平嗣教，李志常爲都道錄兼領長春宮事。太宗元年（1229）七月，李志常見窩闊台於乾樓輦。並以《易》《詩》《書》《道德》《孝經》進獻太子。太宗五年（1233），窩闊台命李志常創建國子學，選漢族教師以教蒙古貴官子弟。李志常薦馮志亨佐其事。

　　元太宗十年（1238）春，尹志平以年老薦李志常繼任掌教，三月，加封李志常爲「玄門正派嗣法演教眞常眞人」。憲宗五年（1255），蒙哥數次召見，但很快發生了佛道大辯論，全眞道在辯論中失敗，被勒令焚毀道經，全眞道遭到嚴重打擊，其鼎盛局面從此結束。李志常於次年六月將教事付張志敬後去世，年六十四。中統二年（1261），追贈「眞常上德宣教眞人」。至大三年（1310），加封「眞常妙應顯文弘濟大眞人」。〔註206〕

　　馬天麟與于善慶、尹志平、李志常均有交往。李志通、劉志安暫不可考，但從名字上來看，應該也是全眞道士。

　　馬天麟長住燕京，但是每到夏天就會前往昌州，應該是跟隨那演相公一同，「公夏時而往，比秋而還，歲卒爲常」，且昌州「當馹騎孔道」，「每歲，掌教眞常眞人北觀天庭，公必先事經理」。此爲元太宗十年（1238）李志常掌教之後。天庭所在，應該是和林。而昌州即今河北省張北地區及內蒙的太僕寺旗，是元代由燕京前往開平（上都）的西路輦道必經之地。〔註207〕儘管此時元代的兩都巡幸制度尚未成熟，但由此可知自燕京至漠北的輦道是很早就有了。

　　那演相公，據陳銘珪考證：「那演即那顏，元初賜號。史於按陳、折不、雪不歹、胡士虎皆有那演或那顏之稱，此那演相公，蓋爲丞相者。宰相年表

眞人尹宗師碑銘並序》，李道謙《甘水仙源錄》卷三，《四庫全書存目叢書》子部第二五九冊，齊魯書社，1995年，第442～447頁。

〔註206〕生平見王鶚《玄門掌教大宗師眞常眞人道行碑銘》，李道謙《甘水仙源錄》卷三，《四庫全書存目叢書》子部第259頁，齊魯書社，1995年，第447～451頁。

〔註207〕見崔海亭、王文江《從生態學角度復原元代灤河上游的景觀與物候》，《地理學報》，2003年第一期，第101～108頁。

太、定、憲三朝俱闕，未詳何人。」〔註208〕按那顏即貴族，蒙語 noyan 的音譯，意爲「官人」，成吉思汗即位後，建立千戶制，將蒙古人分爲九十五千戶，分別授予共同建國的貴戚、功臣，任命他們爲千戶那顏（首領），使之世襲管領。〔註209〕文中稱馬天麟一直受到那演相公的庇護，而玉清觀也是「直相府之東」，則當爲丞相。

按全眞道的衰弱在憲宗五年（1255），趙復銘文中有「爲國表儀，視民容觀」的褒揚，則此文應寫於之前。

此碑文主要是描述玉清觀創建者馬天麟事迹，對全眞教不著一語。稱讚馬天麟，亦主要是從他愛物濟人、謹愼律己的品格出發，且開篇舉范仲淹「達願爲帝王師，窮願爲良醫」指出馬天麟具備這種君子道德，並對其行醫濟世的行爲大加讚賞。可見，在趙復的眼中，馬天麟更是一個醫生而非道士，他所值得銘記的，也是「經生起死，折肱之良。我聞玄宮，以閱眾甫」，即懸壺濟世、造福民眾的入世精神。這一方面體現了全眞教的教義，另一方面，也反映了趙復純儒的特性。

由此可見，儘管趙復與燕京的全眞教人士有所往來，但是他更側重的是其社會性的一面，也是儒家特色的一面。

綜上所述，趙復以南宋俘虜的身份進入燕京，傳播理學，與元好問、楊奐等金朝士人，與全眞道士均有交往。從其僅存的文章來看，趙復頗重經世致用，從他對楊奐「王道之學」的推重，到對馬天麟濟世救民的讚揚，都注重治國安民。而這一點與理學家的重心性之學，還是有所區別的。

（二）燕薊詩派：文學承前啟後

1、宗唐尚奇

王惲在《西岩趙君文集序》中指出：「西岩趙君，系出遼勳臣開府公後，遭時多故，家業中衰。西岩崛起畎畝，從龍山呂先生學。金自南渡後，詩學爲盛，其格律精嚴，辭語清壯，度越前宋，直以唐人爲指歸。逮壬辰北渡，斯文命脈不絕如線，賴元、李、杜、曹、麻、劉諸公爲之主張，學者知所適

〔註208〕陳銘珪《長春道教源流》，卷六，《續修四庫全書》（據復旦大學圖書館藏民國東莞陳氏刻聚德堂叢書本影印），上海古籍出版社，第一二九五冊，第 324～481 頁。

〔註209〕《中國大百科全書・中國歷史・元史》，中國大百科全書出版社，1985 年，第 2 頁。韓儒林主編《元朝史》，人民文學出版社，2008 年，第 77 頁。

從。惟虎岩、龍山二公挺英邁不凡之材，挾邁往凌雲之氣，用所學所得，偓然以風雅自居，視李協律、趙渭南伯仲間也，雅爲中書令耶律公賓禮，至令其子雙溪從之問學，由是趙、呂之學自爲燕薊一派。西岩受業，適丁茲時，探究其淵源，沉浸乎濃鬱，加以立志堅篤，講肆不倦，宜紹傳遺緒，最爲知名士。捐館後十五年，子天民攜所述《西岩集》見示，求引其端。」〔註210〕文中對金代詩學有大致勾勒，分別以「貞祐南渡」與「壬辰北渡」兩個重要的歷史事件爲界，將金代詩壇劃分爲兩個階段。描述了金朝詩學的盛況，與前所述元好問、劉祁的論斷相互印證；同時指出了諸公保存文化、傳承詩學的重要作用，並強調了呂鯤、趙著二人在燕京文壇的地位。這篇文章可視作是當時燕京文壇的一個總結。

王惲序文中提及的元（好問）、李（治）〔註211〕、杜（仁傑）、曹（之謙）、麻（革）、劉（祁）諸公就是這一時期的代表人物。而李治、杜仁傑、麻革、劉祁均已述及。

曹之謙，字益甫，號兌齋，雲中應州（山西應縣）人。金宣宗興定間進士。天興元年（1232）蒙軍圍汴梁間，官尚書省左司都事，與元好問同爲省掾，日以詩文講習。金亡，徙居平陽（山西臨汾）。爲「河汾諸老」之一。〔註212〕

正是這樣一批人承前啓後的作用，才使得燕京文壇能夠逐漸走出丘處機、耶律楚材時代的沉寂局面，也正是在這個基礎之上，趙著、呂鯤二人才能脫穎而出。

趙著，字光祖，號虎岩，薊州漁陽人。〔註213〕呂鯤，號龍山居士，雁門人。〔註214〕

王惲爲作序的趙西岩，爲遼勳臣開府公後，後作爲呂鯤的弟子，亦曾作

〔註210〕王惲《秋澗先生大全文集》卷四十三。

〔註211〕劉明今稱此處「李」爲李汾。按李汾去世較早，其影響也遠遠不足與元好問及河汾諸老等人相提並論，故此處「李」當指「李治」。劉明今《遼金元文學史案》，上海古籍出版社，2004年，第85頁。

〔註212〕生平見王惲《兌齋曹先生文集序》，《秋澗先生大全文集》卷四十三。《（萬曆）平陽府志》卷六。顧嗣立《元詩選·三集》小傳，中華書局，1987年，第31頁。

〔註213〕生平見鮮于樞《困學齋雜錄》，《叢書集成》初編本，據《知不足齋叢書》排印，第13頁。

〔註214〕生平見《元詩紀事》卷三。陳衍輯撰，李夢生校點，《元詩紀事》，上海古籍出版社，1987年，第10頁。

過耶律楚材的門客。其子趙天民，至元二十七年至三十年間任秘書郎。〔註215〕學者一般認爲趙西巖即趙衍，〔註216〕但目前仍缺乏直接的史料證明。

　　趙衍，今河北秦皇島碣石人，爲耶律鑄子耶律希亮之師，曾爲耶律楚材作行狀，亦曾做過耶律楚材門客。〔註217〕趙衍有《重刊李長吉詩集序》一文：「龍山先生爲文章，法六經，尚奇語，詩極精深，體備諸家，尤長於賀。渾源劉京叔爲龍山小集敘云：『《古漆井》《若夜長》等詩，雷翰林希顔、麻徵君知幾諸公稱之以爲全類李長吉。』亂後隱居海上，教授郡侯諸子卑士，先與余讀賀詩，雖歷歷上口，於義理未曉，又從而開省之。然恨不能儘其傳。及龍山入燕，吾友孫伯成從之學，余繼起海上，朝夕侍側垂十五年，詩之道頗得聞之，嘗云五言之興，始於漢，而盛於魏。雜體之變，漸於晉，而極於唐。窮天地之大，竭萬物之富。幽之爲鬼神，明之爲日月，通天下之情，盡天下之變，悉歸於吟詠之微。逮長吉一出，會古今奇語而臣妾之，如『千歲石床啼鬼工，雄雞一聲天下白』之句，詩家比之『載鬼一車，日中見斗』；『洞庭明月一千里，涼風夜歸天在水』過楚辭遠甚。又云『賀之樂府，觀其情狀，若乾坤開闔，萬彙瀸瀸，神其變也。歟駭人耶。韓吏部一言爲天下法，悉力稱賀。杜牧又詩之雄也，極所推讓。』前序已詳矣。人雖欲爲賀，莫敢企之者，蓋知之猶難，行之愈難也。至有博洽書傳，而賀集不一過目，爲可惜也。雙溪中書君，詩鳴於世，得賀最深，嘗與龍山論詩及賀，出所藏舊本，乃司馬溫公物也，然亦不無少異。龍山因之校定，且曰，喜賀者尚少，況其作者耶。意欲刊行，以廣其傳，冀有知之者。會病不起。余與伯成緒其志爲之。此書行，學賀者多矣，未必不發自吾龍山也。丙辰秋日碣石趙衍題元刊本李長吉集。」〔註218〕

　　序文中進一步點明，當時「唐人爲指歸」的風氣具體而言就是學習李賀

〔註215〕《秘書監志》卷十「至元二十七年（1290）五月二十四日以承事郎上。」王惲《秋澗大全集》卷七十三「至元癸巳（三十年，1293）春，予待詔闕下，秘書郎趙天民來謁，趙之父，故中書門客也。」

〔註216〕趙琦《金元之際的儒士與漢文化》，人民出版社，2004年，第58頁。劉明今《遼金元文學史案》，上海古籍出版社，2004年，第85頁。

〔註217〕謝榛《四溟詩話》卷二中所引一詩稱「耶律丞相門客趙衍」，清海山仙館叢書本。此詩收入《元詩紀事》卷三趙衍《七眞洞題壁》，陳衍指出，此詩又見《雙溪醉隱集》中《遊玉泉》一詩。陳衍輯撰，李夢生校點《元詩紀事》，上海古籍出版社，1987年，第24頁。

〔註218〕張金吾輯《金文最》，清光緒二十一年重刻本。

的詩歌風格。王惲也指出，呂鯤、趙著二人由於受到了耶律楚材、耶律鑄父子重視，因此自成一派。

郭紹虞先生在《中國文學批評史》中指出，「當時長吉一派之能自成一種風氣」，而認為此文中提及的「至有博洽書傳，而賀集不一過目，為可惜也」，是指斥趙秉文、王若虛一輩人。〔註219〕劉明今《遼金元文學史案》中曾有「燕薊詩派」一節，認為燕薊地區承襲金詩尚奇特點，且傾向於李賀詩風，形成了「意象詭譎、風格奇麗」的燕薊詩派。〔註220〕

楊鐮師在《元代文學編年史》中指出：「論詩者歷來認為重視李賀與李商隱是元詩特點之一。耶律鑄據家藏北宋名臣司馬光舊藏的李賀詩集，重新校勘《李賀歌詩編》，使這一特點的源頭上溯到金元之際的北方詩人之間。」〔註221〕

按此李長吉詩集，即刻於蒙古憲宗六年的《歌詩編》四卷，仍然流傳至今，現藏國家圖書館。「書中鈐有『汪士鍾印』『虞山瞿紹基藏書之印』『祁陽陳澄中藏書記』等印，有黃丕烈跋及陸拙生題款。黃丕烈謂此書為金刻本，非是。此本為現存《歌詩編》的最早刻本，也是海內孤本。迭經黃丕烈、汪士鍾、瞿氏鐵琴銅劍樓、陳澄中等名家收藏，流傳有緒，彌足珍貴。」〔註222〕1919年，張元濟據此本影印收入《四部叢刊》，王國維先生曾校並作跋語，據《元史‧耶律希亮傳》指出「此本為蒙古憲宗丙辰所刊無疑」。並據《西岩趙君文集序》及《玉堂嘉話》考證其序文中「龍山」為呂鯤，以糾何焯、黃丕烈著錄「金刻」「劉致君」之誤。〔註223〕

2、元好問、呂鯤、趙著、耶律鑄的燕京唱和

趙著、呂鯤二人在燕京有較多文學活動，與耶律楚材、耶律鑄父子關係密切，與元好問在燕京亦有詩歌唱和。蒙古乃馬眞後稱制二年（1243），元好問五十四歲，自金亡後，於八月首次到燕京，同時，耶律楚材夫人蘇氏去世，其子耶律鑄護送靈柩於八月初抵達燕京。元好問受耶律鑄之請，撰《中令耶律公祭先妣國夫人文》。〔註224〕八月，元好問與呂鯤、趙著、耶律鑄一同祭祀

〔註219〕郭紹虞《中國文學批評史》，百花文藝出版社，2008年。
〔註220〕劉明今《遼金元文學史案》，上海古籍出版社，2004年，第82～87頁。
〔註221〕楊鐮師《元代文學編年史》，山西教育出版社，2005年，第72～73頁。
〔註222〕關於此書介紹，詳見李婧《海內孤本〈歌詩編〉》，《人民日報海外版》，2008年07月14日。
〔註223〕王國維《蒙古刊〈李賀歌詩編〉跋》，《觀堂別集》卷三，上海書店，1992年。
〔註224〕元好問《遺山先生文集》卷四十《中令耶律公祭先妣國夫人文》：「維大朝癸

香山寺。重九日又同登瓊華島賦詩。耶律鑄在香山寺、瓊華島唱和中一展才華，自此登上了燕京詩壇，佔據了一席之地。

耶律鑄（1221～1285）契丹人，字成仲，號雙溪，耶律楚材之子。耶律楚材死後，嗣領中書省事。中統二年（1261）爲中書左丞相，至元四年（1267）改平章政事，次年又復任中書左丞相，至元十年（1273）遷平章軍國重事。至元二十年（1283）被罷免官職。〔註225〕

趙著《雙溪小稿序》中記載此次燕京唱和：「及其去歲秋八月，來自北庭，大葬既已，明日首禮於香山寺，元、呂及余從行。禮成，長老拂几捧硯請各賦詩。雙溪即書古詩云：『渺渺入平野，悠悠到上方。雲開見天闕，回首超凡鄉。』元、呂垂書，余亦落筆，既而雙溪復次元韻云：『人去豪華山好在，夢回歌舞水空流。』又次余韻云：『翠輦不迴天地老，白雲飛盡海山秋。』時已夕矣，不及次呂之韻。會九日登瓊花島，用呂《香山詩》韻，留題云：『蓬萊宮殿遺基在，休對西風子細看。』及載觀次韻之作，如蘭依修竹，菊映青松，輝彩省淨，氣韻深長，便覺首倡大似落絮飛花，雖有流風回雪之態，豈能倫擬。」〔註226〕

香山因「山有大石，狀如香爐」而得名，在金代即爲皇室遊幸之地。香山寺即大永安寺之上院，與下院安集合二爲一，金世宗賜名永安。〔註227〕瓊華島、太液池即金故宮殿所在。四人唱和是在深秋八九月，正是京華最好的時節，秋清氣爽、天高雲淡、葉紅菊黃，然而秋風中又有一絲蕭殺。元好問、趙著、呂鯤三人均爲金遺民，耶律鑄的家族又世代仕金，他們所遊歷、唱和的地方都是金朝故都勝景，經歷了一番戰亂之後，故國重遊，物是人非，則別有一番滋味在心頭。

趙著、呂鯤二人作品未見，據耶律鑄、元好問作品，可知此次唱和充滿了故國之思的沉重。

在香山，耶律鑄有《次趙虎岩遊香山故宮詩韻》一詩：「往事驚心話欲休，並隨閒望入層樓。爲龍爲虎人誰在，鷗去鷗來水自流。翠輦影沉天地老，紫

卯歲八月乙巳朔五日己酉，哀子某謹以家奠敢昭告於先妣國夫人蘇氏之靈。」
〔註225〕生平見《元史》卷一百四十六《耶律楚材傳》附，第3464～3465頁。
〔註226〕趙著《雙溪小稿序》，耶律鑄《雙溪醉隱集》卷首，《文淵閣四庫全書》輯《永樂大典》本。
〔註227〕孛蘭肹等撰，趙萬里校輯《元一統志》，中華書局，1966年，第12頁，第35頁。

簫聲斷海山秋。長歌一曲西風起，手把殘花盡日留。」〔註228〕大概是趙著的詩歌太過悲戚，耶律鑄開篇就勸勉說，往事休提。世事變遷太快，人在天地間微乎其微，國家滅亡的悲痛令天地蒼老、山河變色，何況是人？然而只能自我排遣，趁著秋風還未肅殺之前，惟有珍惜眼前風景。

在瓊華島，元好問有《南鄉子・九日同燕中諸名勝登瓊華故基》一詞：「樓觀鬱嵯峨，瓊島煙光太乙波。真見銅駝荊棘裏，摩挲，前度青衫淚更多。勝日小婆娑，欲賦蕪城奈老何。千古廢興渾一夢，從他，且放雲山入浩歌。」〔註229〕銅馱本爲宮門之外的器物，由「銅駝荊棘」，則可想見昔日繁華的金中都在經歷戰亂後的凋零殘破，不覺淚濕青衫。憶及盛世歌舞升平，欲傚鮑照過蕪城而感賦的舊例，卻不覺年華老去，心境難敘。只得以世事如夢的藉口聊以自慰。元好問親歷汴京圍城，重訪故都，於亡國有更深的切膚之痛。

耶律鑄作爲由金入元的新貴子弟，從小在西域長大，對於金故都充滿著陌生與新奇。然而他卻對父輩人的情感表現出理解與同情。

《泛太液池同虎岩龍山賦》：「爛縱飛龍馭，凝神入醉鄉。煙霞生縹緲，絲竹裊微茫。蒲劍割秋水，荷盤傾夕陽。莫輕年少日，青鬢易驚霜。（飛龍，道陵所製泛太液之舟也，又名翔龍。）」《又登瓊華島舊址次呂龍山詩韻》：「不放笙歌半點閒，紫霞香露怕餘殘。水搖千尺地中月，人倚九重雲外欄。碧落更誰乘彩鳳，翠屏空自掩金鑾。蓬萊宮闕遺基在，忍對秋風子細看。（紫霞，西域琖名。）」〔註230〕

從前只有君王御船所能縱橫往來、嬉戲遊賞的太液池，如今成爲平常遊覽之所，而眼前煙波浩蕩、殘陽爍金的美景，醇酒佳肴、輕歌曼舞的美宴，知己同遊、把酒臨風的良辰，在及時行樂的同時，卻總有一絲對時光流逝匆促的惋歎。正是因爲滿眼故國遺迹，滄桑巨變，令這個二十出頭的年輕詩人越發感到人生短暫、歡樂易逝。歷史時空與個人感悟相融合，對他個人而言，周圍的一切都是新奇而美好的，但是對他身邊的三位長輩以及那一代人而言，便有了歷史的沉重。

《雙溪醉隱集》中的詩文，與趙序所引詩文，詞句不盡相同，或是在收入集中時曾作修改。這幾首詩雖然是唱和所作，但卻是耶律鑄藉以贏得燕京

〔註228〕耶律鑄《雙溪醉隱集》卷四。
〔註229〕元好問《遺山樂府》卷二，清抄本。
〔註230〕耶律鑄《雙溪醉隱集》卷三、卷四。

詩壇認可的憑證。

細讀這些詩便可理解，爲何這個自西域而來的世家子弟，起初因爲他的特殊身份遭到眾人質疑，而不過是幾首遊賞酬和的應景之作，卻令他「大傳燕市，使嚮之未甚信者，私用慚怍。自是，與燕士大夫唱酬無虛日」，〔註231〕因爲他詩歌中所傳遞的故國之思激起了燕京一代士人的共鳴，也令他迅速被接納其中。

（三）元好問與燕京文壇：對燕京文壇的留戀與疏離

以上述及的一系列文學活動，均可看見元好問的身影，他雖然不在燕京長住，但卻仍然是文壇舉足輕重的人物。元好問曾數次前往燕京。據《年譜》可大致勾勒出元好問在燕京的文學活動。〔註232〕

1、與燕京權貴的交往

乃馬眞後稱制二年（癸卯，1243）元好問五十四歲，自金亡後，於八月首次到燕京，他與耶律家族交往密切，除了前文提及的與呂鯤、趙著、耶律鑄唱和外，又受耶律楚材請，來京作耶律楚材父母碑文。

耶律鑄於1244年、耶律楚材死後，嗣中書令，省寺賓客集其詩傳於時，張顯卿、趙昌齡希望元好問爲作序。元好問在《雙溪集序》中評價耶律鑄「中令天資高，於詩若夙習，故落筆有過人者，不足訝也。近時燕中兩詩人，擅名一時，當其得意時，視《北征》《南山》反有德色。然每見中令一詩出，必歡喜讚歎，失喜囁嚅曰：『此長吉語也，義山語也，《樊川集》無有也。』而中令慊然，自以爲不足。長轡遠馭，進進而不已，如欲踔宇宙而遺俗，渺翩翩而獨征者，尙奚以序引爲哉？顯卿、昌齡爲我謝中令君。朝議以四世五公待閣下，天下大夫士以太平宰輔望閣下。李文饒《一品集》，鄭亞有序；陸宣公《奏議》，蘇東坡有札子。大書特書而屢書之，韓筆有例。子欲我敘《雙溪小集》而遂已乎？年月日，門下士河東元某題。」〔註233〕

此文中的「燕中兩詩人」或指趙著、呂鯤二人。在此文中，元好問表面

〔註231〕趙著《雙溪小稿序》，耶律鑄《雙溪醉隱集》卷首，《文淵閣四庫全書》輯《永樂大典》本。

〔註232〕元好問年譜較多，見繆鉞《元遺山年譜彙纂》，《元好問全集》附錄。

〔註233〕《雙溪集序》，《遺山先生文集》卷第三十六作「中令天資高，於詩風夙習」，此據《元好問全集》校以《金文最》改，山西古籍出版社，2004年，第760頁。

上稱讚耶律鑄天資卓越，詩歌過人，但對「燕中兩詩人」的盛讚之語似有不屑，而文末更是用「四世五公」「太平宰輔」的政治功績期許耶律鑄，不願意耶律鑄滿足於詩詞成就。

這種態度，與此前的燕京唱和已有所不同。其《答中書令成仲書》進一步表現出疏離的態度。「張子敬處備悉盛意，未幾張伯寧來，招致殷重，甚非衰謬之所堪任，其還也，不得不以書通。癸卯之冬，蓋嘗從來使一到燕中，承命作先相公碑，初不敢少有所望，又不敢假借聲勢，悠悠者若謂鳳池被奪，百謗百罵，嬉笑姍侮，上累祖禰，下辱子孫，與渠輩無血讎，無骨恨，而乃樹立黨與，撰造事端，欲使之即日灰滅，固知有神理在。然亦何苦以不貲之軀，蹈覆車之轍，而試不測之淵乎？君侯材量閎博，藹有時望，士大夫出於門下者，有何限量？朝夕接納，足以廣見聞，益智慮，而就事業。顧僕何人，敢當特達之遇乎？復有來命，斷不敢往。孤奉恩禮，死罪死罪，某再拜。」〔註234〕

元好問推辭了耶律鑄的徵召，主要是因為他曾受命耶律楚材作《碑》而遭人嫉妒、受人排擠誣謗，故而不願再參與其中。所謂「鳳池被奪」，典出《晉書‧荀勖傳》：「勖久在中書，專管機事。及失之，甚罔罔悵恨。或有賀之者，勖曰：『奪我鳳凰池，諸君賀我邪！』」鳳凰池是禁苑中池沼，借指中書省或宰相。可見，元好問筆下捏造事端的人正是耶律鑄身邊的一干文人，生怕元好問因其才華名聲而得到耶律父子的重用，這大概也是元好問晚年極少涉足燕京的緣由。

元好問還與燕京劉氏家族有交往。

他作有《臨錦堂記》一文。臨錦堂是幕府從事劉公子所建，其地位於金故宮御苑之西，在原來的宮廷園林的基礎之上，稍加修葺而成，引金溝水渠為池沼，遍植竹木花草，樹立湖石假山，風景宜人。劉公子正是在此地接待元好問以及當時的一群知名文人，觴酒雅集。

元好問稱：「蓋劉公子出貴家，春秋鼎盛，志得意滿，時輩莫敢與抗。」可見這位劉公子的出身與權勢，在燕京當首屈一指。

在《臨錦堂記》中，元好問對劉公子提出了建議：「異時有嚮儒術、通賓客、置鄭莊之驛，授相如之簡，以復承平故事者，予知其自臨錦主人發之」。這說明此時的元好問希望燕京當政者能夠施行儒術、禮賢下士，恢復儒治。

〔註234〕《答中書令成仲書》，《遺山先生文集》卷第三十九。《元好問全集》第 807 頁。

元好問還曾受王萬慶的請求，爲其父作《王黃華墓碑》。

2、與燕京文人的唱和

甲辰（1244），元好問曾與陳時可唱和，有《過寂通菴別陳丈》一詩，其序云：「陳丈未識某而愛其詩，曾對高御史士美言，我他日見遺山，當快飲百醉。後見之，而公已病，乃相約易百醉爲百杯。每見以酒籌計之。至七八十杯，復有此別，故詩中及之。」其詩：「心遠由來地自偏，不離城市得林泉。從教上界多官府，且放閒身作地仙。三月有期何敢負，百杯未滿會須塡。違離更覺從公晚，卻望都門一慨然。」〔註235〕

這詩是純粹的應酬之作，由詩序可見陳時可對元好問的仰慕與推重。而元好問的詩中卻有許多無奈之語。首聯用陶淵明《飲酒》其五的句子，「結廬在人境，而無車馬喧。問君何能爾，心遠地自偏」。這一句之妙，一是因陳時可與元好問有酒約在先，故用《飲酒》作答；二是寫出了陳時可當時病重，門前冷落，大隱於市。而陳時可任燕京課稅使，此時大概已經賦閒在家。或許隨著耶律楚材的失勢，他手下的一干人等也都卸任。徒令人有世態炎涼之感。頷聯化用陸游《烏夜啼》「細思上界多官府，且作地行仙」，是對當時燕京政治局勢的描述，多種勢力並存現狀，因而元好問希望能夠置身事外，明哲保身。尾聯點明告別之意，有相見恨晚的歎息，然而回望都門，想到自己將離開這個權力爭奪的中心，卻惆悵不已。這是一種極爲複雜的情感。既有留戀，又有無奈，更有對世故人情的慨歎。大概元好問這一次的燕京之行，並不愉快。

憲宗蒙哥二年（壬子，1252），元好問入燕，與高嶷在柳亭雨夕把酒夜話，其詩云：「關塞無緣笑語同，偶然情話此從容。青天蜀道不得過，山色歸心空自濃。九日茱萸藍澗酒，十年朝馬景陽鐘。三間老屋知何處，惆悵雲間陸士龍。」詩後自注：「高曾自藍田令入拜監察御史，北渡後，謀還保塞，而困於無資者二十年矣。」〔註236〕李光廷據此將詩繫年於此，〔註237〕而繆鉞則認爲「二十年」並非實寫，因而不能判定此詩寫於燕京。

但是可以肯定的是，元好問於憲宗蒙哥汗三年（癸丑，1253）六月，客

〔註235〕元好問著、施國祁箋注《元遺山詩集箋注》卷十，人民文學出版社，1958年。《元好問全集》第473頁。

〔註236〕元好問著、施國祁箋注《元遺山詩集箋注》卷十，人民文學出版社，1958年，第487頁。

〔註237〕李光廷《廣元遺山年譜》卷下，清同治刻本。

居燕京,與燕京士人有交往。王守義、張謙二人向元好問推介賈仲德、賈仲溫兄弟,請求作《致樂堂記》。

王守義,字惇甫。其父號「祥止先生」。為人安貧樂道,溫良恭讓,質樸無華。梁陟、性英、魏璠等名士均與之有交往,且讚賞有加。家中別墅,築亭曰「曲肱」,又有「祥止菴」,郝經、元好問分別賦文作詩。〔註238〕

張謙,字無咎,順州溫陽人,居燕三十年。魏璠曾向朝廷舉薦中州名士六十七人,其中就有張謙,評價其「言行孝謹、可正風俗」。蒙古朝廷欲任命張謙為從事,但張謙推辭,讀書學道,以教授為生業。不久,其母親、三個兒子相繼亡故,張謙亦去世,只剩下妻子裴氏及兩個孫女,家貧不能葬。總管趙彥澤買棺材送葬,友人王惇甫請魏初作墓誌銘。〔註239〕

賈仲德、賈仲溫兄弟暫無考,武川人。但「賈氏以謹厚稱燕中,比年以來,仲溫者又能歲授一經,《孝經》《語》《孟》,以次卒業,駸駸乎行己之學,非但涉獵之而已。」亦是讀書傳家的向儒之人,但「是家不階於儒素之業,不漸於教育之化,乃能自樹立如此,所謂『行有餘力,則以學文』者,尚庶幾焉。」〔註240〕可見賈氏不以讀書出身。

3、對燕京文壇的留戀與無奈

元好問曾不止一次地表達過自己對燕京的讚歎之情。其《臨錦堂記》對燕京城歷史有一簡單描述:「燕城自唐季及遼為名都,金朝貞元迄大安,又以天下之力培植之。風土為人氣所移,物產豐潤,與趙魏無異。六飛既南,禁鑰隨廢。比焦土之變,其物華天寶所以濟宮掖之勝者,固以散落於人間矣。」〔註241〕在《致樂堂記》中對燕京城評價道:「予行天下四方,惟燕析木之分,風土完厚。有唐三百年,雅俗之舊而不為遼習之所變遷。是以敦龐耆艾之士,視他郡國為尤多。至於子弟秀民,往往以橫經問道為事。」〔註242〕

可見當時的燕京文壇已經是文人薈萃,在戰亂之後又逐漸培養起濃厚的

〔註238〕生平見魏初《王隱君真贊》,《青崖集》卷五。施國祁《元遺山詩集箋注》卷十、李光廷《廣元遺山年譜》認為《王敦夫祥止庵》一詩中的王敦夫「即《致樂堂記》之王惇甫,燕人」。

〔註239〕生平詳見郝經《曲肱亭銘》,《郝文忠公陵川集》卷二十一,《全元文》第四冊第361頁。魏初《青崖集》卷五,《張處士墓銘》。

〔註240〕元好問《致樂堂記》,《遺山先生文集》卷三十三。

〔註241〕元好問《臨錦堂記》,《遺山先生文集》卷三十三,《四部叢刊》景明弘治本。《元好問全集》第697頁。

〔註242〕《致樂堂記》,《遺山先生文集》卷三十三。《元好問全集》第700頁。

文化氛圍，加上原有的歷史底蘊，很快又成爲當時的文化中心。

然而元好問卻無法在這裡長久立足，一方面，他時時刻刻爲自己的亡國身份所感傷；另一方面，他又處處受到一些人的嫉妒與排擠。爲此，他不得不一次次地來，又一次次地離開。

元好問有《出都》兩首，生動描述了自己離開燕京時的情狀：「漢宮曾動伯鸞歌，事去英雄可奈何。但見觚稜上金爵，豈知荊棘臥銅駝。神仙不到秋風客，富貴空悲春夢婆。行過盧溝重回首，鳳城平日五雲多。」「歷歷興亡敗局棋，登臨疑夢復疑非。斷霞落日天無盡，老樹遺臺秋更悲。滄海忽驚龍穴露，廣寒猶想鳳笙歸。從教盡劃瓊華了，留在西山盡淚垂。」詩後注：「萬寧宮有瓊華島，絕頂廣寒殿，近爲黃冠輩所撤。」〔註243〕

這兩首詩是元好問的名篇，他以一個金朝遺老的身份，離開金故都時，回望這座城市，作最後的憑弔。曾經的富貴繁華轉瞬即逝，成敗興亡更替，彷彿一局棋，一著不慎滿盤皆輸，又好像冥冥之中有誰在操縱，面對如此迅疾的變幻，眞令人有些措手不及，猶如大夢一場，但終究有清醒面對現實的一刻。落日晚霞，風景無限，卻近黃昏；秋葉凋零，老境頹唐，樹猶如此，人何以堪。瓊華島、廣寒殿，故國遺迹，歷歷在目，江山信美，卻早已變了主人。兩首詩，道盡了失魂落魄之情。

昔日的金王朝宮苑，被全眞道人佔據，在詩人看來，彷彿一種象徵。新勢力的崛起，就意味著舊勢力的衰亡。依附於金王朝而生的元好問，他的青春、榮耀、巔峰，都是這個逝去王朝所賦予的。然而年老之時，卻面臨改朝換代，原先所擁有的一切驟然成空，不由得讓他心生淒涼。元好問不願像劉祁一樣，邀得新朝青睞；亦不能像梁陟一般，重溫故園舊夢；他始終衹是活在自己的回憶中。

耶律鑄《送元遺山》：「燕北秋風起，幽花滿地開。既邀今日別，合道幾時來。白玉煙沉閣，黃金草暗臺。不須傷老大，珍重掌中杯。」〔註244〕耶律鑄勸勉元好問，不要因年齡的緣故，而意志消沉，可是卻也道出英雄遲暮之悲。元好問再沒有更多的精力與時間，謀劃自己的將來。

〔註243〕元好問著、施國祁箋注《元遺山詩集箋注》卷九，人民文學出版社，1958年。《元好問全集》第440頁。
〔註244〕耶律鑄《雙溪醉隱集》卷三，《景印文淵閣四庫全書》本。

三、小　結

　　趙復與元好問是南宋、金兩個王朝的典型代表，他們生長於不同的文化背景之中，在燕京的交往則體現了南北文化的交流與碰撞。儘管他們都沒能在這個新的政權中尋找到適合自己的位置，但是他們卻以自身的影響力給燕京文壇注入了獨具特色的元素。

第二章　大都文壇的開端

第一節　北方中心：由燕京到大都

一、中統之治：北方區域文壇的統一

（一）忽必烈的政治活動與燕京

　　1259 年，憲宗蒙哥在攻打南宋四川合州的釣魚山戰役中身亡。當時南征鄂州的忽必烈在儒臣姚樞等人的勸說下，立刻結束戰鬥，班師北還，駐軍燕京近郊，命張文謙發兩萬降民北歸。1260 年，忽必烈至開平，自立為皇帝。任禡禡、趙璧、董文炳為燕京路宣慰使。

　　此前，忽必烈作為藩王，於甲辰（1244）在潛邸，「思大有為於天下，延藩府舊臣及四方文學之士，問以治道。」憲宗蒙哥即位後，對忽必烈「屬以漠南漢地軍國庶事」，任命脫兀脫及張耕為邢州安撫使、劉肅為商榷使駐桓、撫間，又令斷事官牙魯瓦赤與不只兒等總天下財賦於燕京。在憲宗當政期間，燕京及廣大「漢地」，即原金朝治下的中原地區，對蒙古人而言，祇是重要的經濟來源。而忽必烈上位後，推行「漢法」，即「採用漢族封建地主階級的各種統治經驗，模倣前代封建皇帝的樣式，建立起一套完整的統治機構，頒佈各種制度法令」。並於至元八年（1271）改國號為「大元」，這是他積極推行「漢法」的一個標誌。〔註1〕忽必烈在由藩王登上皇帝位並積極實行「漢法」的一系列政治活動中，燕京一地都起著重要的作用。〔註2〕

　　首先，燕京一地是中原財賦中心，是蒙哥用以制衡「漢地」總領忽必烈

〔註 1〕陳高華《元大都》，北京出版社，1982 年，第 31 頁。
〔註 2〕詳見陳高華《元大都》，北京出版社，1982 年，第 27～32 頁。

的重要籌碼。蒙哥在燕京布置親信牙魯瓦赤任斷事官，而忽必烈卻被排除在燕京的管轄之外，可見統治者對燕京一地的重視。

其次，燕京在中原的地位與其獨特的地理位置，是忽必烈與阿里不哥爭奪帝位過程中的重要據點。燕京「總天下財賦」，加上其「南控江淮，北連朔漠」，是溝通南北的重要樞紐，因而阿里不哥曾一度想通過控制燕京來抵擋忽必烈領軍北還，而忽必烈也正是由於及時控制了燕京，將之作爲「軍事基地」，集結物資和軍隊北上，才贏得了帝位之爭。

第三，燕京以及其後大都城的營造，是忽必烈施行漢法的重要舉措之一。燕京位於中原「漢地」，而城市的營造本來就是中原歷代封建王朝的模式，絕非蒙古草原游牧民族的舊俗。

正因爲如此，忽必烈登上帝位後，開始在燕京營建新城，至元元年（甲子，1264）二月重建瓊華島，八月改燕京爲中都，十月萬壽山會見高麗國王。四年（丁卯，1267）正月，立提點宮城所。以瓊華島大寧宮爲中心修建新城。四月，始築宮城，十月竣工。並於九年（壬申，1272）二月改中都爲大都。至此，大都開始取代上都（開平）成爲有元一朝的政治中心。

（二）文化中心

隨著忽必烈「漢法」的推行，越來越多的文人被吸納進元朝的政治體制；而大都城的營建，政治中心的逐漸南移，也逐漸成爲文人聚集的政治舞臺、文化中心。

1、幕府文人

早在忽必烈潛邸之時，就聚集了一大群文人在其身邊，金蓮川幕府的重要人物有劉秉忠、張文謙、姚樞、竇默、王鶚、李治、張德輝、魏璠、李俊民、商挺、郝經、李德輝、趙良弼、趙璧、廉希憲。〔註3〕

除了忽必烈招賢納士將大有所爲，漢地的世侯也招致了大批文士。

東平嚴實父子治下，就有許多文人，商挺、王磐、宋子貞、徐世隆、李昶、劉肅、張特立、元好問、楊奐、賈居貞、張昉、康曅、張澄、張聖予、劉郁、勾龍瀛、李輔之、張之純、張孔孫。此爲耆舊。後進新人有李謙、閻復、孟祺、夾谷之奇、申屠致遠、王構、王惲、曹元用、元明善。〔註4〕

〔註3〕蕭啓慶《忽必烈時代「潛邸舊侶」考》，《內北國而外中國》，中華書局，2007年，第113～143頁。

〔註4〕詳見孫克寬《東平興學考》，《元代漢文化之活動》，臺灣中華書局印行，1968

河朔三大漢軍世家，永清史天澤幕下有王若虛、元好問、白華、曹居一。保定張柔幕下有樂夔、敬鉉等。眞定藁城董氏幕下有侍其軸、竇默、姚樞、李俊民、李治、魏璠等老儒。〔註5〕

而這種文人聚集幕府的現象，被學者稱之爲「養士之風」的醞釀。〔註6〕結合前文提及的元好問《癸巳上耶律丞相書》中提及的五十四人名單即可發現，其中大部分人是重疊的，且幕府文人在不同的政權之下，有很大的流動現象。這一方面反映了當時的中原地區，其實是軍閥割據、各自爲政的現實，另一方面也說明有一批人在金亡之後以幕僚方式活躍於政壇，他們對於協助、推動忽必烈實行「漢法」起到了重要作用。而忽必烈不僅利用漢人世侯的軍事力量，還受其智囊團的影響。

這一批幕府文人對於忽必烈奪取政權、建立制度，都起到了重要作用。

2、在朝文人

忽必烈成爲皇帝之後，進一步加強了對儒生的吸納，主要體現在政治體制人員的選用方面。由於燕京在漢地的獨特性，尤其是在逐漸成爲元朝政治中心之後，分佈於各個官僚機構之中的文人們，也都齊聚燕京。

在機構設置方面，中統元年立中書省處理政務，在燕京設立行中書省。立十路宣撫司，包括燕京路宣撫司。中統二年，立翰林國史院，作爲中央文化機構。中統三年，立諸路轉運司，包括燕京路轉運司。中統四年，立樞密院，作爲軍事機構。

中統二年五月，命史天澤爲中書省右丞相，張文謙爲左丞，楊果任參知政事爲其輔佐，主持開平政務。任命不花爲中書右丞相，耶律鑄爲中書左丞相，張啓元爲中書右丞。以王文統、廉希憲南下主持燕京行省諸事務。「這時的中書省與行中書省，實際上已無中央與地方的區別，而是一個機構分兩處辦事」，「蒙古政權的統治中心，實際上已由漠北轉移到燕京」。〔註7〕王惲的《中堂事記》對這一時期的燕京行省有較爲詳盡的記錄。

年，第 124 頁。袁冀《東平嚴實幕府人物與興學初考》，《元史研究論集》，臺灣商務印書館發行，1974 年，第 140～152 頁。

〔註 5〕孫克寬《元代漢軍三世家考》，《元代漢文化之活動》，臺灣中華書局印行，1968 年，第 252～333 頁。

〔註 6〕丁崑健《從仕宦途徑看元代的遊士之風》，《蒙元的歷史與文化：蒙元史學術研討會論文集》，臺灣學生書局印行，2001 年，第 635～653 頁。

〔註 7〕王崗《北京通史・元代卷》，第 32 頁。

與此同時，知名的文人學者多集中在翰林國史院內。如翰林侍讀學士郝經、翰林學士承旨兼修國史王鶚、翰林侍講學士竇默、翰林直學士高鳴等。

除了一大批的在朝官員，還有很多受到徵召任用的文人，如中統元年四月，召賈居貞、張儆、王煥、完顏愈乘傳赴闕。六月，召眞定劉郁、邢州郝子明、彰德胡祇遹、燕京馮渭、王光益、楊恕、李彥通、趙和之、東平韓文獻、張昉等，乘傳赴闕。中統二年四月，詔軍中所俘儒士聽贖爲民。命宣撫司官舉文學才識可以從政及茂才異等，列名上聞，以聽擢用。

一時之間，文人紛紛由各地向忽必烈聚集，而作爲通往開平的樞紐城市燕京，漸漸文人薈萃。

（三）理學在北方的進一步傳播

元朝的國子學眞正建立，還是從許衡開始。〔註8〕

許衡（1209～1281），字仲平，號魯齋，懷慶河內人。壬辰北渡後，隱居大名，遷居於衛。憲宗四年（甲寅，1254），忽必烈在潛邸，京兆宣撫使廉希憲奉命來征。五年，授京兆提學，辭不受。中統元年（1260）五月，應詔北上，二年五月，授太子太保，力辭不受，改國子祭酒。九月，以疾辭歸。三年九月，應詔北上。至元元年（1264）正月，辭歸。二年十月，應詔北上，詔入中書省議事，四年正月辭歸。十一月，應召北上。六年，奏定官制。七年正月，拜中書左丞，力辭不允。

至元八年（1271）三月，忽必烈下令重設國子學，增置司業、博士、助教各一員，選隨朝百官近侍蒙古、漢人子孫及俊秀者充生徒，任許衡爲國子祭酒。當時許衡居相府，丞相傳旨，令教蒙古生四人，後又奉旨教七人，又令四方及部下願受業的人均可入學。令南城舊樞密院設學。

許衡時年六十一歲，對待這份工作的態度很積極。在任命之初，他不如以往的推辭，而是樂意接受，「此吾事也」，很快就任。開學後，他將家事都交給兒子，謝絕賓客，節食養生，以專心教學。並招四方的舊弟子王梓、韓思永、蘇鬱、耶律有尚、孫安、高凝、姚燧、姚燉、劉季偉、呂端善、劉安中、白棟爲伴讀。

教學內容有算術、書法、禮儀等，自編曆書爲算術教材，要學生練習顏眞卿體，講求跪拜、揖讓、進退、應對之節。講說文意，也祇以通達領會爲

〔註8〕虞集《送李擴序》：「國家之置學校，肇自許文正公。」《道園類稿》卷二十，明初翻印至正刊本。《虞集全集》，天津古籍出版社，2007年，第539頁。

主，並以寬容存心；認為求學以治生為最先，認為農工商賈均可。可見許衡的講學，還是以實用為主，至於義理方面，僅僅是基本的可以實踐的道德倫理，並不精深複雜。〔註9〕

（四）李璮之亂對當時文人的影響

中統三年（1262）二月，山東軍閥李璮叛變，七月即被忽必烈鎮壓，李璮、王文統被處死。

李璮，小字松壽，濰州人。其父李全本為宋將，成吉思汗二十一年（1227）蒙古大軍包圍益都，李全於次年叛宋，率領山東州郡歸附，任山東淮南楚州行省，其兄李福為副元帥。太宗三年，李全攻揚州敗亡，李璮襲職為益都行省，擁兵自重。中統元年，李璮被忽必烈委任為江淮大都督，中統三年，李璮叛變。忽必烈派兵前往鎮壓，益都被圍，人心渙散，李璮兵敗被殺。〔註10〕

王文統，字以道，益都人。初為李璮幕府，後又成為李璮岳父，深得李璮倚重。忽必烈在潛邸時，聽說王文統的才幹，徵召他為中書省平章政事，專門管理賦稅、徭役。由於王文統重權謀、經濟等事，與純儒姚樞、竇默、許衡等人往往不相得。李璮叛變後，王文統受到牽連，平時得罪人也太多，眾人皆稱其該死，最終被殺。〔註11〕

周良霄先生指出，李璮的叛亂，對元初政治產生了極大的影響。忽必烈藉此機會，削弱漢人軍閥的勢力，尤其注重對軍權的控制，並進一步加強中央集權；同時，他也因此失去了對漢人的信任，許多漢人官員都身陷牢獄之災，如商挺、趙良弼等，儒臣亦失勢，色目人勢力擡頭，成為忽必烈牽制漢人的一種手段。〔註12〕

二、中原諸儒：《樊川圖》題詩

（一）趙樊川其人

中統初年，趙樊川曾將其樊川別墅繪製成圖，請京師眾人題詩。姚燧有《趙

〔註9〕　生平見歐陽玄《元中書左丞集賢大學士國子祭酒贈正學垂憲佐運功臣太傅開府儀同三司追封魏國文正許先生神道碑》，《圭齋文集》卷九。
〔註10〕　《元史》卷二百六《李璮傳》，第4591～4594頁。
〔註11〕　《元史》卷二百六《王文統傳》，第4594～4596頁。
〔註12〕　詳見周良霄《論忽必烈》、《李璮之亂與元初政治》，《元史論集》，人民出版社，1984年，第109～110頁，115～128頁。

樊川集序》一文記其始末：「樊川，宥密公長安別業也。其地得姓，則由漢舞陽侯噲有墅乎此，豈與葉邊舞陽封國改爲樊國者同其時耶。唐則韋杜二家專之，皆宅北山之曲，韋西而杜東，以故中舍杜牧名其集爲樊川。公居二曲之間。余少之時屢至焉。其地先甚荒棄，由爲公有歲新而月盛之。泉石、岩洞、池塘、林木，出沒窈窕，魁奇繁薈，凡可娛心而駭目者，悉甲。其鄰人亦目公樊川。中統之初，京師諸貴詩其圖者，惟大參楊公西菴爲絕倡云：『一賦阿房萬古傳，而今還有趙樊川。謝公墩上王公住，異代風流各自賢。』公平生精練世故，每自負其沉幾先識，算無遺策，國家亦以是期之。初未知其文。公沒十有八年，中子饒總管通議君訓，始摭遺稿百數十首爲集而板之。」〔註13〕

　　楊鐮師指出此「趙樊川」即趙良弼，主要依據其生平事迹。〔註14〕《困學齋雜錄》中亦載姚燧文中提及絕句：「廉菴題趙輔之《樊川圖》云：『一賦阿房萬古傳，豈知今有趙樊川。謝公墩上王公住，異代風流各自賢。』」〔註15〕按此明確說「趙輔之《樊川圖》」，則「輔之」爲趙良弼字，足證趙樊川即趙良弼無疑。

　　趙良弼（1214～1285），字輔之，女眞人。以部族兆嘉爲姓，輔佐金相平遼宋有功，世長千夫，戍眞定，爲贊皇人。後「兆嘉」訛爲「趙家」，因以爲姓。趙良弼少聰警，襲父職任元帥督監。後金亡之際，崔立叛亂，趙良弼帶著家人僞裝成樵夫逃出城，北渡回鄉，除了侍奉母親外，日從名儒講論文藝。

<hr>

〔註13〕見清武英殿聚珍版叢書本《牧庵集》。楊鐮師在《元代文學編年史》一書中指出此文「錯訛頗多，幾乎不能卒讀」。（見第89頁，注釋一。）按此文《文淵閣四庫全書》本《牧庵集》未收，《文津閣四庫全書》收。見楊訥、李曉明編《文淵閣四庫全書補遺——據〈文津閣四庫全書補〉》北京圖書館出版社，1997年，第448～451頁。其後半部分：「予無幾何，會予自中書舍人出牧杭州，歲餘，改右庶子，移疾東洛。明年，復刺蘇州。四年間三換官，往復奔命，不啻萬里，席不遑暖，翅筆硯乎？所託文久未果就，及刺蘇州，又劇郡，治數月，政方暇，因發閱篋中裛，睹居敬所著文，其間與予唱和者，數十首。燭下諷讀，惻惻久之，怳然疑居敬在傍，不知其一生一死也。遂援筆草序。序成，復視，涕與翰俱，悲且吟曰：『黃壤詎知我，白頭徒念君。唯將老年淚，一灑故人文。』重曰：『遺文三十軸，軸軸金玉聲。龍門原上土，埋骨不埋名。』嗚呼！居敬！若職業之恭慎，居處之莊潔，操行之貞端，襟靈之曠淡，骨肉之敦愛，丘園之安樂，山水風月之趣，琴瀧嘯詠之態，與人久要，遇物多情，皆布在章句中。開卷而盡可知也。故不序。時寶曆元年冬十二月乙酉夕，在吳郡西園壯齋東墉下作序。」此文爲白居易《故京兆元少尹文集序》一部分。則清武英殿聚珍版叢書本《牧庵集》雜糅此爲一文，《文津閣四庫全書》同誤。

〔註14〕楊鐮師《元代文學編年史》，山西教育出版社，2005年，第89頁，注釋一。

〔註15〕鮮于樞《困學齋雜錄》，《叢書集成》初編本，據《知不足齋叢書》排印，第13頁。

戊戌選試，中優選，教授趙州。

忽必烈居潛邸時，用薦者召趙良弼北上，任邢州安撫司幕長，因治理有方，升陝西宣撫司郎中。忽必烈被憲宗蒙哥委任爲漢地總管，於憲宗三年（1253），任命廉希憲爲京兆宣撫使，留守分地關中。廉希憲舉薦大儒許衡爲京兆提學，辟智仲可爲幕府，以姚樞等爲師友。並營建「止善」堂，與諸儒講學議論，間或焚香鼓琴，成爲一個雅集勝地。而趙良弼當時也應參與其中。憲宗七年（1257），宣撫司罷。憲宗九年（己未，1259），蒙古攻宋，廉希憲也跟隨忽必烈南下渡江攻鄂。拔都魯爲元帥，趙良弼參議帥府事，兼江淮安撫使。後忽必烈北歸，趙良弼上陳時務十二事，深受賞識，被派往京兆訪察秦蜀一帶軍情，他所得情報，多被採用。曾建言厚待高麗世子王倎，以增進兩國關係。

中統元年，忽必烈在開平登基。然而阿里不哥已於和林稱帝，兩人之間勢必有一場爭奪戰，而阿里不哥的擁護者在陝西六盤山一帶有重兵，陝西四川的局勢異常緊張。於是忽必烈首立陝西宣撫司，任廉希憲爲宣撫使，商挺爲副使，趙良弼參議司事。趙良弼提前就任做準備工作。九月，改宣撫司爲行中書省，趙良弼任陝西四川宣撫使兼參議行省事，負責兵馬物資的調度。他曾冒著矯詔的罪責誅殺東西川兩帥，並且輔助廉希憲與商挺，共同殲滅了阿藍答兒和劉太平的勢力，紓解了川陝一帶的顧慮，鞏固了忽必烈的政權。

中統二年（1261），罷免諸侯宣撫司。中統三年，山東李璮叛，其姻親王文統被誅。宋間諜費寅借機挑撥，羅織九事，稱廉希憲、商挺均有叛心，商挺爲王文統在西南的朋黨，而趙良弼是其黨羽。於是商挺被幽禁在上都，趙良弼鋃鐺入獄。而姚樞則上奏朝廷，援救商挺，以中統初年平定川陝之功勸說忽必烈，姚樞還以全家的性命擔保趙良弼並無他心。至元十四年姚樞死後，趙良弼以半年俸祿設主位祭祀於家，以報救命之恩。

趙良弼出獄之後，似乎就不再做官。他隱居樊川別墅，享受園林之樂，看上去悠遊自在：「公乃中流勇退，買田以泉石自娛，得古夏侯氏之地，在長安韋杜之間，負少陵而揖終南，雲煙竹樹，錦綺錯繡，四時朝暮，光景萬狀，昔人所謂輞川之鄉社，桃源氏之別墅者，正在此也。」〔註16〕

也就是這段期間，趙良弼的母親去世，「公曰：『余以丁內艱，廬丘隴，朝夕哭踊，比得痹疾，自分閒退久矣。』」〔註17〕則此時趙良弼早已閒退在家。

〔註16〕魏初《趙公泉記》，《青崖集》卷三。《全元文》第八冊第461～462頁。
〔註17〕魏初《趙公泉記》，《青崖集》卷三。《全元文》第八冊第461～462頁。

至元元年（甲子，1264），趙良弼於「樊川楊萬坡就崗原爽塏葬考妣，樹松楸，前建先廟，豎豐碑，修葺園亭，導水灌園，以爲別墅，因而家焉，自號『樊川釣叟』。」〔註18〕

至元七年（1270）春，趙良弼任高麗安撫使，後改任經略使，以秘書監請出使日本，完成使命。但因宋人阻撓，與日本議和不成，趙良弼託病歸老樊川。詔授四川經略使。至元十年，授趙良弼同僉樞密院事，九年後辭職。至元二十二年去世，年七十二。後被贈爲推忠翊運功臣太保儀同三司，追封韓國公，諡文正。其子趙訓，任資善大夫、陝西等處行中書省參知政事。〔註19〕

至元十五年，趙良弼曾於良鄉建學宮結識全眞道士陳志玄，得知其觀內有唐貞元間虞帝廟碑，在道觀基礎上恢復爲虞帝廟，並請王惲作《大都復虞帝廟碑》。〔註20〕此外，趙良弼還曾請託王惲作《故蠡州管匠提領史府君行狀》。〔註21〕

由此可知，趙良弼出身金武將世家，以儒學出仕，爲忽必烈「潛邸舊侶」之一，宣撫陝西，與廉希憲、姚樞、姚燧、王惲等交情頗深。

（二）樊川別墅

姚燧指出，樊川，得名於舞陽侯樊噲。樊噲因平定三秦有功，劉邦封此地爲樊噲食邑。其今址，在陝西西安城郊外，「南行 10 公里，即進入樊川。樊川處於少陵原與神禾原之間，上起終南山北麓的胡留村——太乙宮一線，下至少陵原尾的塔坡附近，呈一東南西北走向的弧形川道，總長 20 多公里，潏河、皂水流經其間。因後川寬大（約 8 公里），前川窄小（約 3 公里），故曰後寬川。」〔註22〕到了唐代，都城長安城南韋、杜兩家皆世家望族，庭園別墅以華麗著名。故杜牧集名《樊川集》。〔註23〕

〔註18〕駱天驤《類編長安志》明抄本，卷九「趙氏別墅」一條，黃永年點校本，三秦出版社，2006 年，第 267～268 頁。

〔註19〕其生平事迹詳見蘇天爵輯、姚景安點校《元朝名臣事略》卷十一《樞密趙文正公》，中華書局，1996 年，第 224～229 頁。元明善《樞密趙良弼贈諡制》，《清河集》卷二，藕香零拾本。

〔註20〕王惲《秋澗先生大全文集》卷五十四。《全元文》第六冊，第 443 頁。

〔註21〕王惲《秋澗先生大全文集》卷四十七。《全元文》第六冊，第 327 頁。

〔註22〕辛玉璞《樊噲樊川樊邑》，《陝西師範大學學報（哲學社會科學版）》1987 年二期，第 105 頁。

〔註23〕王維《暮春太師左右丞相諸公於韋氏逍遙谷宴集序》，《洛陽鄭少府與兩省遺補宴韋司戶南亭序》。

　　而到了元代，樊川一帶也以別墅著名。除了趙良弼外，陝西宣撫使廉希憲也有宅第。〔註24〕可能由於樊川素以庭園別墅聞名，官員在當地營建住宅蔚然成風。

　　關於趙良弼的別墅，魏初的《趙公泉記》一文有細緻描摹：「得古夏侯氏之地，在長安韋杜之間，負少陵而揖終南，雲煙竹樹，錦綺錯繡，四時朝暮，光景萬狀，昔人所謂輞川之鄉社，桃源氏之別墅者，正在此也。」其間的園林建築「中有適安堂、歸潛洞、趙公泉，商左山皆題詩。」〔註25〕而這些往往就是詩人歌詠的對象。其園林景色怡人，「初公既得卜，乃引東澗之泉以溉蔬藥，以供庖丁之用，又鑿池植菱荷，養魚數百尾。每四五月之間，旱輒細流淙淙，僅濡石齒而已，則所謂小有江湖之興，爲之索然。用是瀕北崖以鑿之，有泉湧出，如隙光、如匣劍，耆然清泠，歷引而南，由書院、由蔬圃、由堂、由池，隨所用而之焉。當暑潦方漲，亦奔湧湍漣有聲，舞盤渦而蹙輕浪，甚可愛也。及其風定煙收，澹如酥醴，雖云智者之樂，而禪僧野客，亦有所慕焉。」〔註26〕這一篇散文在景物描寫上十分優美，別墅被水環繞、波光粼粼、泉水叮叮、雲霧繚繞、超然世外的情狀，躍然紙上。

　　趙良弼之所以會興建園林，並不是真的爲了隱居，這在《趙公泉記》中闡述得較爲清楚。時人對於趙良弼仍有期待，「謂公嘗少擴底蘊，而秦中百姓至今歌舞之，使其執大柄、輔大政，其潤澤天下也必矣。庶幾，公之後出，得若是泉以平天下之欹坎，以潤天下之枯槁，以流天下之穢惡，以鑒天下之妍醜，此其所以望於公也。」〔註27〕這就是希望趙良弼能夠有爲於天下。而趙良弼自己則解釋說：「然所以自治自勵者，奚可少怠。余觀夫泉之就下不爭則似謙，不幾於顏子之不伐乎？盈科而進則似約，不幾於曾子之養氣乎？蹈險不疑則似勇，不幾於季路之有爲乎？源泉混混不捨晝夜則似道，不幾於君子之自強不息乎？古人盤盂有銘，几杖有銘，若韋若弦，皆所以自屬也。余之得是泉而喜之者，亦將以是自銘也，不然則役於物，而急於名，是以巧智自私，余不敢爲也。」這是趙良弼以儒家的「謙」「約」「勇」「道」的標準來自我約束，最終還是希望有所爲，能夠自強不息的進取，而非真的隱退。

〔註24〕元明善《讀書巖記》，《全元文》第二十四冊，第309頁。
〔註25〕駱天驤《類編長安志》明抄本，卷九「趙氏別墅」一條。黃永年點校本，三秦出版社，2006年，第267～268頁。
〔註26〕魏初《趙公泉記》，《青崖集》卷三。《全元文》第八冊第461～462頁。
〔註27〕魏初《趙公泉記》，《青崖集》卷三。《全元文》第八冊第461～462頁。

（三）樊川題詩

姚燧文中提及「京師諸公」，明確記載的只有楊果及其詩。楊果（1197～1271），字正卿，號西菴，祁州蒲陰（今河北安國）人。金正大元年（甲申，1224）進士，參政李躓薦爲偃師令。後改任蒲城令（今陝西渭南市蒲城縣）。金亡，元太宗十一年（己亥，1239），楊奐任河南課稅使，起楊果爲經歷官。史天澤經略河南，以楊果爲參議。元世祖中統元年，命楊果爲北京宣撫使，次年中書省立，拜參知政事。至元六年（1269），出爲懷孟路（今河南焦作）總管。以年老致仕，卒於家。諡文獻。〔註28〕

楊果爲趙良弼題詩，當作於中統二年（1261），任中書省參知政事。其詩曰：「一賦阿房萬古傳，而今還有趙樊川。謝公墩上王公住，異代風流各自賢。」

按杜牧曾有《阿房宮賦》爲千古名篇，而他的文集名爲《樊川集》。趙良弼大概以「樊川」自號，且有《樊川集》，故而將之類比。又「謝公墩上王公住」一句用王安石《爭墩》詩典。按東晉宰相謝安，字安石，曾有「謝公墩」遺迹，北宋宰相王安石在此築半山亭，佔用了謝公遺迹。其詩道：「我名公字偶相同，我屋公墩在眼中。公去我來墩屬我，不應墩姓尚隨公。」杜牧、趙良弼同居樊川而同著《樊川》，謝、王二人同爲宰相同名安石而同據一地，兩相對照，興味盎然。末句「異代風流各自賢」更是點明主旨。此詩雖然爲絕句，篇幅短小，然而用典貼切巧妙，貫穿古今，故而被人稱讚。

除了楊果，商挺、王惲、胡祗遹、魏初等人也曾先後爲趙樊川題詩，目前可知，以《趙樊川》《歸潛洞》《適安堂》《趙公泉》爲題的詩，共有十八首。

商挺（1209～1298）字孟卿，號左山老人。曹州濟陰（今山東菏澤）人。汴京城破後，商挺北逃依冠氏趙天錫，與元好問、楊奐遊。嚴實行省東平，招徠名士，禮聘商挺，使教諸子經學。商挺輔助嚴忠濟接管東平，被委任爲經歷官，五年後，出任曹州長官，後回東平。每日與留守山東的賢士觸詠。幫助嚴忠濟東平興學，聘康曄說《書》，李昶說《春秋》，李楨說《大學》，學生達到百餘人，學風大盛。忽必烈被憲宗蒙哥任命總管漢地後，徵召商挺，商挺同爲「潛邸舊侶」之一。

憲宗二年（1252），忽必烈命楊惟中任關中宣撫使，商挺爲郎中。三年（1253），楊惟中被罷免，廉希憲任京兆宣撫使，留守關中，商挺爲副使。六

〔註28〕生平見蘇天爵輯、姚景安點校《元朝名臣事略》卷十《參政楊文獻公》，中華書局，1996年，第203～204頁。

年（丙辰，1256）蒙古軍隊將攻南宋，商挺籌辦關中軍需，後治理懷孟。七年（丁巳，1257），陝西宣撫司罷，商挺返回東平。九年（己未，1259），忽必烈南下攻鄂，召商挺問軍事。後憲宗死於合州釣魚山，次年（庚申，1260）忽必烈北還，派遣張文謙向商挺問詢，商挺建言掌控軍隊，避免軍權旁落。後商挺被召赴開平，與廉希憲共同勸忽必烈登基。又跟隨廉希憲宣撫陝蜀。商挺深諳軍事，調兵遣將，消除異己兵力，平定關隴。忽必烈大為嘉賞，改宣撫司為中書省，升廉希憲為中書右丞，商挺僉行中書省事，中統二年（1261），任參知政事。後費寅中傷，商挺繫獄。忽必烈顧念其為勳舊功臣，最終得釋，掌管四川行樞密院。

至元元年（1264）商挺入中書省，與姚樞、竇默、王鶚、楊果纂《五經要語》進呈忽必烈。與劉秉忠奏太子燕王眞金為中書令，行遷轉法。二年（1265），輔助耶律鑄行省河東，後召還。六年（1269），同僉樞密院事，升樞密院僉書，又升樞密院副使。十年（1273），任安西王相，安西王妃殺王相趙昺，商挺牽涉案中。至元二十一年，又被下獄。兩次入獄，仕途之心淡泊，閒居都城南小圃，安度晚年。死後贈太師、開府儀同三司、上柱國、魯國公，諡文定。〔註29〕

商挺文武全才，善隸書，著詩千餘篇，然而流傳甚少，目前僅見《元詩選·癸集》收詩三首。幸而《類編長安志》一書中存其為趙良弼樊川別墅題詩三首：

《適安堂》：「人生適意與身安，兩事能兼世所難。收腳北窗山四座，蒙頭衲被日三竿。已知事業名先了，回想風波膽尚寒。滿目西園況成趣，等閒莫放酒杯乾。」

《歸潛洞》：「雲間鑿透蒼崖背，云身那知暑氣炎。大樸淳風還太始，一川勝概盡華嚴。橫身利害驚清脫，冷眼功名盡白拈。髮齒未衰閒固好，恐難歸去似陶潛。」

《趙公泉》：「桃李成蹊各自春，此泉消得姓名新。曾□□（缺）屑甘而冽，試釀雲腴滑且醇。老去已曾諳世味，歸來要與濯纓塵。我知一概功猶在，自有餘波及後人。」〔註30〕

〔註29〕生平見蘇天爵輯、姚景安點校《元朝名臣事略》卷十一《參政商文定公》，中華書局，1996年，第217～223頁。

〔註30〕駱天驤《類編長安志》明抄本，卷九「趙氏別墅」一條，黃永年點校本，三

這三首詩大概寫在費寅誣陷致使商挺、趙良弼身陷囹圄終被釋之後，因而詩中有「回想風波膽尚寒」「橫身利害驚清脫」的句子。商挺與趙良弼同為「潛邸舊侶」，又共同宣撫陝西，經歷阿藍答兒一役，遭逢牢獄之劫，正可謂同甘共苦、生死與共，因而商挺對趙良弼的隱居樊川，也有深切的理解。「人生適意與身安，兩事能兼世所難」，「髮齒未衰閒固好，恐難歸去似陶潛」，這些感慨，都道出了趙良弼的歸隱，實為無奈之舉，是經歷了仕宦險惡之後，想尋求一方安穩之地。

王惲（1227～1304）字仲謀，號秋澗，衛州汲縣人。中統元年（1260），左丞姚樞宣撫東平，闢為詳議官，後被中書省召。中統二年春，特授翰林修撰、同知制誥，兼修國史院編修官，後兼中書省左司都事。至元五年，立御史臺，首拜監察御史。至元九年，升授承直郎平陽路總管府判官。這是王惲任京官的第一階段。

其《趙樊川》：「適安堂上趙樊川，擇勝棲心以樂全。神武門前拋組紱，終南山下買林泉。蘭皋秋遠縈吟思，釀甕春香引醉眼。洞口野雲遮已斷，不須重上武陵船。」〔註31〕

王惲還曾作有《適安堂》一詩：「草堂卜築近清溪，擬散襟顏似紫微。幽事相關常起早，老懷能遂任時違。無心出岫和雲臥，有客過門盡醉歸。聞道黃家花滿樹，幾回扶杖到斜暉。」又有《歸潛洞》：「眼冷朱門鶴蓋陰，自開幽洞事幽尋。飄瀟書劍三秦客，盤礴風雲萬里心。竹澗度涼便夏永，藥窌留暖愛冬深。何時為濯長纓土，丹竈茶煙共一林。」《趙公泉》：「故侯植杖得新泉，寬鑿方池漲碧瀾。恐泛落花歸別澗，要傳清響入幽彈。竹根漱泠縈林曲，蔬圃澆餘到藥欄。已與山中留故事，一泓難著老螭蟠。」〔註32〕

相比商挺對仕途險阻的感慨，王惲的幾首歌詠則純粹稱讚趙良弼的隱居之樂，寫得沖融平和，一派田園風光。「洞口野雲遮已斷，不須重上武陵船」「飄瀟書劍三秦客，盤礴風雲萬里心」「已與山中留故事，一泓難著老螭蟠」數句，暗指趙良弼的隱居生活祇是暫時的，他很快就會東山再起，大展鴻圖。從此可推測，王惲這組詩的寫作時間，當在至元七年（1270）前後，當時趙良弼又被重新徵召，返回朝廷，也因此有機會請王惲題詩。

秦出版社，2006年，第267～268頁。
〔註31〕王惲《秋澗先生大全文集》卷十六。
〔註32〕王惲《秋澗先生大全文集》卷十六。

　　王惲是以清幽之景寫趙良弼恬淡潛隱、蓄勢待發之心。王惲又有《題趙宣撫樊川山中雜詠》一詩：「蒼崖如削靜煙霏，中有高人住翠微。夜鶴聽琴依蕙帳，曉泉和月落山扉。一龕靜體炎涼理，兩眼深明倚伏機。畢竟名高難久臥，野猿偷襯芰荷衣。」〔註33〕趙良弼隱居樊川之時，曾有《山中雜詠》，此詩尾聯更是指出趙良弼不會長居山中。

　　和商挺詩較為直白的議論相比，王惲的詩則顯得典雅含蓄。用典較多，先後用武陵船、草堂、鶴蓋、丹竈茶煙、竹根、蔬圃等典故和意象，勾勒出了悠遊超然的隱居生活，可以看出劉峻、陶淵明、王績、杜甫、陸游等人的影響。然而在感情抒發上，王惲則由於時代與經歷所限，不如商挺的「心有戚戚」之感。

　　胡祗遹（1227～1295）字紹開，號紫山，磁州武安（今河北武安）人。中統初，張文謙宣撫大名，任為員外郎。二年，入為中書詳定官。至元元年（1264），授應奉翰林文字，兼太常博士，調戶部員外郎，轉右司員外郎，不久兼左司。後因得罪權臣阿合馬，於至元十年（1273）前後，出為太原路治中，兼提舉本路鐵冶，為官三年。〔註34〕至元十三年（1276），改河東山西道提刑按察副使。〔註35〕宋亡，至元十五年（1278），任荊湖北道宣撫副使。〔註36〕至元十九年（1282），為濟寧路總管。升山東東西道提刑按察使。至元二十九年（1292），召拜翰林學士，不赴。改江南浙西道提刑按察使，不久，因病歸。後朝廷徵耆德十人，胡祗遹為首，因病推辭。元成宗元貞元年（1295）去世，年六十九。後贈禮部尚書，諡文靖。〔註37〕

　　胡祗遹為趙良弼題詩，當在至元十年之前，任官燕京之時。

　　其《趙樊川詩》：「不見英才杜紫薇，樊川久矣失光輝。江山秀潤豈終極，人物風流莫厭希。恨不同時成並駕，卻教異代得傳衣。到今五百年來數，竹裏重開趙氏扉。」

　　「氣味俱高出處分，勿因名實不同論。誰知海底紅瑤露，渾似南蠻荔子

〔註33〕王惲《秋潤先生大全文集》卷十六。
〔註34〕胡祗遹《夜雨》詩後注：「客燕十年，客太原三年」。《石硯屏》序：「至元十一年客太原」。
〔註35〕胡祗遹《襄陽重修官廨記》：「至元十三年秋巡按河東」。
〔註36〕胡祗遹《夜雨》序：「荊南每苦秋雨，徹數日不止。至元十五年，雨暘，時若秋九月。」
〔註37〕豐家驊《胡祗遹卒年和王惲生年考》，《文學遺產》，1995年二期，第115～116頁。

雲。此日樊川趙宣撫，前身唐室杜司勳。談兵數論無人續，正要瑰奇爲發源。」〔註38〕

《適安堂》：「霜滿朝衣塵滿纓，幾人坐享素侯榮。起居隨意無朝暮，寵辱忘懷任醉醒。翠幕蘭蓀柚杼織，碧梧雛鳳讀書聲。題詩自笑謀身拙，俯仰隨人又七齡。」

「虎符銀印照門闌，夢裏驚惶膽自寒。明斷急流能勇退，此心無日不清安。喜同李願來歸早，暗笑韓非苦說難。前日智囊高閣起，團圞兒女勸加餐。」〔註39〕

《歸潛洞》：「嚼破人間世味甜，終南佳處得歸潛。綠蘿陰合雲封戶，翠篠香生月滿簾。酒甕四時常有醞，火天三伏不知炎。才名蓋代陶弘景，未信清朝許退謙。」

「盤磐石磴夾松陰，中有幽居避世深。南牖陽和生砌草，西軒秋氣靜雲林。貴交廢務來投轄，野鳥停聲解聽琴。捷徑移文俱有誚，好名索價兩無心。」〔註40〕

《趙公泉》：「泠泠清瑩細涓涓，灌徹園蔬到藥田。抱甕澆畦慚我拙，發源成委羨君賢。靜留明月浮丹桂，深鑿方池養碧蓮。石爛海枯千萬祀，佳名才喚趙公泉。」

「趙侯智士喜流水，自親畬鍤開雲根。源高潤下恩波遠，勢阻宅憂地脈尊。不用桔槔忙俯仰，肯隨杯勺便清渾。等閒只放潛蛟勢，只恐雲雷半夜翻。」〔註41〕

胡祗遹的八首詩，將趙良弼與杜牧、李願、韓非、陶弘景等人作比，贊其寵辱忘懷的適意生活，稱其爲賢者之後，塑造了一個寵辱不驚、急流勇退、幽居避世的智者形象。其景物描寫安寧祥和，與世無爭。但胡祗遹亦對趙良弼的前景作了預測：「等閒只放潛蛟勢，只恐雲雷半夜翻」，他會東山再起。

魏初（1232～1292）字太初，號青崖，弘州順聖（河北）人。魏璠侄孫。

〔註38〕胡祗遹《紫山大全集》卷六，魏崇武、周思成點校《胡祗遹集》，《元朝別集珍本叢刊》，吉林文史出版社，2008年，第139頁。

〔註39〕胡祗遹《紫山大全集》卷六，魏崇武、周思成點校《胡祗遹集》，《元朝別集珍本叢刊》，吉林文史出版社，2008年，第141頁。

〔註40〕胡祗遹《紫山大全集》卷六，魏崇武、周思成點校《胡祗遹集》，《元朝別集珍本叢刊》，吉林文史出版社，2008年，第133頁。

〔註41〕胡祗遹《紫山大全集》卷六，魏崇武、周思成點校《胡祗遹集》，《元朝別集珍本叢刊》，吉林文史出版社，2008年，第152頁。

定宗五年（庚戌，1250），忽必烈居潛邸，魏璠被召至和林，後病死當地。因魏璠無子，便以魏初爲後。魏初長於《春秋》，世祖中統元年（1260）任中書省掾吏，兼掌書記。不久，以祖母老辭歸，隱居教授。後詔許衡、竇默及京師諸儒，各陳經史所載前代帝王嘉言善政，選進讀之士，魏初因此被舉薦。忽必烈因魏璠之故於至元八年（1271）前後，授魏初國史院編修官，後升監察御史。〔註42〕

之後出僉陝西四川按察司事，歷陝西河東按察副使，入爲治書侍御史，又以侍御史行御史臺事於揚州，擢江西按察使，尋徵拜侍御史，行臺移建康，出爲中丞，至元二十九年卒，年六十一，追諡忠肅。〔註43〕

其《趙樊川》詩：「四十塊坐未出門，樊川佳處來傳聞。就中韋杜稱第一，贊皇趙公今主人。主人本是風雲客，斡旋造化工彌綸。西南雨漏不可塞，以手補之天爲新。慨然拂卻長安塵，移家要與黃溪鄰。霜葉煙花秋復春，十年人仰樊川君。鶴書一夕復徵辟，玉案圭峰澹空碧。巾車迢迢入燕國，前日所聞今始識。相逢重索城南詩，才薄空慚少陵筆。」〔註44〕

按此詩首句稱「四十」，則此詩當在至元八年前後、魏初四十歲上下時所作，時任職燕京。而趙良弼也正好重新被啓用來京，「鶴書一夕復徵辟」，由陝西樊川別墅「巾車迢迢入燕國」，是以能夠攜別墅圖請諸儒題詩。「西南雨漏不可塞，以手補之天爲新。慨然拂卻長安塵，移家要與黃溪鄰」，正是述趙良弼昔日平定川陝之功，事後退隱樊川。魏初對趙良弼早有所聞，至此才得結交，「前日所聞今始識」，而爲其樊川題詩，則成了交往的重要方式，「相逢重索城南詩」。除了這一首，他還依照前人題詩，分別爲樊川別墅中的適安堂、歸潛洞、趙公泉等幾處景致題詩，並作《趙公泉記》一文。

《適安堂》：「窮通有定分，流坎無庸悲。湘累自苦亦太隘，韓子孤憤將奚爲。人生百年渾幾時，鼠窺鬼瞰徒成私。何如樊川一樽酒，往者莫究今已而。秦川如畫渭如絲，韋曲杜曲無聲詩。高堂駕空竹樹裏，舥稜瀟灑含幽姿。起居飲食頗自適，不矯不飾隨所施。舉手爲謝昌黎師，乃今平原能得之。有時高詠歸來辭，有時獨酌芙蓉巵。

〔註42〕按《元史·魏初傳》其時開平已爲上都，而襄、樊二城尚未攻下，當在至元九年（1272）以前。《元史·世祖紀》至元九年三月，阿术、劉整、阿里海牙督軍破樊城外郭。

〔註43〕生平見《元史》卷一百六十四，列傳第五十一，第 3857 頁。

〔註44〕魏初《青崖集》卷一，《景印文淵閣四庫全書》本。

人間所得容力取，委之順之夫何思。」〔註45〕

《題歸潛洞》：「巔崖鑿透苔花碧，繞磵風來竹香濕。龍頭蛻骨蟄不飛，老殼中枵含古質。橫林六月秋生衣，垂簾冬夜春浮筆。主人夢覺邯鄲來，乍得幽深快會臆。君不見玉關將軍冰雪肌，廟堂謨臣安危機。一發不中群口譏，昨日把笏今扶犁。誰知趙侯鬢未衰，中流勇退世所推。卻愁此志不終遂，再使騰踏今昌期。」〔註46〕

《趙公泉》：「趙公智者流，樂水性其天。居人慕公義，以公名公泉。巉巉石齒作細穿，引渠廚屋清涓涓。西鍬東鋪各有用，門前半溉桑麻田。微雨乍添春蕩漾，輕風細蹙秋淪漣。行潦之水無根源，豈能逝者如斯川。泉石之娛君實賢，我意愛君或不然。東甫妖氛今未已，要君倒卷黃河湔。」〔註47〕

「卻愁此志不終遂，再使騰踏今昌期」，即指趙良弼結束隱居生活，重返朝廷。「東甫妖氛今未已，要君倒卷黃河湔」，則指趙良弼即將出使日本。

魏初的這一組詩所刻畫的趙樊川形象，則孤傲離群。他將趙良弼與屈原、韓非等人相比，認為趙良弼的隱居是因讒言而被貶黜放逐，對那些奸佞小人加以斥責，「鼠窺鬼瞰徒成私」「一發不中群口譏」，趙良弼的樊川生活，則是不以個人得失為憂、不以群小攻訐為意、樂安天命的智者之舉，以君子之德自律的賢者所為。進而又以曠達相勸。「何如樊川一樽酒，往者莫究今已而」「趙公智者流，樂水性其天」均是對趙良弼的勸勉與稱讚。

在景物描寫上，魏初的詩顯得奇崛，如「高堂駕空竹樹裏，舳稜瀟灑含幽姿」，「巔崖鑿透苔花碧，繞磵風來竹香濕。龍頭蛻骨蟄不飛，老殼中枵含古質。橫林六月秋生衣，垂簾冬夜春浮筆」，想像奇特。由此引申的情感抒發及詩歌風格以雄奇之景寫趙良弼曠達豪放之意。

在詩歌的形式上，魏初的詩採用了古體，五言七言相間，既有利於對趙良弼樊川生活的鋪陳，又配合著跌宕情緒的抒發。如《歸潛洞》一詩，開頭描寫高崖深林間與室外隔絕之景，主人徹悟人生享受隱居之樂，「君不見」一語提起下文，慨歎仕途無常。「誰知」一語轉折，突顯趙良弼「中流勇退」的可貴與明智，「卻愁」又是一轉，引出趙良弼重出江湖的現實。曲折有致。

〔註45〕魏初《青崖集》卷一，《景印文淵閣四庫全書》本。
〔註46〕魏初《青崖集》卷一，《景印文淵閣四庫全書》本。
〔註47〕魏初《青崖集》卷一，《景印文淵閣四庫全書》本。

（四）題詩意義

首先，是詩人身份的代表性與多樣性。

一則他們是元初較具影響力的一批文人。趙良弼、楊果、商挺均可稱得上開國功臣，王惲、胡祗遹、魏初是後起之秀，同時又在中書省任職，日後成爲至元時期的著名文臣。顧嗣立指出：「元初，西北鉅公如楊西菴之蘊藉，姚雪齋之才鑒，王鹿菴之品潔一世，商左山之凝重朝右，皆爲詞林所宗。惜全集散亡，未窺全豹，而左山詩流傳更少，特列諸卷首，俾讀者知元朝文章氣運之盛，皆開國諸公有以啓之也。」〔註48〕

二則他們是北方文人的代表。趙良弼是女眞將門後人，中戊戌選試；楊果是亡金進士；商挺、王惲出自東平幕府；胡祗遹由張文謙提拔於大名；魏初是亡金名士魏璠之後。而趙良弼、楊果、商挺、張文謙、魏璠又同爲忽必烈「潛邸舊侶」，輔助忽必烈創建大業，分別來自東平、邢臺等不同的北方區域；王惲、胡祗遹、魏初則是在蒙古新朝成長起來的年輕學子，被徵召入燕京行中書省。不同出身、不同地域的人逐漸彙集。

其次，是題詩內容的一致。

儘管諸位詩人對趙良弼樊川別墅的歌詠角度各有不同，但是總體而言，都是描摹園林之盛，稱其隱居生活的閒適，贊其急流勇退的明智，感歎仕途坎坷不易。由於諸人題贈唱和，在詩意方面都相互影響，趨於一致。

對趙良弼的題詩還有一層深意：趙良弼是開國功勳，卻因遭人污蔑而不得不隱居樊川，眾人稱其賢，既是對小人的貶斥，也是對其不平命運的同情。而趙良弼的宦途挫折，恰好發生在李璮王文統叛亂事件之後，忽必烈因爲李璮事變，對商挺趙良弼案件格外敏感。〔註49〕而趙良弼的歸隱樊川，不得不引人慨歎。

三、小　結

綜上所述，此次樊川題詩，是京師北方文人的文學活動，其詩人身份典型、題詩活動較有深意。一方面，隨著忽必烈政權逐步建立以及漢法推行，原先隸屬於各個地方政權之下的文人逐漸集中到燕京一帶，他們儘管有著不

〔註48〕《元詩選・癸集》「商挺小傳」，第143頁。
〔註49〕蘇天爵輯、姚景安點校《元朝名臣事略》卷十一《樞密趙文正公》，中華書局，1996年，第226頁。

同的背景，但是在詩歌活動中卻具有一致性，這是因為他們具有群體文化認同；〔註 50〕另一方面，由於李璮王文統事件，忽必烈對漢人產生了質疑，這時歸隱則成為一種選擇。但此時的文人，依然對前途有著較為樂觀的心態與情緒。趙良弼的再度出仕，就說明了這一點。

第二節　宋亡初期南方文士在大都的文學活動

一、南北對抗：南方文士初入大都

（一）對宋戰爭促使更多南人北上

憲宗蒙哥時期，蒙哥命忽必烈統蒙古、漢軍鎮中原，負責征宋。忽必烈採取姚樞的策略，變攻為守，作好打持久戰的準備，置河南經略司於汴，以史天澤、楊惟中、趙璧主之，營屯田於唐、鄧，修繕襄陽、光化、均州等城堡，與襄樊對峙。忽必烈又繞道雲南，包抄南宋，蒙哥汗親自出征四川。〔註 51〕後來由於蒙哥戰死釣魚城下，忽必烈與阿里不哥爭奪汗位，對宋戰爭暫停，南宋又延續了十餘年的國運。然而被派往宋朝議和的郝經卻因賈似道欺瞞宋主而被羈押真州十餘年。至元四年（1267），忽必烈舉兵南下滅宋。在宋元戰爭的過程中，有一批宋儒陸續進入元廷。

程文海（1249～1318），字鉅夫，避武宗皇帝海山諱，以字行，號雪樓，又號遠齋，建昌南城人。生淳祐己酉四月戊午，目光如炬。幼入小學，日誦數百言。長從族祖程若庸（徽菴先生）學，與吳澄為同門。程若庸為饒魯（雙峰先生）門人。至元十二年（1275），程文海叔父程飛卿守建昌，程文海與父親一同陪伴祖母前往。不久，元兵南下，建昌內附。至元十三年，程文海隨程飛卿入覲，留宿衛，授宣武將軍管軍千戶。十五年十一月九日，世祖皇帝召見香殿，奏對稱旨，特命改直翰林，從諸老遊。至元十六年授翰林應奉，翰林文字，朝列大夫。至元十七年，進修撰。至元十八年，升中順大夫秘書少監，不久升集賢直學士，中議大夫，兼秘書少監。至元二十年，加翰林集賢直學士，同領會同館事。〔註 52〕

〔註 50〕楊鐮師指出：「長期處在異族治理之下，北方的文化整合過程已經基本完成了」，見《元詩史》，人民文學出版社，2003 年，第 215 頁。

〔註 51〕詳見韓儒林《元朝史》，人民出版社，2008 年，第 163～164 頁。

〔註 52〕生平詳見揭傒斯《元故翰林學士承旨光祿大夫知制誥兼修國史雪樓先生程公

青陽夢炎，字梓卿，蜀成都人。居京口。家世治春秋，宋末，選補太學生，登進士第授官。景定三年（1262）六月，李璮被元兵圍濟南，宋朝派青陽夢炎率兵救援，至山東不敢前行而還，朝廷詔制置司彈劾。〔註53〕累遷淮東湖北提刑，知澧州峽州常德府，權荊湖制置司事。咸淳中，忤時相意，去官不復仕。〔註54〕

至元十二（1275）年四月，阿里海牙屠長沙，遣郎中張鼎入江陵招降，宋荊湖治置朱禩孫、湖北制置副使高達、京西湖北提刑青陽夢炎、李湜出降。六月，中書右丞廉希憲行省江陵府，詔廉希憲還送青陽夢炎被沒家貲，並徙其家赴都。青陽夢炎與畢再興赴闕，奏請緩兵，等待蜀地投降。〔註55〕至元十五年（1278），青陽夢炎任吏部尚書。其時，商挺因安西王相趙炳事被牽連入獄，青陽夢炎曾建言忽必烈：「臣宋儒，不知挺向來之功可補今之過否？」忽必烈回答道：「是同類相助之辭也。」後因董文忠從中勸說：「夢炎不知挺何如人，臣以曩時推戴之功語之矣」，忽必烈才顧念舊情。〔註56〕由此事件，可知青陽夢炎以宋儒身份在大都為官，與北方文士已有所交往。而世祖對待宋儒的態度，還是有所保留。

青陽夢炎深習《春秋》，其學術與濂洛之學一脈相承。王惲《玉堂嘉話》卷四曾載有青陽夢炎議論《春秋》三傳的言語。〔註57〕青陽夢炎幼從鄉儒趙鵬飛弟子學習《春秋》，還曾於咸淳八年（1272）將趙鵬飛《春秋經筌》一書刊刻於家塾並作序，略述蜀學傳統，對之較為重視。〔註58〕

青陽夢炎入翰林，與王惲等人相往來，王惲還作有《即席壽青陽學士》一詩：「湖海秋風駐節頻，此來猶侶漢平津。如公今得無期壽，笑我還先不速賓。櫻筍廚香驚咄辦，江山筆健老能神。玉堂未羨臺階貴，人道詞臣是重臣。」〔註59〕按王惲《玉堂嘉話》為追憶中統二年（1260）、至元十四年（1277）兩

行狀》，《程雪樓文集》附錄，《元代珍本文集彙刊》，（臺灣）國立中央圖書館編印，1970 年。

〔註53〕　《宋史》卷四十五《理宗本紀》。

〔註54〕　俞希魯編纂、楊積慶，貫秀英等校點《（至順）鎮江志》卷十九，江蘇古籍出版社，1999 年，第 767 頁。

〔註55〕　《元史》卷八《世祖本紀》，第 165 頁、第 167 頁。

〔註56〕　《元史》卷一百五十九《商挺傳》，第 3741 頁。

〔註57〕　王惲《玉堂嘉話》卷四，第 116 條，中華書局，楊曉春點校，2006 年，第 109 頁。

〔註58〕　朱彝尊《經義考》，卷一百九十一，「趙氏鵬飛春秋經筌」條目。

〔註59〕　王惲《即席壽青陽學士》，《秋澗先生大全文集》卷十七，《元人文集珍本叢刊》，新文豐出版公司印行，1985 年。

次入翰林為官所見所聞之書，〔註60〕而他與青陽夢炎的交往，就應該是在至元十四年王惲被授予翰林待制之後，至元十五年秋，王惲授列朝大夫、河北河南道提刑按察副使。此時，王惲五十歲，而詩中稱青陽夢炎「老能神」，則此時已有五、六十歲左右。

王積翁，字良存，福建長溪人，在宋用蔭補承務郎，調監嚴州都酒務。吳潛分閫四明，招王積翁授予奉國軍節度使，推官改沿海制置大使，任浙西安撫使。後任福建制置司制置使，景炎元年（至元十三年，1276），以全閩八郡圖籍獻於元福建行省，任福建道宣撫副使，平淮兵之亂。至元十五年（1278）覲見世祖，至元十六年（1279）夏五月，舉家入京。至元十七年（1280），任戶部侍郎，後得罪權臣請求外任。至元十九年（1282）春二月，拜正奉大夫參知政事，行中書省事，將赴官江西，未行。至元二十一年（1284年），經溫州出海出使日本，強索縣民任甲船赴日，中途又常鞭笞任甲。在船近日本對馬島時，任甲不堪虐待，乘醉夥同水手殺之，年五十六，元武宗追諡「忠愍」。〔註61〕

燕公楠（1241～1302）字國材，號五峰。南康建昌人。生十歲而能作文，以連帥徵為五遷至贛州通判。至元十三年，南宋滅，帥府仍舊管理本州。至元十四年，廣南被攻下，因有功，授燕公楠吉州路同知。至元二十二年夏，被徵召至上都，奏對稱旨，賜名「賽因囊加帶」，命參大政。燕公楠辭，乞補外，僉江浙行中書省事，不久移江淮。置尚書省，又僉江淮行尚書省事。至元二十五年遷大司農，至元二十六年，任江淮行中書省參知政事。時桑哥當政，燕公楠曾入朝陳情政事，並舉薦伯顏、帖哥、不忽木、闍里、闊里吉思、史弼、徐琰、趙琪、陳天祥等十餘人。後任安童為相，燕公楠與不忽木同為平章政事。燕公楠固辭，改任江浙行省參知政事。至元三十年，復為大司農。元貞元年，升河南行省右丞。大德三年（1299）移湖廣。大德五年夏，徵入朝。六年正月四日於大都旅館去世，年六十二。〔註62〕

這一批南人在朝廷中身居要職，對大都文壇起到一定的作用。

〔註60〕王惲《〈玉堂嘉話〉序》，中華書局，楊曉春點校，2006年，第39頁。

〔註61〕其生平詳見黃溍《故參知政事行中書省事國信使贈榮祿大夫平章政事上柱國追封閩國公諡忠愍王公祠堂碑》，黃溍《金華黃先生文集》卷八。

〔註62〕生平見程文海《資德大夫湖廣等處行中書省右丞燕公神道碑銘》，《程雪樓文集》卷二十一，《元代珍本文集彙刊》，（臺灣）國立中央圖書館編印，1970年。

（二）宋亡之後

至元十三年正月，伯顏大軍兵臨杭州城下，十八日，宋廷獻降表。後派出使臣吳堅、賈餘慶、謝堂、家鉉翁、劉岊一行及隨從官員前往北廷，文天祥隨行，後謝堂中途回杭，文天祥逃離。〔註63〕隨行官員爲奉表獻璽納土官：監察御史廬州人楊應奎、大宗丞臨安人趙若秀；日記官：宗丞廬州人趙時鎭、閣贊紹興人嚴光大；書狀官：御帶高州太守臨安人徐用禮、潮州通判臨安人吳慶月、惠州通判朱仁舉、處州通判沈庚會、浙東路鈐吳嘉興；掌管禮物官：通事總管江陵人高舉、總管吳順；提舉禮物官：環衛總管潘應時、總管吳椿、環衛總管揚州人劉玉信；掌儀官：浙東路鈐詹困、帶行官屬五十四員、隨行人從二百四十人、扛擡禮物將兵三千人；北朝館伴使、巴延丞相貼差特穆爾萬戶、阿術元帥貼差焦愈相。他們於德祐二年（丙子，至元十三年，1276）二月初九日出發，閏三月初十日入燕京，居會同館。十二日，夏貴亦抵達燕京。十四日，賈餘慶病死。〔註64〕

緊隨其後，大批南宋官員、士人作爲陪臣集中北上觀見。第一批爲三學諸生。二月甲子由董文炳、唆都發宋隨朝文士劉褒然及三學諸生赴京師，五月壬寅，宋三學生四十六人至京師。九月庚子，命姚樞、王磐選宋三學生之有實學者留京師，其餘任其還家。〔註65〕

《癸辛雜識》續集下有「入燕士人」一節，記載了三學歸附士子入燕者共九十九人，至元十五年所存者，僅有十八人，各與路學教授。太學生十四人，文學二人，武學二人，分別爲蒲城嚴教趙希榛、福州秀教林立義、福州蘇教趙孟鏐、溫州溫教徐武子、明州明教潘夢桂、福州福教黃元輝、上虞越教吳時森、福州泉教陳寅之、福州處教趙又貴、漳州漳教沈唐光、許州建寧教許又進、杭州潤教林桂發、婺州婺教張觀光、杭州宣教改南欽教黃子敏、杭州松江教金炎、長興湖教虞廷桂、福州福清教陳自立、高選福州杭教。〔註66〕楊鐮師指出「這些人實際是宋元興替後江南首批北上的文人群體。」〔註67〕

第二批爲全太后與恭帝一行及隨從宮人、官員。主要有隆國夫人、王昭

〔註63〕文天祥《使北》詩序，《文山先生全集》卷十三，《四部叢刊》本。
〔註64〕嚴光大《祈請使行程記》，劉一清《錢塘遺事》卷九，上海古籍出版社據謝國楨所藏嘉慶洞庭掃葉山房席世臣校訂本影印，1985年，第193～219頁。
〔註65〕《元史》卷九本紀第九世祖六，第180、182、185頁。
〔註66〕周密《癸辛雜識》續集下，中華書局，1988年，第173頁。
〔註67〕楊鐮師《元代文學編年史》，山西教育出版社，2005年，第98頁。

儀、新安宮正、新定安康、安定夫人等以下百餘人，福王趙與芮、沂王、參
政謝堂、高應松、駙馬都尉楊鎮、臺諫阮登炳、鄒玶、陳秀伯、知臨安府翁
仲德等以下數千人，大學宗學生數百人。「從駕車大小九十三兩，大小宮使六
十餘人」，於二月十一日（丁巳）出發，閏三月二十四日抵達燕京。

　　其中，跟隨瀛國公入燕的宦者李邦寧，日後在元朝成為顯貴。李邦寧，
初名保寧，字叔固，錢塘人。世祖命給事內廷。機敏稱旨，累官禮部尚書。
成宗時為太醫院使，武宗立，授江浙平章，力辭，改尚服院使。仁宗即位，
拜集賢大學士，以疾卒。〔註68〕

　　四月十二日，祈請使一行官員奔赴上都，十五日全太后一行啓程前往上都，
分別於二十二日、二十八日抵達上都開平。五月二日，共同拜見世祖。〔註69〕

　　第三批為謝太后及其隨從。謝太后曾因病留杭州，後由元人用床擡出宮，
帶侍衛七十多人同行，八月至燕京。

　　北人王惲曾有《吳娃行》實錄其景：「元年長星竟天芒，十年而後江東亡。
元城老嫗忍不死，奉璽北走朝天王。內家監領分嬪嬙，魚冠高髻猶宮妝。翠
衿縞袂不曳地，言語無異甌閩儈。南來初渡鍾山江，羅襪去踏燕雲霜。風塵
千里河朔道，慘淡粉黛無晶光。憶昔披庭初選入，十五十六先後行。深宮花
滿春晝長，芙蓉水殿薰風涼。朝儀雙引垂紫袖，珠櫳曉侍熏籠香。只知秦娥
一生花裏活，眉嫵老學吳山蒼。一朝兵合景陽宮，故國繁華似夢中。兩宮問
寢紫宸仗，往事盡逐江煙空。黃帷罩野待水次，郡縣護送浮航東。萬人山立
看且歎，亡國大略今古同。太極殿前天子班，玉觴上壽頮龍顏。柴家母子何
負汝，賜與僅免饑與寒。悠悠萬事不可必，天道好還歸有德。就中此理誰會
得，蓮華峰下高眠客。」〔註70〕顯然這一批以女眷為主，作為北方舊金治下
的王惲對南宋宮女充滿同情，對南宋的滅亡作壁上觀，「柴家母子何負汝，賜
與僅免饑與寒」一句，略帶譏諷。

　　還有一部分是陸陸續續被徵召的南方文官、儒士北上。元朝較為重視南宋
名臣後裔，多次徵召，「世祖皇帝初得江南，故宋衣冠之裔多錄用之」。〔註71〕

〔註68〕生平見《元史》卷二○四《李邦寧傳》，第4550～4551頁。
〔註69〕嚴光大《祈請使行程記》，劉一清《錢塘遺事》卷九，上海古籍出版社據謝國
　　　　楨所藏嘉慶洞庭掃葉山房席世臣校訂本影印，1985年，第210～219頁。《宋
　　　　季三朝政要》卷五，清張德榮抄本。
〔註70〕王惲《秋澗先生大全文集》卷七，《四部叢刊》本。
〔註71〕蘇天爵《元故翰林侍講學士知制誥同修國史贈江浙行中書省參知政事袁文清

「元世祖初得江南之際，盡求宋之遺士而用之，尤重進士。」〔註72〕如至元十三年四月辛未，南宋滅亡不久，行江西都元帥宋都帶以應詔儒生醫卜士鄭夢得等六人進，隸秘書監。〔註73〕九月辛酉，召宋宗臣鄂州教授趙與㟘赴闕。〔註74〕至元十五年，朝廷還曾召南宋故相馬廷鸞、章鑒乘傳赴都。任命故相留夢炎爲尚書。〔註75〕

趙與㟘，字晦叔，宋宗室子。登進士第，爲鄂州教授。至元十一年（1274），丞相伯顏渡江，與㟘率鄂州宗族，前往軍中拜見，上書力陳「不嗜殺人可以一天下」。後伯顏回京，世祖詢問宋宗室賢能人才，伯顏舉薦與㟘。十三年秋九月，遣使召與㟘至京，與㟘頭戴幅巾身穿深衣覲見，分析宋敗亡原因，由誤用權奸所致，詞旨激切，令人感動，世祖授翰林待制。〔註76〕

留夢炎，字漢輔，號中齋，三衢（衢州）人。宋淳祐四年進士第一，德祐元年累官右丞相，進左丞相，元軍兵臨城下，棄官而逃。〔註77〕入元爲禮部尚書，〔註78〕後爲翰林學士承旨，〔註79〕元貞元年告老致仕。〔註80〕

謝昌元，字敬叔，號敬齋。〔註81〕西蜀資州人。淳祐四年（1244）別院第一。曾任紹慶府教授，後守施州。開慶元年（1259）任太學博士，遷太常博士，知封州新學校、提舉廣東常平茶鹽。爲沿海參議官，家鄞州。德祐元年（1275），以著作郎遷秘書少監。

其長子謝大椿於開慶初年乘舟前往東南，經鄂州一帶，遭遇忽必烈征宋大軍，被執，因其爲蜀士子而給事殿中。至元十四年（1277），宋亡，元廷命謝大椿召謝昌元入朝。世祖非常器重，稱之爲「南儒」，預議中書省事。至元十六年（1279）任禮部尚書，請立門下省，封駁制勅，以監督中書省。世祖

公墓誌銘》，《滋溪文稿》卷九，中華書局，1997年，第133～137頁。

〔註72〕《元史》卷一百九十《熊朋來傳》，第4334頁。

〔註73〕《元史》卷九《世祖本紀》，第181頁。

〔註74〕《元史》卷九《世祖本紀》，第185頁。

〔註75〕《元史》卷十《世祖本紀》，第206頁。

〔註76〕生平見《翰林學士嘉議大夫知修國史趙公墓誌銘》，《清容居士集》卷二十八；袁桷《翰林學士嘉議大夫知制誥同修國史趙公行狀》，《清容居士集》卷三十二；《元史》卷一百六十八《趙與㟘傳》，第3959頁。

〔註77〕生平見袁桷《師友淵源錄》，《清容居士集》卷三十三。

〔註78〕《元史》卷十二《世祖本紀》，時至元十八年，第236頁。

〔註79〕《元史》卷十七《世祖本紀》，時至元三十年，第371頁。

〔註80〕《元史》卷十八《成宗本紀》，第390頁。

〔註81〕汪夢斗《見禮部尚書謝公昌言（元）》：「號敬齋，蜀省魁」，《北遊集》卷上。

極力推行，並因此而指責翰林學士承旨王磐：「如是有益之事，汝不入告，而使南方後至之臣言之，汝用學問何為？必今日開是省。」〔註82〕至元十八年（1281），謝昌元上疏，提出增軍餉、結民心、除舊吏、戢新軍，又乞行選舉、收遺書、擇按察官、嚴贓吏法、立登聞鼓院，對於元初的各項政策的製定，都曾參與其中。〔註83〕這年，還曾被賜鈔。〔註84〕後告老歸，卒，葬於鄞。謝昌元與趙孟頫、袁鏞同居鄞州，三人友善，宋亡之際，曾相約共同殉國，然而僅袁鏞及其家人死國難。〔註85〕

　　以上這些北上宋儒，基本上構成了一個南人群體，在大都的處境各有不同。

　　1、南宋皇室在大都

　　南宋皇室頗受元廷的優待。當全太后聽讀詔至「免繫頸牽羊」之語，竟然泣下，並讓宋恭帝趙顯望闕拜謝活命之恩，可見元朝的態度大大出乎她的預料之外。

　　三月二十四日，太后、趙顯、隆國夫人、王昭儀、福王、謝堂等皇室抵達燕京，從駕車大小九十三輛，大小宮使六十餘人，祈請使一行人出陽春門迎接入燕京，「入中堂內垂簾而坐，諸使屬官立班，兩拜後，班稍側，又兩拜退」，〔註86〕依然能夠保持基本的君臣禮儀，說明元朝給予了一定的尊重。

　　四月十五日，皇室離開燕京，二十八日抵達上都昭德門。五月初二日，皇室與官員覲見世祖，「皇帝云不要改變服色，只依宋朝甚好。班退，升殿，再兩拜，就留御宴」，〔註87〕其對待宋皇室言語也很客氣。

　　回到大都後，元廷還多次宴請宋皇室，汪元量《湖州歌》中就記載有十次宴會。〔註88〕宋皇室被賜予田地、供給生活用品、安排住處。「謝後已叨新聖旨，謝家田土免輸糧」「金屋妝成物色新，三宮日用御廚珍」「每月支糧萬石鈞，日支羊肉六千斤。御廚請給葡萄酒，別賜天鵝與野麝」「三宮寢室異香

〔註82〕《元史》卷一百四十八《董文忠傳》，第 3504 頁。
〔註83〕生平見袁桷《（延祐）四明志》卷五，《景印文淵閣四庫全書》本。
〔註84〕《元史》卷十一《世祖本紀》，第 236 頁。
〔註85〕楊士奇《東里續集》卷二十三，《景印文淵閣四庫全書》本。
〔註86〕嚴光大《祈請使行程記》，劉一清《錢塘遺事》卷九，上海古籍出版社據謝國楨所藏嘉慶洞庭掃葉山房席世臣校訂本影印，1985 年，第 213 頁。
〔註87〕嚴光大《祈請使行程記》，劉一清《錢塘遺事》卷九，上海古籍出版社據謝國楨所藏嘉慶洞庭掃葉山房席世臣校訂本影印，1985 年，第 215、219 頁。
〔註88〕汪元量《湖州歌》，《水雲集》，鮑廷博知不足齋刊本。

飄，貂鼠氈簾錦繡標。花毯褥裀三萬件，織金鳳被八千條」，這些詩句描繪了南宋皇室的生活起居，條件相當優渥。至正十四年正月，世祖還下令將福王趙與芮在杭、越的家貲運送京師給他。〔註89〕

　　當然，宋皇室的身份也都發生了轉變，宋恭帝降封瀛國公，謝太后降封壽春郡夫人，福王封平原郡公，而原先追隨三宮的宮女都分嫁北方工匠，汪元量作有《宋宮人分嫁北匠》一詩以記其事。〔註90〕

　　2、南宋降將在大都

　　宋降將雖然照舊封官進爵，但是所獲評價很低。元世祖曾經詢問宋降將為何輕易投降，宋降將稱賈似道擅權優待文士，輕慢武官，眾人心中不平，積怨已久，因此望風送款。世祖命董文忠回覆說，武將如此辜負主上，也不枉賈似道輕慢。〔註91〕可見在滅宋之後，元世祖對於那些不戰而降的武官，其實是非常鄙視。因為蒙古民族原本尚武，元朝本身是馬背上得來的天下，重武功甚於文治，因而也就異常看重武將的忠貞。

　　元朝對於南宋降將的不認同由來已久。《輟耕錄》中記載，劉整初附之日曾去拜見廉希憲，由廉希貢通報，希憲讀書堂中不予理會，而劉整請求入見，希憲便令撤去座椅，任憑劉整展拜側立，始終不與交談。劉整離開前，廉希憲告誡他這裡是私宅，有事當明日詣政事堂，劉整羞愧萬分。〔註92〕

　　劉整，字武仲，先世京兆樊川人，徙鄧州穰城。金亂，入宋，隸荊湖制置使孟珙麾下。因軍功卓越招致呂文德嫉妒，於中統二年（1261）歸附元朝，授夔府行省，兼安撫使。至元三年（1266）入朝，授成都、潼川兩路行中書省兼都元帥，時廉希憲任平章政事，此時宋元戰爭尚未開始。〔註93〕

　　《祈請使行程記》載，「（至正十三年閏三月）十二日，夏貴至，歇來遠之右，隨行帶領將佐三百餘人，都人聚觀哂之。」〔註94〕

　　夏貴（1179～1279），字用和，溧陽人。宋末累官淮西安撫制置大使、知

〔註89〕《元史》卷九本紀第九世祖六，第188頁。
〔註90〕汪元量《湖州歌》「福王又拜平原郡，幼主新封瀛國公」，《宋宮人分嫁北匠》，《水雲集》。《宋史》卷二百四十三《謝太后傳》。
〔註91〕《元史》卷九本紀第九世祖六，第180頁。
〔註92〕陶宗儀《南村輟耕錄》卷七，中華書局，1959年，第87頁。
〔註93〕生平見《元史》卷一百六十一，第3785～3788頁。
〔註94〕嚴光大《祈請使行程記》，劉一清《錢塘遺事》卷九，上海古籍出版社據謝國楨所藏嘉慶洞庭掃葉山房席世臣校訂本影印，1985年，第211頁。

盧州，德祐二年（1276）降元，授行省參政，升左丞。至元十六年卒，年八十三。〔註95〕

　　大都人圍觀夏貴眾人，哂笑輕蔑，似乎元朝百姓對南宋降將亦不抱有好感。

　　3、南宋文官在大都

　　儘管祈請使一行途中亦受元人羞辱，但多是文人無行、咎由自取。其據文天祥《指南錄》中《留遠亭》載「十一日宿處，岸上有留遠亭，北人然火亭前，聚諸公列坐行酒。賈餘慶有名瘋子，滿口罵坐，毀本朝人物無遺者，以此獻佞，敵惟矗矗笑。劉岊數奉以淫藝，為北所薄，文煥云：『國家將亡，生出此等人物。』予聞之，悲憤不已。及是，諸酋專以為笑具，於舟中取一村婦至亭中，使薦劉寢，據劉之交坐，諸酋又嗾婦抱劉以為戲，衣冠掃地，殊不可忍，則堂尤憤疾云。」〔註96〕身為祈請大臣，肩負國家使命，賈餘慶卻攻訐他人以求自保，曲意逢迎；劉岊則自毀人格以求諂媚，罔顧斯文。人不辱而自辱，且累及國格，令人慨歎。而文天祥、家鉉翁二人始終保持自我尊嚴，亦贏得元人尊重。家鉉翁「聞宋亡，且夕哭泣不食飲者數月，大元以其節高欲尊官之，以示南服，鉉翁義不二君，辭無詭對。」〔註97〕可見，元人對南人的態度，除了由於國家、種族不同的隔閡外，更多是基於各自的言行、品性。

　　祈請使一行於至元十三年（1276）閏三月初十日抵達大都，入住會同館，受到了較好的接待，衣食居所無憂，元朝官員每日問候。「初十日，馬入燕京陽春門，諸色妓樂等祗候，迎入會同館。焦參政勸酒館內，歇來遠堂，賈右相、家參政歇於穆賓堂右，吳、劉二相歇於穆賓堂左，屬官分歇後堂，從者分歇前兩廊。此館係大金四大王府，今改為驛。兩廊有八十餘間，酒食米菜之類專委斷事官分撥輪到，各責同知排辦齊整，廚子工夫等人分房祗直，每日委監察御史等官覺問，逐一宣問茶飯好歹」。一到燕京，賈餘慶就病重，元朝政府派遣醫生問診，但很快賈餘慶不治身亡，由元朝政府出面操辦喪事，「燕京大興總管府排辦神道彩亭，中餘座鼓鈸幡蓋之類，送至洞神觀側殯焉。十七日諸使祭賈相於洞神觀」，儀式較為隆重。帖木兒還曾宴請諸使，元朝官員曾向吳堅詢問郊祀典禮儀仗制度，元朝官員與南宋使臣禮尚往來，多次互訪，

〔註95〕生平見劉岳申《大元開府儀同三司行中書省左丞夏公神道碑銘》，《申齋文集》卷八。魏源《元史新編》卷二十九《夏貴傳》，（臺灣）文海出版社據光緒三十一年魏慎微堂刊本影印，1984年，第1190～1194頁。

〔註96〕《文山先生全集》卷十三《指南錄》。

〔註97〕《宋史》卷四百二十一《家鉉翁傳》。

整體上還是符合禮節。〔註98〕

　　4、南方普通文士在大都

　　普通的南方文士在大都生活異常艱難，衣衫襤褸、食不果腹，不得不求助達官顯宦，希望能夠回歸故鄉。《南村輟耕錄》卷七「待士」一條載：「宋士之在羈旅者，寒餓狼狽，冠衣襤縷，袖詩求見。」廉希憲「急令鋪設坐椅，且戒內人備酒饌，出至大門外。肅入，對坐出酒饌，執禮甚恭。且錄其居止。諸儒但言困苦，乞歸。王明日遂言於世皇，皆遂其請。」廉希憲對待文士的態度與對待降將劉整的態度截然相反，「整雖貴，賣國叛臣也，故折辱之，令其知君臣義重。若寒士數十，皆誦法孔子者也。在宋，朝不坐，燕不與，何故而拘執於此？況今國家起朔漠，斯文不絕如線，我更不尊禮，則儒術且將掃地矣。」〔註99〕廉希憲是元朝高官中傾慕儒家文化的典型，被世祖稱為「廉孟子」，他對待儒士的態度，也反映了儒家文化在元朝的影響及元朝一度曾希望利用儒術來治理國家的傾向。正如廉希憲所言，「不絕如線」，有所傳承，卻始終不顯。

　　正是在這樣的時代背景下，以不同身份、不同方式進入大都的這一批南宋文士，在大都文壇上有各自獨特的表現。

二、南人北上：使臣、陪臣、羈臣、徵召之臣在大都的文學活動

（一）家鉉翁在燕京

　　家鉉翁（1213～？）號則堂，眉山（今屬四川）人。以蔭補官，累官知常州，遷浙東提點刑獄，入為大理少卿。咸淳八年（1272），權知紹興府、浙東安撫提舉司事。德祐元年，權戶部侍郎兼知臨安府、浙西安撫使，遷戶部侍郎，權侍右侍郎，兼樞密都承旨。二年（1276），賜進士出身，拜端明殿學士、簽書樞密院事。元兵駐紮杭州近郊，丞相賈餘慶、吳堅檄天下守令以城降，家鉉翁不受程鵬飛威脅，獨不署名。〔註100〕

〔註98〕嚴光大《祈請使行程記》，劉一清《錢塘遺事》卷九，上海古籍出版社據謝國楨所藏嘉慶洞庭掃葉山房席世臣校訂本影印，1985年，第210～212頁。
〔註99〕陶宗儀《南村輟耕錄》卷七，中華書局，1959年，第87頁。
〔註100〕文天祥《則堂》、《思則堂先生》詩前序，《文山先生全集》卷十三《指南錄》；《家樞密鉉翁第一百三十八》，《文山先生全集》卷十六《集杜詩》，《四部叢刊》本。

家鉉翁作為祈請使北上，因職責所在，上書元廷要求保全宋國，元朝統治者將他拘留在大都。家鉉翁聽說宋亡，早晚以淚洗面，元廷讚賞他的氣節，要授以高官，卻被他拒絕。後家鉉翁被移至漁陽，至元十五年（1278），被移居河間。〔註101〕家鉉翁在大都僅有過短暫停留。至元三十一年（1294），成宗皇帝即位，將家鉉翁放還江南，賜號處士，賜金幣辭不受，時年逾八十。家鉉翁喜談《春秋》，尤喜談《易》，有《春秋詳說》流傳至今，說《易》之書與文集二十卷全佚。〔註102〕

家鉉翁是南宋末年為數不多的耿直文臣，北上途中與文天祥有過短暫交往，文天祥很欣賞他的為人，稱其「搖首亭中號獨清」。〔註103〕至元十六年（1279）文天祥被押北上，路過河間，曾與家鉉翁相見，此時的家鉉翁「風采非復宿昔，而忠貞儼然，使人望而知敬。」〔註104〕

河間，即今河北滄州市境內，隋至唐屬河間郡或瀛州，因而在家鉉翁詩文中，多次以瀛洲代指河間。《見山亭記》云：「余周遊半天下，見山多矣。晚歲羈寓古瀛，乃在燕齊趙之間」。由於家鉉翁的文集散佚，留存詩作較少，〔註105〕大部分記其河間生活，他在大都期間的活動僅留下些許痕迹。

家鉉翁曾有《念奴嬌·贈陳正言》一詞：「南來數騎，問征塵、正是江頭風惡。耿耿孤忠磨不盡，惟有老天知得。短棹浮淮，輕氈渡漢，回首艫棱泣。緘書欲上，驚傳天外清蹕。路人指示荒臺，昔漢家使者，曾留行迹。我節君袍雪樣明，俯仰都無愧色。送子先歸，慈顏未老，三徑有餘樂。逢人問我，為說肝腸如昨。」〔註106〕

這首詞是家鉉翁名篇，當寫於家鉉翁初到北方之際。正言，為宋官職，

〔註101〕《文山集》卷《家樞密鉉翁》：「後以祈請使為名群詣北庭，既至，上書申祈請之議，忤北庭意，留燕邸。已而移漁陽，又移河間。如我朝羈置，特官給飲食而已。」《則堂集》卷一《近古堂記》「歲戊寅，自燕徙瀛，三閱寒暑，與其里人遊。」

〔註102〕有關家鉉翁，生平見《宋史》卷四百二十一《家鉉翁傳》。魏崇武有《江南遺老瀛邊客——家鉉翁被元朝羈縻河間的日子》《文史知識》2006年第七期，第76～81頁。《論家鉉翁的思想特徵——兼論其北上傳學的學術史意義》《西南民族大學學報》2006年第三期，第74～79頁。分別從生平、學術思想兩方面給予介紹。

〔註103〕文天祥《則堂》，《文山先生全集》卷十三。

〔註104〕文天祥《家樞密鉉翁第一百三十八》，《文山先生全集》卷十六《集杜詩》。

〔註105〕今所見《則堂集》為四庫館臣從《永樂大典》中輯出六卷。

〔註106〕《則堂集》卷六。

掌對皇帝規諫諷諭。

作爲祈請使先行北上，家鉉翁對保存南宋尙抱一線希望，遇見南來的故人，忍不住想要打聽一下故國的情況。回想元軍鐵馬氈車，輕而易舉地渡過淮河、漢江，滅掉南宋。自己曾上書元廷，完成祈請的重任，卻不料「緘書欲上，驚傳天外清蹕」，南宋皇室隨即被押大都，國已破。

隨後，家鉉翁等人一行前往上都覲見忽必烈，〔註107〕「路人指示荒臺，昔漢家使者，曾留行迹」，此荒臺即爲上京途中驛站李陵臺，「漢家使者」則指蘇武。家鉉翁藉此向陳正言表明心志，「爲說肝腸如昨」，愛國之心依舊。「送子先歸」，則陳正言南還隱居故里，家鉉翁卻在北方滯留數十年。

家鉉翁精通《春秋》，聽說許衡備受推崇被公認是中州道脈的延續，很想去拜訪，但不久就被移置河間，許衡也很快告老歸鄉去世，二人緣慳一面。家鉉翁多次表達了遺憾之情：「余未及往見，而自燕徙瀛，許公亦告老而歸，旋聞下世，每用此爲恨。」〔註108〕許衡爲北方大儒，至元十三年被召至大都，修成授時曆，以疾歸，至元十八年卒。〔註109〕家鉉翁之所以不能見許衡，是因爲「使事有旨，不得往見」，〔註110〕其在大都期間活動並不自由，交遊有限。

家鉉翁住在大都東華門附近，但連鄰居也不認識。他在《青鼎說》中記載：「余曩在燕，寓於東華，與崔君善卿居同里，潔修好禮，而未及識也。」〔註111〕崔善卿是學醫世家，被京城及周圍人稱之「青鼎崔氏」，與當時京城士大夫頗有交往，「衣冠縉紳爲文賦詩，以發其義備矣」。但家鉉翁與崔善卿的交往，卻是始於河間。

家鉉翁與汪元量一同登薊門相唱和，家鉉翁詩已不得見，汪元量有《登薊門用家則堂韻》：「薊門高處小凝眸，雨後林巒翠欲流。車笠自來還自去，笳簫如怨復如愁。珍珠絡臂誇燕舞，紗帽蒙頭笑楚囚。忽憶舊家行樂地，春風花柳十三樓。」〔註112〕首聯寫雨後清新自然之景，橫翠欲滴，一派生機。頷聯寫二人交往，「車笠」指不以貴賤而異的朋友，家鉉翁爲樞密、祈請使，

〔註107〕嚴光大《祈請使行程記》，劉一清《錢塘遺事》卷九，上海古籍出版社據謝國楨所藏嘉慶洞庭掃葉山房席世臣校訂本影印，1985 年，第 215 頁。

〔註108〕《則堂集》卷二《拙齋記》。

〔註109〕前已述及，見第二章第一節。

〔註110〕《則堂集》卷三《約齋說》。

〔註111〕《則堂集》卷三《青鼎說》。《全元文》第十一冊第 770～771 頁。

〔註112〕《湖山類稿》卷二。

而汪元量不過是身份低微的琴師，但他們卻同爲亡國之臣而憂愁煩悶。頸聯描寫宴會場景，「珍珠絡臂」形容一種女性的華貴服飾，極富燕地風情，南來的人卻不改舊朝裝扮，依然紗帽蒙頭，〔註113〕此刻才眞正體會到古人所言「南冠楚囚」的心情。眼前的歌舞，令自己不由得想起故國，悵惘若夢。這首詩由歡樂之景引出亡國之悲，又以昔日繁華歡樂作結，以樂景寫哀情，反襯強烈，倍增其哀。

除了琴師汪元量，家鉉翁與太學生張觀光亦有往來。

張觀光，字直夫，號屛巖，東陽人。宋末，張觀光二十六歲以《詩》義爲浙士第一，入太學。至元十三年（1276）宋亡後，張觀光作爲太學生被驅遣北上。至元十五年（1278），張觀光被授予婺學教授。在官十年，至元二十五年（1288），四十歲，改紹興路平準行用庫大使，辭祿謝事。由此推其生年大概在淳祐八年（1248）。〔註114〕

張觀光在京師時，曾得到家鉉翁贈詩四篇。家鉉翁以祈請使被拘，見到太學生張觀光，「一見待以國士，雖其言議曲折，概莫能傳，而贈言在紙，尚懇懇如也。」〔註115〕這四首詩一直被張觀光藏於家中，後由其子張樞裒輯成卷，意在彰顯家鉉翁不辱使命的忠義，且讚揚元朝善待宋使臣的寬容，「且推明古昔行人之義，以贊我朝待公之有禮而成其志，是皆民彝世教之所關者」。〔註116〕張樞還曾請杜本用隸書題詞於卷後，柳貫在張樞處見到此卷，亦感慨道：「夷齊之事於商爲烈，而太公謂其義人，扶而去之。然則公之所以自靖自獻，而世祖皇帝之所以函容覆護之者，是皆綱常大計之攸繫，漢唐末際，胡可擬哉。公詩四章，其一《雪山辭》也，著歸潔之意與朋友共之，其屬望先生，則誠在矣。宜樞有以表見之也。」〔註117〕

張觀光死後，張樞作墓誌，並搜羅遺稿請吳師道作《張屛巖文集序》。然

〔註113〕忽必烈允許南人不變服色，嚴光大《祈請使行程記》：「皇帝云：『不要改變服色，只依宋朝甚好。』」劉一清《錢塘遺事》卷九，上海古籍出版社據謝國楨所藏嘉慶洞庭掃葉山房席世臣校訂本影印，1985 年，第 219 頁。

〔註114〕生平詳見吳師道《張屛巖文集序》、吳師道《禮部集》卷十四。邱居里、邢新欣點校《吳師道集》，吉林文史出版社，2009 年，第 325～326、395～396 頁。

〔註115〕柳貫《跋張直夫先生所得家樞密四詩》，《柳待制文集》卷十九，《四部叢刊》影元本。

〔註116〕吳師道《家則堂詩卷後題》，《禮部集》卷十七。

〔註117〕柳貫《跋張直夫先生所得家樞密四詩》，《柳待制文集》卷十九，《四部叢刊》影元本。

而無論是張觀光的集子還是家鉉翁的集子都散佚不完，二人交往的詳細情形已無文獻可徵。〔註118〕據吳師道文，張觀光文集中的內容略約可知：「道途之淒涼，羈旅之鬱悒，閔時悼己，悲歌長吟，又有不能自已者焉」。其北上途中，多感世傷時之作。張觀光晚年摒棄筆硯，認爲文章害道，但他對年輕時以太學生北上的這段經歷印象深刻，付諸詩文，並向吳師道講述，「竟日談學館舊遊及留燕時事。嘗出數編相示，每讀一篇已，輒言其所作之故」。〔註119〕

　　另有張德信，字誠甫，中山人，與家鉉翁相會燕京，家鉉翁爲作《誠甫字說》。〔註120〕「字說」是一種文體，宋代以後，「字說」逐漸代替衰落的冠笄之禮而維持「取字」這項社會功能。〔註121〕一般具有取字資格的，必須是德高望重的長輩。而張德信被家鉉翁稱爲好學後進，則也應該是讀書人。除此之外，家鉉翁還曾爲友人李京的侄兒取字。〔註122〕家鉉翁雖然在大都是南人，但頗受北方士人尊敬。

　　在燕京期間，家鉉翁曾憶及家鄉舊俗，「西州舊俗，每當立春前後以巢菜作餅，互相招邀，名曰『東坡餅』。頃在燕，嘗有詩云：『西州最重眉山餅，冬後春前無別差。今度燕山試收拾，中間惟欠一元修。』『元修』即巢菜之別號，蓋豌豆菜也。東坡故人巢元修嘗致其種於黃岡下，因得名『元修』，南方有之，燕中無此種。」〔註123〕

　　「西州」一詞，在家鉉翁集中出現兩處，一是上所引之詩，二是《假館詩》：「擬從諸君豫乞石一方，他年埋之塚前三四尺，上書宋使姓某其名某，下書人是西州之西老逢掖。平生著書苦不多，可傳者見之《春秋》與《周易》。」〔註124〕

　　此處，「西州」是用「西州路」之典故。《晉書·謝安傳》：「羊曇者，太山人，知名士也，爲安所愛重。安薨後，輟樂彌年，行不由西州路。嘗因石

〔註118〕張觀光有《屏岩小稿》一卷，然而今所見，全同於黃庚《月屋漫稿》，後人曾有辨析。見勞格《讀書雜誌》卷十二，光緒四年刻本；楊鐮師《元佚詩研究》，《文學遺產》，1997年第三期，第55頁。

〔註119〕吳師道《張屏岩文集序》，《禮部集》卷十四。

〔註120〕《則堂集》卷三。《全元文》第十一冊第750頁。

〔註121〕葉國良：《冠笄之禮的演變與字說興衰的關係——兼論文體興衰的原因》，《台大中文學報》2000年第十二期，第57～59，61～78頁。

〔註122〕《公度字說》，《則堂集》卷三。《全元文》第十一冊第750頁。

〔註123〕《則堂集》卷六。

〔註124〕《則堂集》卷五。

頭大醉，扶路唱樂，不覺至州門。左右白曰：『此西州門。』曇悲感不已，以馬策扣扉，誦曹子建曰：『生存華屋處，零落歸山丘。』慟哭而去。」羊曇為謝安外甥。後遂以「西州路」為典，表示感舊興悲、悼亡故人之情。蘇軾《八聲甘州·寄參寥子》詞：「約他年、東還海道，願謝公、雅志莫相違。西州路，不應回首，為我沾衣。」因而「西州」代指南宋故國。

「東坡餅」是以蘇軾命名的一種小吃，家鉉翁是蘇軾的同鄉，對他情有獨鍾，四庫館臣亦指出：「鉉翁隸籍眉山，與蘇軾為里人，故集中如《文品堂記》《養志堂記》《志堂說》《篤信齋說》《跋太白賞月圖》《和歸去來辭》《豌豆荣詩》自注，間或稱述軾事迹。」〔註125〕

「西州之西老逢掖」一句，是家鉉翁打算用作墓誌、自表身份的詩，「逢掖」是指一種儒服形制，即深衣，為讀書人的服裝，這裡用以指代書生。「西州之西」，顯然是指南宋疆域的西部，四川。

家鉉翁在大都停留時間短暫，更是處於半拘禁狀態，其在大都的文學活動，影響甚微。又由於文獻不足徵，更多的活動不得而知。

（二）汪元量與文天祥的獄中唱和

汪元量是宋元之際著名的詩人，字大有，號水雲，杭州人，南宋時以善琴供奉內廷。〔註126〕南宋投降後，元朝命宋宗室、太學生以及宮嬪一起北上覲見元世祖，汪元量隨行北上，並以詩歌記載沿途見聞。汪元量在大都期間，與宋宮室成員倡和，參與元朝王室宴會活動，並且因音樂才能受到元世祖的欣賞；〔註127〕至元十六年（1279）十月一日，文天祥被押送大都後，汪元量曾前往囚室拜訪並作《拘幽》等十操，與文天祥唱和。〔註128〕

〔註125〕《四庫全書總目提要》卷一百六十五，中華書局，2003年。
〔註126〕關於汪元量生平的研究，詳見郁達夫《錢塘汪水雲的詩詞》、陳華《民族詩人汪水雲》、史樹青《愛國詩人汪水雲的抗元鬥爭事迹》、孔凡禮《關於汪元量的家世、生年和著述》、程亦軍《論愛國詩人汪元量及其詩歌》、楊積慶《論汪元量及其詩》、楊樹增《汪元量祖籍、生平和行實考辨》、杜耀東《略論汪元量的生平——與孔凡禮先生商榷》、陸瓊《汪元量生平及交遊研究》、陳建華《汪元量與其詩詞研究》。有關汪元量的研究較多，詳見張立敏《大陸汪元量研究百年回顧》一文，《汪元量研究五題》附錄，吉林大學碩士論文，2004年。
〔註127〕章鑒《題汪水雲詩》：「會方釋鍾儀，論職官事，水雲從旁援輈，命宮總弦，送操南音合上意。」見錢鍾書先生《宋詩紀事補正》引《永樂大典》卷九百九「詩」字韻，遼寧人民出版社，遼海出版社，2003年，第5066頁。
〔註128〕劉辰翁《題汪水雲詩》：「又或至文丞相銀鐺所，為之作《拘幽》以下十操。

文天祥，初名雲孫，字天祥。選中貢士後，換以天祥爲名，改字履善。寶祐四年（1256 年）中狀元后再改字宋瑞，後因住過文山，而號文山。廬陵（今屬江西吉安）人。開慶初，元兵伐宋，宦官董宋臣提議遷都，文天祥時入爲寧海軍節度判官，上書「乞斬宋臣，以一人心」。不報，即自免歸。後稍遷至刑部郎官。出守瑞州，改江西提刑，遷尙書左司郎官，累爲臺臣論罷。除軍器監兼權直學士院。後因得罪權臣賈似道，致仕，年三十七。

咸淳九年（1273），起爲湖南提刑，因見故相江萬里。十年，改知贛州。德祐初，江上報急，詔天下勤王。文天祥興兵應詔，以江西提刑安撫使召入衛。八月，文天祥提兵至臨安，除知平江府。十月，文天祥入平江，大元兵已發金陵入常州。大元兵破常州，入獨松關。陳宜中、留夢炎召天祥，棄平江，守餘杭。明年正月，文天祥知臨安府。

至元十三年（1276），南宋幼主與趙太后下詔投降，並北上覲見世祖。陳宜中、張世傑皆追隨益王而去。授文天祥樞密使，又任命文天祥爲右丞相兼樞密使，入元軍中請和，與大元丞相伯顏抗論皋亭山，被拘留北兵軍營。二月八日，左丞相吳堅、右丞相賈餘慶、樞密使謝堂、參政家鉉翁、同知劉岊五人捧表北上，號祈請使，而文天祥與其一同北上，至鎭江。

文天祥及門客杜滸等十二人，趁夜逃入眞州。然而沿途受到宋軍懷疑，不得不東逃入海，追隨益王。宋小朝廷以觀文殿學士、侍讀召文天祥至福州，拜右丞相。由於文天祥與陳宜中等意見不合，七月，文天祥以同都督出江西，收兵入汀州。至元十四年正月，大元兵入汀州，文天祥遂轉戰漳州。四月，入梅州。五月，出江西，入會昌。六月，入興國縣，後兵敗空坑。文天祥收殘兵奔循州，駐南嶺。至元十五年三月，進屯麗江浦。六月，入船澳。益王死，衛王繼立。文天祥上表自劾，乞入朝，不許。八月，南宋小朝廷加文天祥少保、信國公。十一月，進屯潮陽縣。後張弘範兵至五坡嶺，文天祥猝不及防，被執。厓山戰役後，南宋小朝廷覆滅，文天祥被遣送大都。

至元十六年十月五日，文天祥被送往千戶所囚禁。十一月初九日，被帶上元朝朝廷，始終不肯稱臣屈服，直至至元十九年十二月被殺。其在大都三年的牢獄生涯，作詩度日，回顧半生救國曲折經歷，沉吟忠君愛國之心，堪稱詩史，後人多以氣節稱之。〔註129〕

文山亦倚歌而和之。」
〔註129〕生平見《文山先生全集》卷十三《指南前錄》、《指南後錄》詩歌，卷十七《宋

　　汪元量與文天祥同爲南宋舊臣，又同樣被迫留在大都，身份相似，經歷相仿，有許多共同的情感，在國破的特殊時刻，以詩歌記載歷史，又以詩歌相互慰藉，故而引爲知己。二人的詩文交往主要有幾個方面的內容：

　　一是對彼此詩歌的評價。

　　汪元量有《行吟》一卷，文天祥評價如「風檣陣馬，快意奔放。詢其故，得於子長之遊」，並爲之作歌「南風之熏兮琴無弦，北風其涼兮詩無傳。雲之漢兮水之淵，佳哉斯人兮水雲之仙。」序署「一百五日，廬陵文天祥履善甫題。」〔註130〕

　　一百五日指「寒食」，在清明前一天，距離多至一百五日。「子長之遊」用司馬遷《太史公自序》典故，歎其少年遊歷廣而識見多。由此可知，《行吟》的內容一定不包括《湖州歌》一類的感世傷時之作，否則文天祥的評價絕不會是「快意奔放」這麼輕鬆。

　　「南風之熏」出《南風歌》：「南風之熏兮，可以解吾民之慍兮。」《太平御覽‧樂部》載：「舜作五弦之琴，歌南風之詩，而天下治。」因爲汪元量擅長彈琴，用此典故，渴望天下太平但現實卻無舜之弦。「北風其涼」出《詩經‧北風》：「北風其涼，雨雪其雱。惠而好我，攜手同行。」朱熹《詩集傳》云：此詩「言北風雨雪，以比國家危亂將至，而氣象愁慘也。故欲與相好之人去而避之。且曰是尙可以寬徐乎，彼其禍亂之迫已甚，而去不可不速也。」〔註131〕兩句用典，天下太平的日子難以企及，國家動蕩危難之際，卻沒有人像《詩經》一樣作詩來表達憂患之心。歌的後兩句是將汪元量的「水雲」之號嵌入，「神仙」當暗指汪元量的道士身份。

　　汪元量也曾經讀過文天祥詩稿，作有《讀文山詩稿》：「一朝禽瘴海，孤影落窮荒。恨極心難雪，愁濃鬢易霜。燕荊歌易水，蘇李泣河梁。讀到艱難際，梅花鐵石腸。」〔註132〕

　　此詩雖然簡短，卻概括了文天祥詩歌的內容與情懷。前兩句寫文天祥輔助二王，擁兵海上，但難逃一敗，這番經歷，也被記錄在文天祥的詩中，愁

　　　　少保右丞相兼樞密使信國公文山先生紀年錄》。劉岳申《文丞相傳》,《申齋文集》,卷十三;《全元文》第二十一冊第549頁。《宋史》卷四百一十八《文天祥傳》。

〔註130〕《湖山類稿》卷五後附,清乾隆鮑氏知不足齋刻本。

〔註131〕朱熹:《詩集傳》,中華書局,1958年第一版,第26頁。

〔註132〕《湖山類稿》卷三。

苦萬狀。用荊軻、蘇武、李陵諸人比擬文天祥對國家的忠貞之情、赤子之心。

末句「梅花鐵石」用典，唐名臣宋璟曾作有《梅花賦》，借歌詠梅花「貞心不改」「玉立冰潔」的「君子之節」，喻己之志。後皮日休曾歎道：「余嘗慕宋廣平之爲相，貞姿勁質，剛態毅狀，疑其鐵腸石心，不解吐婉媚辭，然睹其文而有《梅花賦》，清便富豔，得南朝徐庾體，殊不類其爲人也。後蘇相公味道得而稱之，廣平之名遂振。嗚呼！以廣平之才未爲是賦，則蘇公果暇知其人哉？將廣平困於窮、厄於躓，然強爲是文邪？」〔註133〕此處用典意在說明文天祥孤軍奮戰的堅韌剛毅與他詩文中流露出的哀傷沉痛形成鮮明的反差；同時又感慨「國家不幸詩家幸」，正是文天祥顚沛流離的經歷造就了他詩文的深度，不至於矯揉造作、爲賦新詞強說愁；並且暗自將自己引爲文天祥的知己，文天祥《回永州司理司戶》一文有「梅花鐵石，心相知已晚」，〔註134〕此處或是借用，表亡國之臣的知己之感。

二是與琴曲相關的唱和。

文天祥精通音樂，是以汪元量攜琴相訪。史載文天祥「性豪華，平生自奉甚厚，聲伎滿前」，遭遇國難之後，「痛自貶損，盡以家貲爲軍費。每與賓佐語及時事，輒流涕，撫幾言曰：『樂人之樂者憂人之憂，食人之食者死人之事。』」〔註135〕

至元十七年（庚辰，1280）八月十五日中秋，汪元量在囚所彈奏《胡笳十八拍》，並請文天祥作《胡笳詩》，倉促間未成。兩個月後，汪元量再次訪問文天祥，文天祥集杜詩作《胡笳曲》，其序云：「庚辰中秋日，水雲慰予囚所，援琴作《胡笳十八拍》，取予疾徐，指法良可觀也，琴罷索予賦《胡笳詩》，而倉卒中未能成就。水雲別去，是歲十月復來，予因集老杜句成拍，與水雲共商之。蓋囹圄中不能得死，聊自遣耳，亦不必一一學琰語也。水雲索予書之，欲藏於家，故書以遺之浮休道人文山。」〔註136〕

中秋佳節，被囚異鄉，獄中聽琴，感慨非常。少年聽琴的快意與此時南冠楚囚作楚聲的淒涼形成了鮮明對比，然而既能享受國家爲他所帶來的富貴，亦能爲國家承擔所應有的責任，這也便是文天祥信念之所在。

〔註133〕《皮日休文集》卷一。
〔註134〕《文山先生全集》卷八。
〔註135〕《宋史》卷四百一十八《文天祥傳》。
〔註136〕《文山先生全集》卷十四《指南後錄》卷三。

　　樂曲《胡笳十八拍》相傳爲蔡文姬所作，蔡文姬被匈奴擄掠十二年，在異國他鄉備嘗艱辛。在獄中，汪元量向文天祥演奏這一曲目，有其深意，想藉此與文天祥相互砥礪，不忘故國。

　　文天祥以集杜詩的形式，共作十八拍相和，其內容記戰爭離亂凄慘之狀，抒亡國悲戚哀痛之情。〔註137〕文天祥還曾作《汪水雲援琴訪予縲絏彈而作十絕以送之》：「文王思舜意悠悠，一曲南音慰楚囚。解穢從他喧羯鼓，請君爲我作拘幽。」「去齊去魯畏於匡，陳蔡之間更絕糧。自古聖賢皆命薄，奸雄惡少盡侯王。」「蘇卿持節使窮荒，十九年間兩鬢霜。到了丹心磨不盡，歸來重見漢君王。」「李陵思漢默如癡，獨上高臺望月時。降志辱身非將略，五言詩法是吾師。」「三尺孤墳青草深，琵琶流恨到如今。君能續響爲奇弄，從此朱絃不是琴。」「蔡琰思歸臂欲飛，援琴奏曲不勝悲。悠悠十八拍中意，彈到關山月落時。」「紫氣絪縕冒翠微，騎牛老子不忘饑。只因西出流沙去，惹得緇塵上素衣。」「白雲深處紫芝肥，一尾琴邊局一棋。自是有心扶漢業，故將羽翼輔英兒。」「夢破黃粱萬法通，隨師學道入穹蒙。文章博得雌雄劍，飛過洞庭煙靄中。」「中散翛然物外身，廣陵安肯授宮人。斫頭視死如歸去，慚愧吾生墮□（缺）塵。」〔註138〕

　　詩遍舉文王思舜、孔子困蔡、蘇卿使北、李陵思漢、蔡琰十八拍、老子出關、商山四皓、黃粱夢、廣陵散諸多典故，都與琴曲名相關。

　　三是對時事及自身命運的唱和。

　　文天祥有《過黃岩》一詩，其序稱「予至淮即變姓名，及天台境，哲齋張爲予覓綠漪詩，予既賦，題云清江劉洙，書此《過黃岩》，寄二十字。」其詩爲：「魏睢變張祿，越蠡改陶朱。誰料文山氏，姓劉名是洙。」〔註139〕

　　與此詩相呼應，汪元量有《文山丞相丙子自京口脫去變姓名作清江劉洙今日相對得非夢耶》：「昔年變姓走淮濱，虎豹從橫獨愴神。青海茫茫迷故國，

────────────

〔註137〕關於文天祥《集杜詩》與《胡笳曲》，後人多有研究。詳見黃鎮林《善陳時事同聲相應——從文天祥〈集杜詩〉看杜詩對後世的影響》，《杜甫研究學刊》，1999年第一期。趙超、王渭清《文天祥〈集杜詩〉與〈胡笳曲〉異同論》，《寶雞文理學院學報（社會科學版）》，2006年第二期。張明華、李曉黎《試論集杜詩的發展及其與杜詩的關係》，《東方叢刊》，2009年第三期。

〔註138〕《詩淵》第七冊，孔凡禮輯得，曾發表於《光明日報》1985年1月8日《文學遺產》專刊，後收入《孔凡禮古典文學論集》，學苑出版社，1999年，第425～427頁。

〔註139〕《文山集》卷十八，《景印文淵閣四庫全書》本。

黃塵黯黯泣孤臣。魏睢張祿夢中夢，越蠡陶朱身後身。今日相看論往事，劉
洙元是姓文人。」〔註140〕

張祿，即戰國魏人范睢，因爲遭人陷害不得已改名換姓；陶朱，相傳爲
越國大夫范蠡化名，在幫助越王勾踐滅吳之後功成身退。文天祥爲了躲過元
軍的搜捕而採取權宜之計更換身份，與這兩位歷史人物很相似，是以用典故
來比擬。二詩所敘之事同，所用典故同，當是汪元量讀文天祥詩後有感而和。

汪元量曾作《妾薄命呈文山道人》：「妾初未嫁時，晨夕深閨中。年當十
五餘，顏色如花紅。千里遠結婚，出門山重重。與君盛容飾，一笑開芙蓉。
君不顧妾色，劍氣干長虹。耿耿丈夫□（缺），□□（缺）天下雄。結髮未
逾載，倏然各西東。妾獨□□□（缺），□（缺）養姑與翁。姑翁去年春，
長夢隨飄風。思君□□□（缺），音信安可通。諒無雙飛翼，焉得長相從。
自服嫁時衣，荊釵淡爲容。誓以守貞潔，與君生死同。君當立高節，殺身以
爲忠。豈無《春秋》筆，爲君紀其功。」〔註141〕這首詩以擬女性的口吻來
敘述文天祥毀家紓難、捐軀赴國的英雄壯舉。並勸勉文天祥舍生取義、殺身
成仁。

文天祥集杜句爲和：「請陳初亂時，哭廟灰燼中。落日照大旗，雲漢爲之
紅。本朝再樹立，乘輿安九重。惜哉瑤池飲，褵隱繡芙蓉。翠華蒙塵飛，影
若揚白虹。丈夫誓許國，人馬皆自雄。南遊炎海甸，編蓬石城東。稍令社稷
安，萬里狎漁翁。虜騎速如鬼，一一灰悲風。魂斷蒼梧帝，淒涼信不通。壯
士血相視，征伐聽所從。中夜間道歸，咫尺或未容。豈知英雄士，古來偪側
同。平生白羽扇，蹉跎效小忠。再光中興業，何人第一功。」

詩中文天祥仍然豪情不減，希圖「再光中興業」。也正是出於這個顧慮，
元朝統治者不敢放他回鄉爲道。

文天祥於至元十九年（1282）就義，汪元量作《文山道人事畢壬午臘月
初九日》：「厓山禽得到燕山，此老從容就義難。生愧夷齊尙周粟，死同巡遠
只唐官。雪平絕塞魂何往，月滿通衢骨未寒。一劍固知公所欠，要留青史與
人看。」〔註142〕按此詩頷聯應該是化用文天祥《黃金市》詩句：「巡遠應無兒

〔註140〕《湖山類稿》卷三。

〔註141〕汪元量著、孔凡禮輯校《增訂湖山類稿》卷三，中華書局，1984 年，第 70
　　　　 ～71 頁。

〔註142〕《湖山類稿》卷三。

女態，夷齊肯作稻粱謀。」〔註143〕

又文天祥有《六歌》一詩，〔註144〕爲哀歎妻妾、妹妹、兒女、以及自己六人命運而作：

「有妻有妻出糟糠，自少結髮不下堂。亂離中道逢虎狼，鳳飛翩翩失其凰。將雛一二去何方。豈料國破家亦亡，不忍捨君羅襦裳。天長地久終茫茫，牛女夜夜遙相望。嗚呼一歌兮歌正長，悲風北來起徬徨。」

「有妹有妹家流離，良人去後攜諸兒。北風吹沙塞草淒，窮猿慘淡將安歸。去年哭母南海湄，三男一女同歔欷。惟汝不在割我肌，汝家零落母不知，母知豈有瞑目時。嗚呼再歌兮歌孔悲，鶺鴒在原我何爲。」

「有女有女婉清揚，大者學帖臨鍾王，小者讀字聲琅琅。朔風吹衣白日黃，一雙白璧委道傍。雁兒啄啄秋無梁，隨母北首誰人將。嗚呼三歌兮歌愈傷，非爲兒女淚淋浪。」

「有子有子風骨殊，釋氏抱送徐卿雛。四月八日摩尼珠，榴花犀錢絡繡襦。蘭湯百沸香似酥，欻隨飛電飄泥途。汝兄十二騎鯨魚，汝今知在三歲無。嗚呼四歌兮歌以吁，燈前老我明月孤。」

「有妾有妾今何如，大者手將玉蟾蜍，次者親抱汗血駒。晨妝靚服臨西湖，英英雁落飄瓀珸，風花飛墜烏嗚呼。金莖沆瀣浮汙渠，天摧地裂龍鳳姐。美人塵土何代無，嗚呼五歌兮歌釁紆，爲尔遡風立斯須。」

「我生我生何不辰，孤根不識桃李春。天寒日短重愁人，北風隨我鐵馬塵。初憐骨肉鍾奇禍，而今骨肉相憐我。汝在北分嬰我懷，我死誰當收我骸。人生百年何醜好，黃梁得喪俱草草。嗚呼六歌兮勿復道，出門一笑天地老。」

因爲這場戰爭，文天祥妻離子散、家破人亡。至元十四年（丁丑，1277）八月十七日，空坑之敗，文天祥家人陷落，〔註145〕至元十五年（1278）九月七日文天祥的母親在惠州去世，文天祥作有《哭母大祥》一詩稱「大兒狼狽勿

〔註143〕《文山先生全集》卷十四。
〔註144〕《文山先生全集》卷十四。
〔註145〕《妻第一百四十三》，《文山先生全集》卷十六。《有感》：「丁丑歲八月十七日家人陷，今恰三周，而予在行既十閏月矣，有感而賦。」《文山先生全集》卷十五。

復道，下有二兒並二女。一兒一女亦在燕，佛廬設供捐金錢；一兒一女家下祭，病脫麻衣日晏眠。」〔註146〕文天祥亦自述：「妻妾子女六人爲俘，收拾散亡，息於海隅」，「有母之喪，尋失嫡子，哭泣未乾，兵臨其壘，倉皇之間，二女夭逝，剪爲囚虜。」〔註147〕文天祥的大妹妹嫁孫氏，孫氏傾覆，家沒入燕；二妹因戰亂隔絕。長子道生，在文天祥母親去世後六十日病死惠州。六個女兒，都在兵亂中相繼死去。兩個弟弟文璧、文璋，亦因戰亂別離。〔註148〕

　　由此便能體會，文天祥以哀歌的形式，逐一痛哭親族。他爲了國家而犧牲骨肉親情，極爲慘痛。

　　汪元量《浮丘道人招魂歌》〔註149〕則是模倣文天祥《六歌》一詩所作：

「有客有客浮丘翁，一生能事今日終。齏甌雪窖身不容，寸心耿耿摩蒼空。睢陽臨難氣塞充，大呼南八男兒忠。我公就義何從容，名垂竹帛生英雄。嗚呼一歌兮歌無窮，魂招不來何所從。」

「有母有母死南國，天氣黯淡殺氣黑。忍埋玉骨崖山側，蓼莪劬勞淚沾臆。孤兒以忠報罔極，拔舌剖心命何惜。地結萇弘血成碧，九泉見母無言責。嗚呼二歌兮歌復憶，魂招不來長歎息。」

「有弟有弟隔風雪，音信不通雁飛絕。獨處空廬坐縲絏，短衣凍指成化杭州府志作指凍不能結。天生男兒硬如鐵，白刃飛空肢體裂。此時與汝成永訣，汝於何處收兄骨。嗚呼三歌兮歌聲咽，魂招不來淚流血。」

「有妹有妹天一方，良人去後逢此殃。黃塵暗天道路長，男呻女吟不得將。汝母已死埋炎荒，汝兄跣足行雪霜。萬里相逢淚滂滂，驚定拭淚還悲傷。嗚呼四歌兮歌欲狂，魂招不來歸故鄉。」

「有妻有妻不得顧，饑走荒山汗如雨。一朝中道逢狼虎，不肯偷生作人婦。左披虞姬右陵母，一劍捐身剛自許。天上地下吾與汝，夫爲忠臣妻烈女。嗚呼五歌兮歌聲苦，魂招不來在何所。」

「有子有子衣裳單，皮肉凍死傷其寒，蓬空煨燼不得安，叫怒索飯饑無餐。亂離走竄千里山，荊棘蹲坐膚不完。失身被繫淚不乾，父聞此語摧心肝。嗚呼六歌兮歌欲殘，魂招不來心鼻酸。」

〔註146〕《文山先生全集》卷十五。
〔註147〕《告先太師墓文》，《文山先生全集》卷十五。
〔註148〕見《集杜詩》一百三十九至一百五十五，寫親族。《文山先生全集》卷十六。
〔註149〕《水雲集》，鮑氏知不足齋刻本。

「有女有女清且淑,學母曉妝顏如玉,成化《杭州府志》云『學母梳妝面如玉』。憶昔狼狽走空谷,不得還家收骨肉。關河喪亂多殺戮,白日驅人夜燒屋。一雙白璧委溝瀆,日暮潛行向天哭。嗚呼七歌兮歌不足,魂招不來淚盈掬。」

「有詩有詩吟嘯集,紙上飛蛇歙香汁。杜陵寶唾手親拾,滄海月明老珠泣。天地長留國風什,鬼神護呵六丁立。我公筆勢人莫及,每一呻吟淚痕濕。嗚呼八歌兮歌轉急,魂招不來風習習。」

「有官有官位卿相,一代儒宗一敬讓。家亡國破身漂蕩,鐵漢生擒今北向。忠肝義膽不可狀,要與人間留好樣。惜哉斯文天已喪,我作哀章淚悽愴。嗚呼九歌兮歌始放,魂招不來默惆悵。」

這組詩歷數文天祥、其母、其弟、其妹、其妻、其子、其女、其詩、其官九個方面,對文天祥以哀悼。兩組詩從內容到形式,都非常接近。論者多認為汪元量這組詩是對杜甫的模倣,錢謙益就指出是「擬杜少陵《七歌》(即《乾元中寓居同穀縣作歌七首》)體制者」。〔註150〕但對照來讀,這組詩當是文天祥模倣杜甫在先,汪元量又模倣文天祥作以哀悼。

由以上分析可知,汪元量與文天祥的唱和過程中,用典遣詞、詩歌形式方面均受到文天祥影響。文天祥極為偏愛杜甫詩歌,作了大量的《集杜詩》,其自序云:「予坐幽燕獄中無所為,誦杜詩稍習諸所感興,因其五言集為絕句,久之,得二百首,凡吾意所欲言者,子美先為代言之。日玩之不置,但覺為吾詩,忘其為子美詩也。乃知子美非能自為詩,詩句自是人情性中語,煩子美道耳。子美於吾隔數百年,而其言語為吾用,非情性同哉?昔人評杜詩為詩史,蓋其以詠歌之辭寓紀載之實,而抑揚褒貶之意,燦然於其中,雖謂之史,可也。予所集杜詩,自予顛沛以來,世變人事概見於此矣,是非有意於為詩者也。後之良史,尚庶幾有考焉?歲上章執徐月祝犁單閼日上章協洽文天祥履善甫序。是編作於前年,不自意流落,餘生至今不得死也,斯文固存,天將誰屬?嗚呼!非千載心不足以語此。壬午正月元日文天祥書。」〔註151〕

文天祥與杜甫都有著親歷戰亂的人生體驗,有相同的家國情懷,有心繫社稷蒼生的責任感,更有記錄時代的使命感,杜甫的詩成了自己情感的代言,

---

〔註150〕錢謙益:《水雲詩跋》。方勇《走筆成詩聊紀實——簡論南宋遺民汪元量詩歌的特徵》一文即贊同這一觀點,《天中學刊》1999年8月第十四卷第四期。

〔註151〕《文山先生全集》卷十六。

文天祥所言「子美非能自爲詩，詩句自是人情性中語，煩子美道耳」，與陸游所言「文章本天成，妙手偶得之」不謀而合，這也道出了文天祥的文學觀點：詩歌是情感水到渠成的抒發，並非刻意爲之，而杜甫的詩歌具有這個特質。因此，從這一點來說，文天祥的詩歌創作是崇尚自然的。

由於文天祥的詩作大部分是在獄中獨吟，在當時並未廣泛流傳。但是汪元量的詩作無論是用典遣詞或是詩歌形式方面，都受到文天祥的影響。

（三）汪夢斗北遊大都

汪夢斗，字以南，號杏山，績溪人。宋處士汪晫之孫。景定二年（1261），江東漕試第一，授承節郎，江東司制幹官。咸淳間，轉承務郎，史館編校。與葉李等議上書劾丞相賈似道，葉李獲罪，汪夢斗逃歸。至元十六年（1279），由謝昌元推薦，於正月戊辰進京，當年冬十月丙申返回鄉里。他北上途中記載行程所至，在大都逗留期間和朋友唱和贈答，之後返鄉，作詩一卷，名爲《北遊集》。後江東提刑奧屯請任考試郡縣儒人，爲定籍。有《雲間集》。〔註152〕

江南的戰亂剛剛平息，北上沿途還依然留有戰爭的痕迹，汪夢斗離開官場隱居家鄉已經很久了，他早已習慣山林的幽靜，內心深處不忘故國，仍舊未從亡國的震驚與痛苦陰影中走出。其《道過茌平縣感馬周事》歎道「翻思故國今何在，枉抱忠肝似馬周」，馬周爲唐初大臣，出身卑微卻因才華受到唐太宗李世民賞識。此詩透露出一種迷茫，汪夢斗不是沒有經國濟世的抱負，但國家的滅亡，卻令他報國無門。而此番元廷的徵召，在令他不安的同時，又多多少少帶有一些期待，他希望自己或許能夠像馬周那樣，得到一個有所作爲的機會。

《雄州北城外過白溝》：「手斧當年自畫河，聖人微意不求多。如何王蔡忘前事，可謂貪他卻著他。」白溝，即拒馬河，爲北宋與遼在東部劃定的邊境線。作爲一個南宋子民，突然跨越了這條已存在百年的邊界，不由得對歷史現實生發感慨，對南宋的滅亡，頗有怒其不爭之怨。

對故國既眷戀又失望，對新朝既陌生又忐忑，汪夢斗就是在如此複雜情緒中，走進大都。其《入都門漫賦》：「粉圍萬雉拱宸居，新邑由來草創初。省署朝衣雜狸鼠，市廛人迹混龍魚。望時已近行難到，在處皆寬住似疏。草舞南風半黃碧，客窗幽坐恰便書。」

〔註152〕生平見何東序、汪尚寗纂修《（嘉靖）徽州府志》卷十八，《北京圖書館古籍珍本叢刊》（據明嘉靖刻本影印）第二十九冊，書目文獻出版社，第367頁。

初入都門，呈現在他面前的是一個新興的大型城市，規模宏大。「粉圍萬雉」，相當於三萬丈的周長。〔註153〕元大都由至元四年（1267）開始營建，至元二十年（1283）才建成，因而詩中稱「新邑由來草創初」。汪夢斗前往中書省拜見元朝官員，看見眾人身著各色皮毛，與江南的儒服形成鮮明對比，多了幾分新鮮好奇。作爲一個南來的異鄉客，這座都城一切都顯得那麼陌生、疏遠與空曠，首都的繁華似乎並沒有讓他覺得興奮，那種熱鬧在他眼中反而有種「龍魚混雜」的煩亂紛擾。大都是這樣的高高在上、可望而不可及，在這座寬大的城池中行走，越發映襯出自己的渺小與無所依附。他覺得自己猶如風中搖擺不定的弱草，半黃半青，前途未卜。

與憂慮相件的，還有一份窮愁，其《南鄉子・初入都門謾賦》繼續記錄著他對大都的第一印象：「西北有神州，曾倚斜陽江上樓，目斷淮南山一抹，何由，載淚東風灑汴流。　　何事卻狂遊，直駕驢車渡白溝。自古幽燕爲絕塞，休愁，未是窮荒天盡頭。」

該詞上闋記在江南遙望中原之感，似對辛棄疾「何處望神州」一詞的呼應，又是對「西北望長安，可憐無數山」情感的共鳴，然而豪情已滅，只有國破之後不盡哀傷。下闋是抵達燕趙、跨過白溝時複雜心情的寫照。「自古幽燕爲絕塞」，自石敬瑭獻出幽雲十六州後，南方人的足迹就極少踏上這一地界。而如今，他被徵召北上，渡過白溝，感慨萬千。如辛棄疾那樣的英雄豪傑，無數次的嚮往與畢生所追求的願望，在這一刻輕而易舉地實現，卻無欣慰激動之感，只因爲他內心深處時刻不忘自己亡國之民的身份。但他依然對自己勸勉道：「休愁，未是窮荒天盡頭」，對於即將到來的新的身份與生活，總有一種希望。這就是一個被徵召北上的南人，在第一步邁入大都之後的最眞實寫照。

汪夢斗在大都停留了十個月的時間，其交遊與生活反映在詩歌中。

1、與南宋官員交往唱和

汪夢斗首先拜見了謝昌元，《見禮部尙書謝公昌言》：「曾將鴻筆冠群英，自是峨眉第一人。執志只期東海死，傷心老作北朝臣。叔孫入漢儀方制，箕子歸周範已陳。□□□□□□，正須自愛不貲身」。〔註154〕詩題下有小字註：

〔註153〕經過考古測量，「元大都周圍共兩萬八千六百米」，陳高華《元大都》，北京出版社，1982年，第45頁。

〔註154〕《北遊集》卷上。

「號敬齋，蜀省魁」，則此處「謝公昌言」或爲「昌元」之誤。此詩用叔孫通定製禮儀、箕子傳授洪範九疇典故來比擬謝昌元入仕新朝，言語中暗含著一絲不滿。

又有詩贈留夢炎，《上故相留公》二首：「蒼天有意不能違，行邁心搖賦黍離。弼既遭艱尋罷政，質如在位必遲疑。身逢今日多休問，事在當年偶少思。緣是庚申輕放入，力爭不似甲辰時。」「明倫一疏筆如椽，痛掃凶邪四海傳。故使北人騎屋望，時聞南面獨班宣。雖言上睠尤濃甚，只著前銜固愴然。舊日恩堂炊已熟，夕陽敗柳奈號蟬。公入朝不屈，止稱前正奉大夫。」〔註155〕

第一首詩開頭即寫國運不濟，臣子徒有黍離之悲。第二句用典，劉漢弼爲宋時名臣，因爲史嵩之當政，劉漢弼去官。范質爲五代、北宋時人，歷經後梁、後唐、後晉、後漢、後周、北宋六朝，五朝爲官，兩朝爲相。以劉漢弼、范質比留夢炎，他經歷了賈似道專權時代，又入元，故有此句。

「庚申」當指宋景定元年、元中統元年，這一年，宋元鄂州之戰因蒙哥之死而暫停，郝經被忽必烈派往南宋商議停戰協定，賈似道爲貪功將郝經拘禁，謊稱宋軍大勝，由此埋下了隱患，也爲十六年後元軍南下製造了藉口。「甲辰」當爲淳祐四年，留夢炎於是年中狀元，正是春風得意之時。這一句寫得很含蓄委婉，一方面反思宋朝滅亡的原因，對留夢炎未能盡忠職守、與奸臣鬥爭略有微詞，一方面以甲子紀年，又似對陶淵明「唯云甲子」的倣仿。

第二首寫留夢炎在北方的情形，他曾經是南宋狀元宰相，在北方名氣很大，也頗受忽必烈的重視，但此時大概留夢炎尙未接受元廷的官職，故汪夢斗稱其「入朝不屈，止稱前正奉大夫」。但是國家已經滅亡，米已成炊，亡國之臣的哀吟猶如秋蟬悲鳴，時局再也無法改變。這兩首詩寫得頗爲凄涼無奈。

汪夢斗在京城還遇見了方回。方回（1227～1307），字萬里，號虛谷，歙縣人。宋景定三年（1262）進士。德祐元年（1275）以賈似道喪師魯港，上書論其罪當斬，出知建德府。二年，臨安破，以城降元，官建德路總管。至元十八年（1281）得代，不復出仕。晚寓錢塘，賣文爲生。大德十一年（1307）卒，年八十一。〔註156〕

《富春方史君萬里與之別七年矣離亂之後不意得聚首於此一見道舊有

〔註155〕《北遊集》卷上。

〔註156〕生平見洪炎祖《方總管回傳》，程敏政輯撰、何善慶、于石點校《新安文獻志》卷九十五，黃山書社，2004年，第2401～2404頁。

感》:「兩邊鬢鬢雪交明,一笑何期在客京。此會向來隨是夢,相逢喜定卻還
驚。清吟自足配嚴瀨,玄英先生配食釣臺。狂語常憂沉石城。宗人臺符事見《江南野
史》。我定先還故山去,先生恰有北燕行。」「少年紅燭照銀釭,頗憶沙河共客
衣。今說宣威麟可佩,爭如華表鶴來歸。秋香歟浦秔先熟,春早祁山筍更肥。
茗飲蕭齋客見過,舊遊談塵雪霏霏。」「衣冠屈辱但長吁,爲笑吾徒事業迂。
無救於亡焉用相,不知所任正非儒。北方誤以逆賈爲儒而亡國,不知賈非儒也。天初
生摯意有謂,人獨存箕道未孤。迓續斯文難別譣,願弘正學福寰區。」

第一首寫二人相逢之處的驚喜。頸聯用典,嚴瀨,指富春江上東漢嚴光
隱居垂釣處,玄英先生指唐代才子方干,歸葬桐江,門人私謚「玄英先生」。
「沉石城」語出《江南野史》卷九,指唐末汪臺符事,他上書言便民事,被
齊丘所阻,後因得罪齊丘而被沉石城下。方干、汪臺符二人同處唐末亂世之
中,方干懷才不遇、未嘗爲官,而隱居江湖;汪臺符卻因言獲罪,不得善終。
二人恰好分別與方回、汪夢斗同姓,各自比擬,與尾聯「我定先還故山去,
先生恰有北燕行」相對比,一去一來,一藏一行。語意中對方回有所勸誡。

第二首回憶二人過去交往。

第三首對儒士未來的探討。南宋滅亡,大量儒生在戰亂中生活極爲艱辛。
汪夢斗也開始對國亡原因的反思。當時北方認爲南宋因重儒而亡國,汪夢斗
則指出用人不當是失敗所在。頸聯用典,舉伊尹(名「摯」)、箕子兩位商賢
臣,認爲他們在文化傳承中起了重要作用,而不在乎是仕於商或是仕於周,「迓
續斯文難別譣,願弘正學福寰區」,則正是儒士所應該起到的作用。在此,汪
夢斗明確表示了他的理想,並非計較個人得失,而是希望能夠傳續道統。正
如其《別方萬里》詩中所言,「此道今垂絕,何人可與謀。臨行重分首,吾教
尚多憂。」他作爲一個南方儒士,希望儒學能夠在新朝發揚廣大,而這也是
他應召北上的緣由。

2、和北方官員的交往唱和

趙似,趙秉文之子,官簽推。趙秉文,字周臣,號閑閑,滏陽人。〔註157〕
其家有萬碧樓,汪夢斗曾作賦,並有《上趙簽推二首》:「名父由來產哲兒,
一門忠孝藹芳菲。自從藩府馳朱轂,久缺庭闈戲彩衣。兵笇少淹當遂相,樊
川已得未容歸。魯公居外周公內,清夜相思魂夢飛。公盡得杜牧樊川故墅,浩然有

―――――――――――

〔註157〕生平詳見元好問《閑閑公墓銘》,《遺山先生文集》卷十七。《元好問全集》第
477~481頁。

歸志。」「我本郎君屬部民，今朝堂上拜靈椿。閒閒而後無名手，寂寂之餘有此人。千里家書常訓子，一言心事在褆身。仙翁若問吾州政，萬碧樓空不染塵。閒閒中原故趙禮部，有時名，北方宗之，家有萬碧樓，夢斗曾爲作賦。」

《問候趙簽推》：「龜疇五福屬鴻儒，壽骨清強病應無。要識維摩今示病，當知涑水本來瘨。心從空想塵無染，念到忘時氣自蘇。此說雖非儒所道，於中恐亦有工夫。」〔註158〕

杜季明，陝西杜陵人，與王惲、郭昂均有交往。〔註159〕汪夢斗曾爲其近仁堂作銘。時杜季明任中書省左右司郎中。汪夢斗《別左司杜郎中》：「相見匆匆即告歸，江南魚米盡堪娛。樹林浩有秋聲老，客路誰憐月影孤。班序自還君富貴，齋居猶著己工夫。他時重會無他說，敢問於仁已近無。左司有堂名近仁，夢斗曾爲作銘。」〔註160〕

按王惲有《題杜氏近仁堂》七首，又有《杜季明表兄史千載南還荊門索同賦爲餞謹書三詩以贈》一詩，〔註161〕詩題小字注「杜時任中書省左右司郎中」，則此「左司杜郎中」即爲杜季明。

汪夢斗《簡楊治中》：「當年北騎壓杭城，奮起渡江尋舊盟。本擬鄭僑成好去，寧知徐鉉播文名。從班眞是覺來夢，別駕猶如退步行。上介尙能分閫去，不應班爵獨公輕。」〔註162〕

首聯提及「北騎壓杭城」，則楊治中曾參與對宋戰爭。頷聯用鄭僑、徐鉉典故，二人均精通書法，則此楊治中亦善書。上介，指古代外交使團的副使或軍政長吏的高級助理。分閫，指出任將帥或封疆大吏。

王惲有《簡寄楊治中文卿》，〔註163〕則此「楊治中」，疑爲楊仁風，字文卿，潞州襄垣人。歷刑部郎中，累遷江州路總管。至元二十三年，由樞密院同僉遼陽行省參政，改眞定等路宣慰使。以中書左丞致仕。又《平宋錄》卷

〔註158〕《北遊集》卷上。
〔註159〕王惲《詩寄季明郎中》云：「中書機務日紛紛，海寓披圖萬國賓。善斷獨高如晦策，名家復見杜陵人。遙鄰綠水紅蓮地，滿意清江玉壘春。正有救時心最切，更須根本細經綸。」郭昂《簡杜季明》：「白髮刁搔五十餘，也隨時宦見新除。功名未了床頭劍，活計空存架上書。蟲臂敢勞私造化，獐頭深愧強趨趄。春風但假吹噓力，早趁花期到敞廬。」
〔註160〕《北遊集》卷上。
〔註161〕《秋澗先生大全文集》卷十八。
〔註162〕《北遊集》卷上。
〔註163〕《秋澗先生大全文集》卷十五。

上載「至岳州，遣呂文煥、斷事官楊仁風、總管楊椿等直抵城下，宣揚威武，曉以成敗」，〔註164〕可知楊仁風曾參與過對宋戰爭。

3、與北上南士的交往

元朝滅宋後，一部分南宋文人作爲幕僚，跟隨主人一同北上。

吳安朝，字元鎮，歙人。御史吳少戭二十世孫，遷居績溪，登宋咸淳七年第，授迪功郎、衢州學教授，除禮兵部架閣文字，太府寺丞，不久以本職參議閩浙招捕司事。宋亡入元，授池州路總管府州官，因母親去世辭官守孝。後知賀州，爲官公正清廉。桑哥當權時，貪官遍佈，吳安朝棄官歸。程文海薦入翰林，不起。〔註165〕

朱升，字景日，生平暫不可考。

「柯山趙公，屢更麾節，多在浙東西，皆有美政。德祐正爲浙東憲，入景炎，猶爲閩浙招捕。今被召入覲，從行幕客則吳元鎮與朱景日。武博景日，向在上庠，亦辱識。此來，所館相去差遠，至是，出舊城方能報元鎮謁，並言別故，就訪景日。不遇，卻因得見招捕公，蒙謙接。元鎮訝其無詩爲贄，口占三首奉呈，資一笑。元鎮吳安朝，景日朱升。」詩曰：「淒涼路入古神州，況復驅車渡白溝。蜀主未能重造漢，商孫不免亦侯周。九重注想聞猶告，五事開陳動冕旒。耿耿胷中有餘意，西山老碧不勝秋。是日有旨，召對，公上《江南五事》。」「遺愛曾留浙水濆，北方正自素相聞。長途賡唱多名筆，舊府賓僚盡富文。往昔知音有吳季，從來難吏是朱雲。聯鑣向闕成嚴覲，拜得恩言定不群。」「當年不得拜前呵，相遇今時可奈何。病骨已愁飛雪早，衰年敢謂見天多。既無上策裨朝論，惟有東還聽壞歌。出處從知元有分，忍言兼善脫槃蕰。」〔註166〕由「商孫不免亦侯周」一句略約可推知，此柯山趙公，或爲宋宗室降元。在這組詩中，汪夢斗依然表達了希望回歸家鄉的意圖。

有故宋官員的推薦，與北方官員詩文往來，和過去的朋友重逢，汪夢斗在這個陌生的城市逐漸建立了一個人際網路，他卻最終沒有在這裡立足，沒有找到他施展理想的機會。

他所在的人際網路所傳遞出來的資訊，是儒士身份的尷尬。他在京城的所

〔註164〕劉敏中《平宋錄》卷上，清守山閣叢書本。

〔註165〕何東序、汪尚寧纂修《（嘉靖）徽州府志》卷十七，《北京圖書館古籍珍本叢刊》（據明嘉靖刻本影印）第二十九冊，書目文獻出版社，第345頁。

〔註166〕《北遊集》卷上。

見所聞，令他深感儒道的衰微。其《經行舊城過宣聖廟欲看石鼓不得入》：「牆院人家少市聲，高槐古柳綠初新。陰雲猶閣西山雨，城郭常吹東海塵。杏頰簪花紅照樹，蟲絲羅巷晝窺人。岐陽石鼓無由見，深鎖儒宮碧草春。」〔註167〕

舊城，指原金中都。元大都是在原燕京城的東北新建的一座城市，而金中都原先的許多建築依然保留，宣聖廟就是其中之一。汪夢斗到大都時，大都尚未完全建成，舊城依然有市肆、居民，〔註168〕然而金代修建的宣聖廟「牆院人家少市聲」顯得異常幽靜，「蟲絲羅巷晝窺人」表明宣聖廟人迹罕至，蛛網密佈。「岐陽石鼓無由見，深鎖儒宮碧草春」，岐陽石鼓前已述及。〔註169〕然而此刻的岐陽石鼓已難得一見，深鎖廟中，庭院春草雜陳。此詩表面上寫宣聖廟的蕭條，實則反映了當時儒學的衰微。而汪夢斗所面對的未來，正如他所面對的這座學廟一樣，門庭緊鎖，他找不到可以進入的路徑。他知道其中有他所嚮往的東西，卻只能是遺憾。

面對這樣的境況，汪夢斗只好歸去。其《城中將相第宅樹之以木殊多茂盛因憶家園有賦》：「屋頭花竹已成林，奪與燕山萬里心。帝里雖云多勝宅，何須底事覓清陰。」〔註170〕他看見將相府第中花木成林，想到自己在京已有數月，京城雖好，卻始終沒有一處是屬於自己的地方，他也不願意依附於人。

汪夢斗作《覊燕四十餘日歸興殊切口占賦歸八首》對自己的北遊之行做了一個總結。他認清了亡國的現實，「寂寞南朝亡國恨，當時爲不用眞儒」，卻沒有在新朝中找到屬於自己的位置，始終與大都保持著距離，道不行則惜名，「商颷愈緊歸心切，莫把詩書博惡名」。面對儒學衰微的境況，他依然希望能夠振興，「士節陵夷久可憐，謂宜作氣一時伸」。但始終未能找到出路，只好還鄉，「歸去重參教透徹，何須更用羨神仙」。他在大都見識到了南北統一的盛況，「近來粵客通南貨，舊日燕人祭北門」，對這個新興國家依然抱有某種期待，「相傳帝統須求正，莫使王風久下衰。歸去林間洗雙眼，暮年要看太平時」，但是自己已經無能爲力，只好尋求林泉之樂，「事欠剗裁多積壓，心猶疑忌少擔當。無由把袖舒衷憤，空負懸弧射四方。只恐秋風破茅屋，急

<hr>

〔註167〕《北遊集》卷上。
〔註168〕至元二十年九月，大都基本建成，舊城市肆、局院、稅務遷入大都；至元二十二年二月，遷舊城居民入新城。詳見陳高華先生《元大都大事年表》
〔註169〕見第一章第一節。
〔註170〕《北遊集》卷上。

歸爛賞木犀香。」〔註171〕

三、小　結

　　綜上所述，隨著元朝對南宋戰爭的結束，大批南方士人以不同的身份北上大都：使臣、陪臣、降臣、羈押之臣、徵召之臣，而他們在大都的表現各異。然而由於初期，南方士人在大都的活動極為有限，大部分都有種無所適從之感，而他們對大都文壇的影響也微乎其微。但是，這畢竟是一個開端，南人開始湧入大都，並逐漸將南宋的文化帶入這個北方的都城。

第三節　南北交流的嘗試

一、至元之盛：南北人才的齊聚

（一）南方人才的輸入

1、程文海訪賢

　　至元二十二年（1285）二月戊午，集賢直學士程文海言：「省院諸司皆以南人參用，惟御史臺按察司無之。江南風俗，南人所諳，宜參用之，便。」至元二十三年三月己巳，御史臺臣奏：「近奉旨按察司參用南人，非臣等所知，宜令侍御史、行御史臺事程文海與行臺官，博采公潔知名之士，具以名聞。」忽必烈令齎詔以往。〔註172〕

　　忽必烈之所以力排眾議支持程文海江南訪賢，是為了通過搜羅有名望、有才能的南士籠絡人心以期達到安定江南的目的，也是藉此來補充官僚機構，借助南士的才幹幫助治理國家，努力恢復漢地制度、澄清吏治。此次南下訪賢所得成果有：趙孟頫、萬一鶚、余恁、張伯淳、凌時中、胡夢魁、曾衝子、孔洙、包鑄、何夢桂、曾晞顏、方逢振、楊必大、范晞文、吳澄、謝

〔註171〕《北遊集》卷上。

〔註172〕這一歷史事件即「江南訪賢」，諸多歷史學家都有過深入研究，姚從吾先生《忽必烈平宋以後的南人問題》曾對其背景及經過均有詳細考證。陳得芝先生《程鉅夫奉旨求賢江南考》則指出這一事件體現了忽必烈治國思想及政策，反映了江南士人對新朝態度的演變。詳見姚從吾《忽必烈平宋以後的南人問題》，《姚從吾先生全集》，正中書局，1982年，第1～85頁。陳得芝《程鉅夫奉旨求賢江南考》，《蒙元史研究叢稿》，2005年，第540～570頁。

枋得、袁洪、白珽、蔣松魁、王泰來等，此外程文海有意引薦的還有李淦、吳定翁、周從周。〔註173〕

這次南下訪賢對於元朝的政治並沒有造成實質性的影響。姚從吾先生指出，因爲忽必烈的對南政策僅僅停留在「招降」與「安撫」的層面，並不系統深入，同時北方人依然把持政權，草原民族的「粗線條」統治破壞了南方的「禮文」文化。〔註174〕陳得芝先生也認爲當時北人控制朝廷大權，南人受到歧視排斥，南士並未能充分發揮作用。〔註175〕

但是，「南下訪賢」在文化上，尤其是對大都地區的文化而言，具有重要作用。孫克寬先生認爲程文海「江南訪賢」促使了「元貞大德之文明小康，促成了仁宗愛育黎拔力八達汗皇慶延祐之儒治局面」。〔註176〕趙孟頫、吳澄都是在元代文化史上具有舉足輕重地位的人物，他們通過這個機會能夠北上大都。

趙孟頫（1254～1322），字子昂，號松雪道人，又號水精宮道人、鷗波，吳興（今浙江湖州）人。宋太祖趙匡胤十一世孫，秦王德芳之後也。至元二十四年（丁亥，1287），趙孟頫以布衣身份被召至大都，六月，授奉訓大夫、兵部郎中，二十七年（庚寅，1289）五月，遷集賢直學士、奉議大夫。二十九年（壬辰，1292）正月，進朝列大夫、同知濟南路總管府事，兼管本路諸軍，離開大都。〔註177〕

吳澄（1249～1334），字幼清，晚稱伯清，江西崇仁（今江西撫州崇仁縣）人。年十五，與程文海同學程若庸門下。咸淳六年（1270）庚午，應撫州鄉舉，以第二十八名薦。七年，試禮部，下第歸，教授鄉里。至元十二年（1275），撫州降附元朝。十四年，亡宋丞相文天祥起兵廬陵，江西兵亂，吳澄避世布水谷，二十年自布水還居草廬。二十三年，程文海奉詔徵召江南遺佚，吳澄以母老辭，程文海勸說道：「不欲仕可也，燕、冀中原，可無一觀乎？」吳澄

〔註173〕詳見陳得芝《程鉅夫奉旨求賢江南考》，《蒙元史研究叢稿》，2005 年，第 540 ～570 頁。

〔註174〕姚從吾《忽必烈平宋以後的南人問題》，《姚從吾先生全集》，正中書局，1982 年，第 49～53 頁。

〔註175〕陳得芝《程鉅夫奉旨求賢江南考》，《蒙元史研究叢稿》，2005 年，第 570 頁。

〔註176〕孫克寬《江南訪賢與延祐儒治》，《元代漢文化之活動》，臺灣中華書局，1968 年，第 345 頁。

〔註177〕生平見楊載《大元故翰林學士承旨、榮祿大夫、知制誥兼修國史趙公行狀》，《松雪齋文集》附錄。陳高華《元代畫家史料彙編》，杭州出版社，2004 年，第 48～177 頁。

因此前往大都。〔註178〕

除此之外，北上的張伯淳、袁洪、袁桷、白珽、王泰來等人均爲當時知名文士。因此，「求賢爲南北文學家的交流，南北文風的融合，奠定了社會基礎，創造了成熟的條件。」〔註179〕

可以說，程文海南下訪賢的文化意義要遠遠大於政治意義。

2、寫經活動與南士北上

《元史》載，至元二十七年六月，元朝徵召人員繕寫金字藏經，用金三千二百四十四兩。〔註180〕而參與此次寫經活動的，有一批江南士人。

楊海明認爲元朝政府大興寫經之役，希望趁機選拔人才爲己服務，是元朝統治者籠絡利誘漢族詩人活動的組成部分。而這批寫經手，其書畫出眾，在元朝統治者看來，是屬於江南「藝術之人」。〔註181〕這種說法較爲合理。

吳澄曾指出：「宋亡，儒科廢，後四十年始復。而士以善書服勤於翰林國史院者，歷月九十則出仕，與進士之高等同，恩數渥矣。然南士之得與斯選者，厥惟艱哉。」〔註182〕可見，「善書」也成爲了元代士人出仕的一條道路，但是南士能夠參與其中，卻很艱難。因而這次寫經之役，對於江南士人而言相當難得。

據楊海明考證六月從各省徵召有才藝的人員，而參與其中的人員有趙孟頫、班惟志、曾遇、沈欽、劉泳、吳菊泉、陸居仁、陳仁壽等。實際上，至元二十七年的參與者，確切可知的，只有曾遇、沈欽、劉泳。〔註183〕

張炎等人九月北上，冬季到大都，次年寒食前後完成寫經工作。寫經人

〔註178〕生平見虞集《故翰林學士咨善大夫知制誥同修國史臨川先生吳公行狀》，《道園類稿》卷四十四。王頲點校《虞集全集》第858～867頁。

〔註179〕王樹林《程鉅夫江南求賢與元初南北文風融合》，《金元詩文與文獻研究》，中華書局，2008年，第13～33頁。

〔註180〕《元史》卷十六，第338頁。

〔註181〕楊海明《張炎詞研究》，齊魯書社，1989年，第33～37頁。

〔註182〕吳澄《送左縣尹序》，《吳文正集》卷三十一。

〔註183〕陳爰《忽必烈時期南方士大夫政治地位的浮沉：元代「南人」地位的局部考察》一文中曾指出，元代書金字藏經活動舉行多次，楊海明將先後寫經人員混爲一談。除了至元二十七年外，據《元史》卷二十六，仁宗延祐五年（1318）三月，給金九百兩、銀百五十兩，書金字藏經。據《元史》卷三十五，至順二年（1331）五月，詔以泥金書佛經一藏。據《元史》卷四十，至正元年（1341）正月，詔永明寺寫金字經一藏。據《元史》卷四十一，至正三年（1343）十二月，詔寫金字藏經。據楊載《大元故翰林學士承旨榮祿大夫知制誥兼修國史趙公行狀》，大德元年（1297），授趙孟頫太原路汾州知州，未上，召金書藏經，許舉能書者自隨。書畢，所舉廿餘人，皆受賜得官。

員在大都的食宿由政府提供，每人每日支中統鈔一兩五錢。寫經結束後，寫經人員若在職爲官者，可升職一資；無官者可授予官職。〔註184〕有研究者指出，「忽必烈有意通過此次寫經活動繼續訪用賢才」，被徵召的南士則「希望通過這一次機會北遊求官」。〔註185〕

3、北上游謁

南北統一後，除了被徵召的南人外，還有主動投謁者，其中以陳孚爲代表。

陳孚（1259～1309）字剛中，號勿齋，台州臨海人。至元二十二年上《大一統賦》，得署上蔡書院山長，考滿，謁選京師。〔註186〕

這一批南人都是南宋政權下的江南士人，他們有著較高的文化素質和社會聲望，北上大都後，給大都文壇帶來了新的因素。

（二）太子真金及其周圍儒士

忽必烈的兒子眞金（1243～1285），少從姚樞、竇默學習《孝經》，於中統三年（1262），被封燕王，任中書令。他由贊善王恂等儒臣輔佐，深受儒家文化的熏染。至元四年（1267），兼判樞密院事。至元七年秋，受詔巡撫青海，至冬還燕京。至元十年二月，立爲皇太子。〔註187〕

眞金的儒治傾向，主要表現爲以下幾點：

一是優待儒士，爲己所用。先後有王恂、楊恭懿、王慶端、董士亨、白棟、李謙、宋衟、郭祐、何瑋、徐琰、馬紹、楊居寬、何榮祖、楊仁風、劉因、夾谷之奇等人，都曾聚集在眞金左右，出入東宮，出謀獻策。其中王惲進《承華事略》，李謙敬陳十事，都是儒家的治國主張。

除了北方儒士，眞金對南方士人亦較重視。他曾遣使召宋工部侍郎倪堅於開元，訪以古今成敗得失。又因孔洙自江南入覲，而責備張九思學聖人之道不知有聖人之後。

二是壓制權臣。阿合馬爲元初丞相，以斂財聞名，受到忽必烈的信任，大權在握。而眞金卻很討厭他。至元十九年，高和尚等人打著太子眞金的旗

〔註184〕《元史‧世祖本紀十三》、《秘書監志》卷四、鄭介夫《治道》，詳見楊海明《張炎詞研究》，齊魯書社，1989，第33～40頁。郭鋒《從張炎北遊論其遺民心態》，《南京師範大學學報（社會科學版）》，2006年第三期，第132～133頁。

〔註185〕陳爽《忽必烈時期南方士大夫政治地位的浮沉：元代「南人」地位的局部考察》

〔註186〕生平見《元史》卷一百九十《陳孚傳》，第4338～4339頁。

〔註187〕眞金生平詳見《元史》卷一一五，第2888～2893頁。

號盜殺阿合馬。可見阿合馬與眞金的矛盾人所共知。後盧世榮繼任阿合馬斂財，同樣遭到了眞金的反感。然而眞金與權臣的鬥爭，始終處於下風，主要在於權臣是受到忽必烈的支持斂財，「表明了他與其父在治國政策上存在著深刻的分歧」。〔註 188〕

三是重視國子學。眞金手下幕僚如李棟、宋衜、李謙、劉因、耶律有尚都曾在國子學任職，眞金還讓宗親子弟學習漢人文字。

四是重民生。太子生活尚簡，拒絕華服美室；對分地江西龍興路的管理，也要求做到安治百姓，杜絕高額賦稅；在中書省，罷除地方科徵、挽漕、造作、和市等滋擾百姓之事。

一時間，眞金在朝野上下積聚了很高的人氣。至元二十二年，江南行臺監察御史言事者請忽必烈禪位太子，而阿合馬餘黨答即古阿散趁機打擊眞金，眞金因此憂懼不已，是年十二月病亡。〔註 189〕其儒治未能執行下去。

（三）南北貫通

蒙古滅南宋之後統一全國，大都成爲中國歷史上前所未有的統一多民族國家的政治中心，人口急劇增加，糧食供應成爲一個重大問題。由於長期戰爭的破壞，當時北方農村凋敝，農業生產衰落，難以滿足大都市的需要。元朝政府便從江南調撥糧食。〔註 190〕元朝的漕運和海運因此而迅速發展。

元前期，大都所需江南糧食及物資，主要依靠隋煬帝時開鑿的運河，路線大致爲：由杭州至鎮江，過江北上入淮，西逆黃河至中灤（今河南封丘南，黃河北岸），陸運至淇門（今河南淇縣東南，衛河南岸），入御河（今衛河），經直沽（今天津南）轉入白河，達通州（今北京通州），再陸運至大都。〔註 191〕

其後漕運路線多次變更：「至元十九（1282）至廿一年間始自專陸挽淇門，改爲與濟州河及海道，三線並輸。」〔註 192〕「至元二十二年（1285），罷陸挽淇門，而改由濟州河與海道，二線北輸。」〔註 193〕「至元二十四年（1287），

〔註 188〕韓儒林《元朝史》，第 406～409 頁。

〔註 189〕《元史》卷一百七十《尚文傳》，第 3986 頁。

〔註 190〕陳高華《元大都的積水潭（海子）》，《京城什剎海》，中國文史出版社，2001 年，第 17 頁。

〔註 191〕韓儒林《元朝史》，人民出版社，2005 年，第 378 頁。

〔註 192〕袁冀《元初河漕轉運之研究》，《元史研究論集》，臺灣商務印書館發行，1974 年，第 276 頁。

〔註 193〕袁冀《元初河漕轉運之研究》，《元史研究論集》，臺灣商務印書館發行，1974

自濟州河與海道並輸，改爲陸挽臨清與海道兼運。」〔註 194〕「至元二十六年
（1289）會通河成，遂自陸挽臨清，改爲舟輸臨清。」〔註 195〕「至元三十年
（1293）通惠河成，遂自陸挽大都，改爲舟輸入京。」〔註 196〕

　　至元二年，郭守敬任都水少監，主張開金口，引導盧溝水自西山而出，
用以運載西山木石營建大都。〔註 197〕後又「引大都西北之白浮、甕山泉水，
自昌平縣白浮村，西折南轉，過雙塔、榆河、一畝、玉泉諸水，至西水門入
都城，南匯爲積水潭，東南出文明門，東至通州高麗莊入白河，全長一百六
十四里許。至此，南北大運河全線鑿成，我國黃河、淮河、長江、錢塘江四
大流域通過這條運河連接在一起。」〔註 198〕「大運河開通後，『江淮、湖廣、
四川、海外諸蕃土貢、糧運、商旅、懋遷、畢達京師』」，〔註 199〕自然，由京
師南下各處，也暢通便利。而大運河不僅成爲南北經濟往來的主要通道，同
時也是南北人才交流的主要渠道。

二、遊走邊緣：南人在大都的文學活動

（一）雅俗共賞：海子宴集

　　積水潭在元代又稱爲海子，由於這裡與大都城中心閣附近、鐘鼓樓周圍
的商業區相連，同時又是連接通惠河的重要碼頭，因而在積水潭北岸的斜街
及其附近一帶，便出現了許多商鋪貨棧、以及酒樓茶館，也成爲一處熱鬧繁
華的商業區。同時，由於這裡有較廣闊的湖泊，靠近皇城，廣栽荷花，還是
浴象之地，故而成爲京城一處著名的風景名勝、文人聚會場所。〔註 200〕

　　年，第 277 頁。
〔註 194〕袁冀《元初河漕轉運之研究》，《元史研究論集》，臺灣商務印書館發行，1974
　　年，第 279 頁。
〔註 195〕袁冀《元初河漕轉運之研究》，《元史研究論集》，臺灣商務印書館發行，1974
　　年，第 283 頁。
〔註 196〕袁冀《元初河漕轉運之研究》，《元史研究論集》，臺灣商務印書館發行，1974
　　年，第 284 頁。
〔註 197〕蘇天爵輯、姚景安點校《元朝名臣事略》卷九《太史郭公》，中華書局，1996
　　年，第 185～196 頁。《元史》卷一百六十四《郭守敬傳》，第 3846～3847 頁。
〔註 198〕韓儒林《元朝史》，人民出版社，2005 年，第 379 頁。
〔註 199〕陳高華、史衛民《中國風俗通史元代卷》，上海文藝出版社，2001 年，第 174
　　頁。
〔註 200〕關於海子與元代文人的關係，目前的研究論文有李軍《通惠河‧海子風光‧
　　文人詩詠》，《中國典籍與文化》，1996 年第二期，第 97～100 頁。陳高華《元

1、歌女張怡雲與其周圍文士

早在至元三十年（1293）通惠河被開鑿之前，海子就已經是文人雅客聚集的場所。

> 《青樓集》條載：「（張怡雲）能詩詞，善談笑，藝絕流輩，名重京師。趙松雪、商正叔、高房山皆爲寫《怡雲圖》以贈，諸名公題詩殆遍。姚牧菴、閻靜軒每於其家小酌。一日，過鐘樓街，遇史中丞，中丞下道笑而問曰：『二先生所往，可容侍行否。』姚云：『中丞上馬。』史於是屛騶從，速其歸攜酒饌，因與造海子上之居。姚與閻呼曰：『怡雲今日有佳客，此乃中丞史公子也。我輩當爲爾作主人。』張便取酒，先壽史，且歌：『雲間貴公子，玉骨秀橫秋』，《水調歌》一闋。史甚喜。有頃，酒饌至，史取銀二定酬歌，席終，左右欲〔徹〕（撤），酒器皆金玉者。史云：『休將去，留待二先生來此受用。』其賞音有如此者。又嘗佐貴人樽俎，姚、閻二公在焉。姚偶言『暮秋時』三字，閻曰：『怡雲續而歌之。』張應聲作《小婦孩兒》，且歌且續曰：『暮秋時，菊殘猶有傲霜枝。西風了卻黃花事。』貴人曰：『且止。』遂不成章。張之才亦敏矣。」

> 「姚又有《寄征衣》詞云：『欲寄君衣君不還，不寄君衣君又寒。寄與不寄間，妾身千萬難。』人多傳之。」〔註201〕

鐘樓街應該是因鐘樓而得名，《析津志》載：「鐘樓，京師北省東，鼓樓北，至元中建，閣四，阿簷三重，懸鐘於上，聲遠愈聞之。」「鐘樓之制，雄敞高明，與鼓樓相望，本朝富庶殷實，莫盛於此樓，有八隅四井之號，蓋東西南北街道最爲寬廣。」〔註202〕可見鐘樓本身就是大都城的標誌性建築。

鐘樓建於至元九年（1272），張怡雲的活躍期應該是在此之後。其所在爲大都最繁華地段，足見其聲勢。

張怡雲爲大都名妓，與姚燧、閻復、史彬、趙孟頫、商衜、高克恭等名士均有交往。

姚燧（1238～1313）字端甫，號牧菴，姚樞侄。憲宗五年（1255），姚燧

大都的積水潭（海子）》，《京城什刹海》，中國文史出版社，2001 年，第 19～20 頁。

〔註201〕姚燧《寄征衣》據《堯山堂外紀》卷六十九補。夏庭芝撰、孫崇濤、徐宏圖箋注《青樓集箋注》，中國戲劇出版社，1990 年，第 64～73 頁。

〔註202〕《日下舊聞考》卷四十五引《析津志》。

年十八，從許衡學。至元八年（1271），年三十三，許衡任國學祭酒，招舊日弟子至大都從學，王梓、韓思永、蘇鬱、耶律有尙、高凝、孫安、姚燧、姚燉、劉季偉、呂端善、劉安中、白棟十二人齊聚國子學。〔註203〕至元十二年，姚燧三十八歲，授秦王府文學。不久，授奉議大夫、兼提舉陝西、四川、中興等路學校。至元十六年，四十二歲，娶楊奐二女兒。至元十七年，除陝西提刑副使。至元二十年，四十六歲，任山南湖北道提刑按察司副使。至元二十四年，五十歲，入爲翰林直學士。至元二十五年，還居鄧州。至元二十七年，五十三歲，授大司農丞、翰林學士。至元二十九年，契家寓武昌。至元三十一年，朝廷以朝請大夫、翰林學士召，與高道凝同赴。元貞元年（1295），同修《世祖實錄》。大德元年（1297），歸鄧城。大德五年，授中憲大夫、江東憲使。大德八年，拜中奉大夫、江西行省參知政事。至大二年（1309），拜榮祿大夫、集賢大學士、翰林學士承旨，知制誥同修國史。皇慶二年（1313），復以翰林承旨召，姚燧臥病鄧城，九月十四日去世，年七十六。〔註204〕

　　閻復（1236～1312）字子靜，號靜軒，又號靜齋、靜山，高唐人。早以文學名，師事康曄。憲宗九年（1259），始仕，任東平行臺書記、御史臺掾。至元八年（1271），因王磐舉薦，入翰林爲應奉文字，以才選充會同館副使，兼接伴使。十二年，升修撰。十四年，出僉河北河南道提刑按察司事，階奉訓大夫。十六年，升翰林直學士。十九年，升侍講學士。二十年，兼集賢侍講學士。翰林、集賢兩院皆領會同館，因此閻復自應奉至侍講，皆兼會同。二十三年（1286），升翰林學士，改集賢學士。二十八年（1291），出爲浙西廉訪使。八月，桑哥敗，閻復因撰《桑哥輔政碑》免官。至元三十一年，成宗即位，以舊臣召入朝，授集賢學士、階正議大夫。元貞元年，倡言建宣聖廟學。大德元年（1297），任翰林學士。四年，任翰林學士承旨，階正奉大夫。十一年，進階榮祿大夫，遙授平章政事。乞致仕，仁宗時爲太子，特遣使賜幣，命公卿在都門外設宴爲閻復餞行。皇慶元年三月，閻復去世，年七十七，諡號文康。〔註205〕

〔註203〕姚燧《河南道勸農副使白公墓碣》，《牧庵集》卷二十六，《叢書集成》本據聚珍版叢書本排印，中華書局，1985年。

〔註204〕生平見劉致《年譜》，《牧庵集》附錄。

〔註205〕生平見袁桷《翰林學士承旨榮祿大夫遙授平章政事贈光祿大夫大司徒上柱國永國公諡文康閻公神道碑銘》，《清容居士集》卷二十七。《元史》卷一百六十《閻復傳》，第3772～3774頁。

史中丞，當為史彬。〔註206〕史天澤第八子，〔註207〕董文忠女婿，〔註208〕歷官御史中丞、中書左丞。只有他才能稱得上是「貴公子」，且又任「中丞」一職。

商衟（1193～）字正叔，曹州濟陰人，商挺之叔。滑稽豪俠，有古人風。〔註209〕擅長作畫，有《隴山行役圖》，元好問曾為題詩。商衟還曾為張怡雲作小像。〔註210〕擅長作曲，與歌姬交往密切，曾作《雙漸小卿》，即改編南宋初年藝人張五牛所作的《雙漸小卿諸宮調》，而楊立齋又作《鷓鴣天》《哨遍》《耍孩兒煞》套曲歌詠此事。〔註211〕其曲中稱「誰知皓首纖腰會」，則此時商衟已經年紀較大了。

明朱權《太和正音譜》「古今群英樂府格勢」，將商衟列入「元一百八十七人」之中，評其詞「如朝霞散彩」。〔註212〕元好問與商衟為通家之好，且癸卯年（1253）作《曹南商氏千秋錄》一文時，商衟年已六十，其時商挺為嚴實幕府十餘年。〔註213〕若其與大都張怡雲有交往，似乎張怡雲的年紀不會太小，商衟也活得較久。

高克恭（1248～1310）字彥敬，西域人，寓涿州房山。至元十二年（1275），由京師貢補工部令史。至元十三年（1276），宋亡，選充行臺掾，復遷內臺掾。至元十四年（1277），復攉山東西道按察司經歷。至元十五年（1278），入掾中書。不久，任戶部主事。至元二十二年（1285），任河南道提刑按察司判官。二十三年，改山東西道。二十五年（1288），任監察御史，歷中書都事、兵部

〔註206〕據夏庭芝撰、孫崇濤、徐宏圖箋注《青樓集箋注》，明人無名氏輯《說集》本及清趙晉齋手校並題記本「史中丞」作「中丞八公子」，則此當為為史天澤第八子。中國戲劇出版社，1990年，第70～71頁。

〔註207〕王磐《中書右丞相史公神道碑》：「子男八人，……，曰彬，資德大夫、中書左丞。」《元文類》卷五十八，商務印書館，1936年，第843頁。

〔註208〕姚燧《僉樞密院事董公神道碑》：「女三人長適中書左丞史彬」，《元文類》卷六十一。

〔註209〕生平見元好問《曹南商氏千秋錄》《遺山集》卷三十九。

〔註210〕《商正叔隴山行役圖二首》元好問撰、施國祁箋《元遺山詩集箋注》卷十三，人民文學出版社，1958年。

〔註211〕楊朝英《朝野新聲太平樂府》卷九「楊立齋」條，上海商務印書館縮印烏程蔣氏密韻樓藏元刊本。夏庭芝《青樓集》「趙貞卿、楊玉娥善唱諸宮調，楊立齋聞其謳張五牛、商政叔所編《雙漸水曲》，因作《鷓鴣天》及《哨遍》《耍孩兒》《煞》以詠之。」孫崇濤、徐宏圖箋注，中國戲劇出版社，1990年。

〔註212〕生平見《全元散曲》商衟小傳。

〔註213〕元好問《遺山先生文集》卷三十九。

郎中。二十六年（1289），出爲江淮行省郎中。〔註214〕

由上述幾個人在大都的仕宦經歷來看，姚、閻、史、張四人的唱和活動，應該是在至元二十四年（1287）到至元二十八年（1291）左右，這時，趙孟頫也正好來京，而商衙、高克恭二人與之交往，或許更早。

張怡雲所歌，爲蔡松年《水調歌頭》歌詠曹浩然之詞。其序云：「曹侯浩然，人品高秀，玉立而冠，其問學文章，落盡貴驕之氣，藹然在寒士右。惜乎流離頓挫無以見於事業，身閒勝日，獨對名酒，悠然得意，引滿徑醉。醉中出豪爽語，往往冰雪逼人，翰墨淋漓，殆與海嶽並驅爭先。雖其平生風味，可以想見，然流離頓挫之助，乃不爲不多。東坡先生云，士踐憂患，焉知非福，浩然有焉。老子於此，所謂興復不淺者，聞其風而悅之。念方問舍於蕭閒，陰求老伴，若加以數年，得相從乎林影水光之間，信足了此一生，猶恐君之嫌俗客也，作水調歌曲以訪之。」其詞云：「雲間貴公子，玉骨秀橫秋。十年流落冰雪，香靉紫貂裘。燈火春城咫尺，曉夢梅花消息，繭紙寫銀鉤。老矣黃塵眼，如對白蘋洲。世間物，唯有酒，可忘憂。蕭閒一段歸計，佳處著君侯。翠竹江村月上，但要綸巾鶴氅，來往亦風流。醉墨薔薇露，灑遍酒家樓。」〔註215〕

此詞意在稱讚曹浩然出生貴胄，但是仕途頗乖，每日以酒自遣，放曠自達，怡然自樂，興味盎然，表現出一種瀟灑的人生風度，令蔡松年十分傾慕。蔡松年字伯堅，號蕭閒老人，在金仕至右丞相，加儀同三司，封衛國公。其詞作成就很高，引領一時風尚。張怡雲作爲一個酒樓歌女，脫口而出的卻是館閣詞人的作品，且詞中表現出的是超凡脫俗的高志雅趣，以此來向史彬祝酒致意，故而贏得貴人的歡心。又「菊殘猶有傲霜枝」一語出自蘇軾《贈劉景文》，「西風了卻黃花事」語出金詩人張翥名句，足以見張怡雲的文學修養。

在歌館酒肆，文人往往肆意文字，沒有廟堂典雅嚴肅的氛圍，而是輕鬆玩笑與調謔，在這種氛圍下，所作的多是可以配合音樂演奏的詞與曲，且多以歌姬的口吻創作，如姚燧的《寄征衣》一詞。這揭示出了文人風流倜儻、瀟灑不羈的另一面。

在這裡出現了一種角色的置換，身處酒樓的歌女唱的是文人雅正詩詞，

〔註214〕生平見鄧文原《故大中大夫刑部尚書高公行狀》，《巴西集》卷下。陳高華《元代畫家史料彙編》，杭州出版社，2004年，第1～47頁。
〔註215〕唐圭璋《全金元詞》，中華書局，1979年，第7頁。

而文人卻模倣歌女作俚俗歌曲，體現出兩個階層的人物有意地相互靠近。雅文化與俗文化的相互借鑒，促使了文學創作的興盛以及文學樣式的繁榮。楊鐮師指出：「這樣的場所與場合，是元曲寫作與鑒賞的推動力」。〔註216〕

張怡云是名重京師的歌女，她席上座中的文人較多，除了上述著名文學活動涉及的外，目前可知的還有盧摯、張埜。

盧摯（1242～），字處道，一字莘老，號疏齋，涿州人。中統二年（1261），盧摯由諸生充元世祖侍從之臣。至元十二年，燕南河北道提刑按察司。至元十五年，任江東提刑按察副使。至元二十九年，任河南府路總管。成宗即位，元貞二年（1296），吳全節代祀中嶽，向成宗推薦盧摯，盧摯於大德元年（1297）入爲集賢學士。〔註217〕大德三年，盧摯任嶺北湖南道廉訪使。大德八年，還朝爲翰林學士，遷承旨，貳憲燕南河北道。大德十一年，客寓宣城，後去世。〔註218〕

盧摯曾作有《蝶戀花》一詞，前有序：「予將南邁，席間贈合曲張氏夫婦。」大概作於大德三年。其詞云：「前度歸田崧下住。野店荒村，撫掌琵琶女。忽聽梨園新樂府，離鸞別鶴清如許。歌管聲殘弦解語。玉筍春泉，心手相忘慶。明日扁舟人欲去，曉風吹作瀟湘雨。〔註219〕

程文海有和詞《蝶戀花‧戲題疏齋怡雲詞後》：「長憶山中云共住。出處無心，只恨雲無語。今日能歌還解舞，不堪持寄山中侶。誰道解愁愁更聚，自有卿卿，慣畫雙眉嫵。問取慳風並澀雨，相逢認得怡雲否。」〔註220〕

盧摯的贈詞主要表達對張怡雲的知音之感以及即將南下的離愁別緒。而程文海的戲題，以張怡雲的口吻對答，「相逢認得怡雲否」，實際是要詩人勿相忘。

張怡雲所代表的歌舞酒樂，無疑是大都這個城市最具代表性的一種生活方式。離別之際，詩人對這種生活的留戀之情，其實是對大都這個政治文化中心的一種不捨。其詞用琵琶女的典故，正是道出了盧摯這個北方人「南邁」

〔註216〕楊鐮師《元代文學編年史》，山西教育出版社，2005年，第197頁。

〔註217〕虞集《河圖仙壇之碑》，《道園學古錄》卷二十五。

〔註218〕生平詳見李修生先生《盧疏齋集輯存》，「前言」、「盧摯年譜」，北京師範大學出版社，1984年，第2～11頁。

〔註219〕《永樂大典》卷二〇三五三，李修生先生《盧疏齋輯存》，北京師範大學出版社，1984年，第79頁。

〔註220〕《程雪樓文集》卷三十，《元代珍本文集叢刊》。

實為「去國離鄉」，且有貶謫意。

又張埜有《南鄉子‧贈歌者怡雲和盧處道韻》：「靄靄度南空，花影長如月影中。曾為清歌還少駐，匆匆。變作尊前喜氣濃。　　一笑為誰容，只許幽人出處同。卻恐等閒為雨後，東風。吹過巫山第幾峰」。〔註221〕

盧摯原詞未見。張埜，字埜夫，號古山，邯鄲人。歷官翰林修撰。在大都時，跟隨南人吳此民學習，二人日夕唱和，交情深厚。吳澄《題西齋倡和後》：「宗弟此民教授待選留京師，張野夫修撰賓而師之。野夫家世文儒，詩詞清麗，固風塵表物，暇日主賓吟詠，多至累百，蓋其意氣相似，才力相當，雲翮川鱗，不足以喻甚適，是以無倡而不和也。余在京師時，察其交道，與苟合強同者遼絕，賓之忠直，主之愛敬，始終如一而不渝。此民得官南還，依依而不忍別，追錄主賓倡和之什，猶存五十餘篇，野夫為之引。」〔註222〕

按吳此民，江西人，吳澄稱為“宗弟”，當是同宗。與王義山有交往。〔註223〕曾任景星書院、白鹿書院山長，大概因謁選而北上大都，〔註224〕在大都期間，吳此民結識張埜，並在其家擔任教師，有三年之久，後任江州教本官。

張埜有《滿江紅‧和吳此民送春韻》：「九十韶光，驚又見、刺桐花落。春去也、愁人情緒，不禁離索。桃鄔霏霏紅雨暗，柳堤漠漠香綿薄。恨東風、一夜太無情，都吹卻。功名念，平生錯。塵土夢，今朝覺。有一尊分甚，聖清賢濁。聽我高歌如不飲，何人綠鬢長如昨。況東君、動是再相逢，輕年約。」〔註225〕

又有《沁園春‧送吳此民江州教本任瓜洲官前長景星白鹿書院》記述二人交往：「前日廬山，今日廬山，豈偶然哉。喜青衫舊夢，輕車熟路，白雲清興，翠壁丹崖。石鏡光寒，香爐煙曖，晴雪飛空玉峽開。天公意，欲先生健

〔註221〕張埜《古山樂府》，《續修四庫全書》，上海古籍出版社，2000年。

〔註222〕吳澄《題西齋倡和後》，《吳文正集》卷五十四。

〔註223〕王義山《稼村類稿》卷三有《題吳此民〈遠遊集〉》：「偃仄懷居非丈夫，吾今語子好遊乎。沅湘到處有司馬，嵩華至今談小蘇。事會無窮閱宇宙，山川有盡眇江湖。奇聞壯觀多收拾，刮目他時看阿吳。」按王義山曾官提舉江西學事，至元十八年退老東湖，至元二十四去世，此詩當作於此前。

〔註224〕程文海《雪樓集》卷二十六有《送景星山長吳此民謁選》：「古今通顯途，十五庚契致。嗟餘就衰懦，羨子方猛銳。手提青冥靶，欲挹黃河水。明時急需材，諸老盧席俟。」

〔註225〕張埜《古山樂府》，《續修四庫全書》，上海古籍出版社，2000年。

筆，洗盡塵埃。三年握手金臺。任意氣、相期隘九垓。恨征帆縹緲，秋風南浦，書燈冷落，夜雨西齋。蓮社香中，琵琶亭上，我念京塵無好懷。君須記，怕雁回時節，早寄詩來。」〔註226〕

除了吳此民，張埜還與臨川李長翁有交往。李長翁《古山樂府序》：「往年僕遊京師，古山張公一見，招置館下，燈窗雪案，披誦公所著樂章，湛然如秋空之不雲，燁然如春華之照谷，淒然如猿啼玉澗，昂然如鶴唳清霄，然如庖丁鼓刀，翩然如公孫舞劍，千變萬態，意高語妙，眞可與蘇辛二公齊驅並駕。然其根抵實得於西岩先生之嫡傳。」〔註227〕

李長翁，曾任袁州路儒學正，爲吳澄學生。〔註228〕而序中提及的「西岩先生」，則爲張之翰（1243～1296），字周卿，號西岩，邯鄲人。中統初，任洺磁知事。至元十三年，選置眞定路總管府知事，歷行臺監察御史、按臨福建行省，以疾謝事，僑居高郵，扁所居曰「歸舟齋」，蓄書教授。臺省交薦，起爲戶部郎中，累推翰林侍講學士，自請外補，除松江府知府，兼勸農事。南宋歸附後，江南荒租額以十萬計，民甚苦之。因赴省力陳其弊，悉除之。元貞二年，以疾卒於官，年五十四。〔註229〕張之翰亦爲重要詞人，序中稱「嫡傳」，則張埜爲張之翰之子。

王逢又有《趙待制木石爲張怡雲題》一詩：「湖舫雪飛鷗，湖堂山倒流。雷風收夜雨，木石寫高秋。對酒忘新樂，披圖念昔遊。王孫久長邁，芳草思油油。」〔註230〕

詩中「趙待制」即爲趙雍，字仲穆，湖州人，趙孟頫次子。以父蔭入仕，官至集賢待制、同知湖州路總管府事。趙雍的生年大致在至元二十七年（1290）前後，卒年大致在至正二十（1360）至二十四年（1364）之間。〔註231〕王逢則爲元末人。

趙雍爲張怡雲作《木石圖》，王逢看見畫後追憶當年的情形，故稱「披圖念昔遊」。末句「王孫久長邁」，大概就是指趙孟頫北上的經歷。然而此張怡雲不知是否爲海子張怡雲，若同爲一人，則她不僅與趙孟頫有交往，還與趙雍有交

〔註226〕張埜《古山樂府》，《續修四庫全書》，上海古籍出版社，2000 年。
〔註227〕張埜《古山樂府》，《續修四庫全書》，上海古籍出版社，2000 年。
〔註228〕吳澄《李學正小草序》，《吳文正集》卷十八。
〔註229〕生平見《正德松江府志》、《元詩選・癸集》小傳。
〔註230〕王逢《趙待制木石爲張怡雲題》，《梧溪集》卷三，知不足齋叢書本。
〔註231〕生平見陳高華《元代畫家史料彙編》，杭州出版社，2004 年，第 274～302 頁。

往，也就是說，在至大年間（1308，此時趙雍成人）仍然活躍文人圈中。

海子毗鄰皇城，是當時的文化娛樂中心，這裡文人薈萃，充滿了生活的輕鬆愜意，也成為文人最美好的一段記憶。

2、趙孟頫海子活動

趙孟頫初到大都，就對海子印象深刻。其《初至都下即事》：「海上春深柳色濃，蓬萊宮闕五雲中。半生落魄江湖上，今日鈞天一夢同。」其詩題自注「北方謂水泊為海子。」又「盡日車塵馬足間，偶來臨水照愁顏。故鄉兄弟應相憶，同看溪南柳外山。」〔註232〕

暮春時節，海子周邊垂柳依依，皇城近在咫尺，更讓人真切感受到天子腳下、政治中心的獨特與優越。趙孟頫作為一個南人被徵召北上，初入大都，風塵僕僕之際，既有興奮期待之情，又充滿了窮愁之感。或許在他內心深處，儘管亡國之痛已隨著時間似乎慢慢開始淡忘，他宋王室後裔的身份卻又時時刻刻提醒著自己的與眾不同，站在征服者建立的都城之中，猜測、猶疑、尷尬、忐忑、憂慮相混雜。此時的趙孟頫三十三歲，正當而立之年。然而回想前半生，自己並未能享受家族榮耀反而分擔了更多的屈辱與不平，在戰亂中籍籍無名。終於有一個可以出人頭地、建功立業的機會，得以來到都城，看見周圍繁華景色，彷彿做夢一般。都城的春色，令他想起故鄉江南；或者說，京城這個特殊的稱呼，令他想起了故都，觸動了內心深處的隱隱不安。他也不知道自己這番舉動究竟是對還是錯，一剎那間，彷彿覺得還是隱居家中似乎更自由自在。

海子獨特的地理位置和風景，讓趙孟頫這個特殊的人感慨良多。尤其海子遍植荷花，到了夏季，更容易令人想起江南之景，引起思鄉之情。其《海子即事》：「白水青林引興多，紅裙翠黛奈愁何。底從暮醉兼朝醉，聊復長歌更短歌。輕燕受風迎落絮，老魚吹浪動新荷。餘不溪上扁舟好，何日歸休理釣簑。」〔註233〕餘不溪在浙江吳興縣治北，自杭縣流經德清縣城中，又北入縣，與苕水合，即東苕溪之下流也。顯然趙孟頫並未完全融入到京城生活之中，而是常常有回鄉歸隱的念頭。

他在《海子上即事與李子構同賦》中表達了同樣的心情：「小姬勸客倒金壺，家近荷花似鏡湖。遊騎等閒來洗馬，舞靴輕妙迅飛鳧。油雲判汙纏頭錦，

〔註232〕趙孟頫《松雪齋文集》卷五，《四部叢刊》影元本。
〔註233〕趙孟頫《松雪齋文集》卷四，《四部叢刊》影元本。

粉汗生憐絡臂珠。只有道人塵境靜，一襟涼思詠風雩。」鏡湖即江南勝景，眼前美姬美景的豔麗、裘馬揚揚的富足、歌舞升平的熱鬧，卻不爲心動。「只有道人塵境靜，一襟涼思詠風雩」，趙孟頫自號水晶宮道人，用「詠風雩」表明曾點之志、不願仕宦之心。

趙孟頫詩後有注：「李詩云：『馳道塵香逐玉珂，彤樓花暗鼓雲和。光風漸綠瀛洲草，細雨微生太液波。月榭管弦鳴曙早，水亭簾幕受寒多。少年易動傷心感，喚取蛾眉對酒歌。』子構名才，京兆人，年十七賦此詩。不幸早亡，雜於唐人詩中未易辨也。」〔註234〕

按李才，又作「李材」，字子構，京兆人，詩才敏妙。〔註235〕《元文類》中收詩十一首，〔註236〕其中《都門春日》即與趙孟頫同賦之詩。〔註237〕

李才少年心性，還是忍不住「馳道塵香逐玉珂」，追求高官顯宦的功名事業，然而他漸漸感受到的卻是時光易逝、青春難久，爲春光的離去而傷感，其實也爲自己功名未立而悲歎。趙孟頫稱讚此詩「雜於唐人詩中未易辨也」，可見唐詩在他而言成爲一種審美的標準。而這兩首詩對讀，就可以發現，年紀不同、經歷不同的兩代人的心態差異。

趙孟頫在歌詠海子時頻頻興起的歸意，與他在京城的爲官、生活經歷有很大關係。趙孟頫飽受時人非議猜忌，「主要擔任的都是一些閒散的職務，即所謂『文學侍從之臣』。經常從事的不過是寫文章、寫字之類的工作而已，在政治上實際並不起多大作用。」〔註238〕

楊載《墓碑》載，桑哥當政時，主尙書省，規定六曹官晚到將受笞刑。趙孟頫曾因遲到而受笞，他跑到都堂申訴，葉李指責桑哥說：「古者刑不上大夫，所以養之以廉恥，教之以節義，且辱士大夫是辱朝廷也。」可見，在元

〔註234〕趙孟頫《松雪齋文集》卷五，《四部叢刊》影元本。
〔註235〕顧嗣立《元詩選・二集》有《李材傳》，中華書局1987年版，2002年印，第347頁。
〔註236〕分別爲蘇天爵編《元文類》卷四《懸瓠城歌》，卷五《過黃陵廟》，卷六《泊舟湘岸》、《遊山寺》、《都門春日》、《禁城秋夕》、《元日賀裝都事朝回》、《壽杜侍御》、《和王御史春詩韻》、《送省郎楊耀卿使雲南》、《席上賦老松怪柏圖》，《國學基本叢書》本，商務印書館，1936年出版，1958年重印，第44～45、55、66、74～75頁。杜侍御，疑爲杜思敬（1235～1320），任治書侍御史；裝都事，疑爲裝居安，曾任南臺都事，爲雲南行省參政裝居敬之弟。楊耀卿，曾因治理黃河水患、修築金堤有功而任陝西行省員外郎。
〔註237〕《元文類》卷六。
〔註238〕陳高華先生《元代畫家史料彙編》，杭州出版社，2004年，第49頁。

代，士人並不受尊重，尤其是色目人當權，更是不懂得儒家的禮義廉恥之道。在這種環境下做官的士人，毫無尊嚴可言。

（二）《溫日觀葡萄》題跋

1、《溫日觀葡萄》由來

至元二十七年（1297），曾遇應元廷徵召，北上大都參與寫金字藏經。他在入京途中，路至靈隱寺，偶遇釋子溫。釋子溫得知曾遇將北上寫經，當即揮毫潑墨，畫了兩幅墨葡萄，一幅寄贈當時在京爲官的趙孟頫，一幅則贈予曾遇。曾遇曾自序題詩記敘這段經歷：

> 至元庚寅，以寫經之役，自杭起驛入京，濱行之際，先一日過靈隱，別虎巖長老，出至廊廡，一老僧素昧平生，聞余華亭鄉音，迎揖而笑，握手歸房，叱其使，令於方丈索酒篆款洽，執縑素者，填咽於其門，皆拒而不納。問之，甫知其爲溫日觀也。以遇將有行役，引墨作葡萄二紙，一寄子昂學士，一以相贈，且以茶茗相期，此意厚甚。別後，留燕書經訖事，將得官，而轟薦福之雷，此紙偶留集賢、翰林諸老處，多蒙著語，大爲歸裝之光。今遂裒集成軸。南還未及數載，不獨溫去，卷中名勝，半歸鬼伯之阡，撫卷成歎，繫之以詩。

其詩：

> 「我初不識溫玉山，偶然邂逅湖山閒。戲寫葡萄贈行色，呼酒酌別期茶還。人言此僧性絕物，法書名畫求不得。一時青眼信有緣，鄉物鄉人當寶惜。淋漓醉墨蛟螭蟠，磊落圓珠星斗寒。疏略之中自精絕，工與造化爭毫端。殷勤攜上金臺去，袖惹天香雜煙霧。價輕不敢博涼州，但費玉堂題品句。萬里歸來家四壁，沙鷗笑人空役役。惟餘翰墨爛生光，十年俯仰成塵迹。」後落款「曾遇自敘大德改元書於學古家塾」。〔註239〕

這首詩追憶了大都寫經之行。曾遇在大都歷時數月，寫經之役告罄，本應授予官職卻突生變故，所謂「轟薦福之雷」。而溫日觀所畫葡萄偶然經由了集賢、翰林兩院官員傳閱，並經多人題跋，異常珍貴。這次《溫日觀葡萄》題跋活

〔註239〕 曾遇《溫日觀葡萄並序》，顧嗣立、席世臣編《元詩選·癸集》，吳申揚點校，中華書局，2001年，第77頁。吳升輯《大觀錄》卷十五「南宋名賢諸畫卷」，民國九年武進李氏聖譯廔本。按兩版本文字有異，所引文以《大觀錄》爲準。

動，爲當時文壇盛事，即便是十年過去之後，仍令曾遇追想不已。

曾遇，字心傳，華亭人。宋丞相魯國公公亮之裔，博學敏文辭，尤邃七書，工筆札，與王昭大、詹潤、徐順孫同遊齊譽，時呼「雲間四俊」。元初，中省元。至元二十七年被選入京，書泥金字藏經，訖事南還，所居曰學古家塾。後以薦授湖州路安吉縣丞致仕。〔註240〕

溫日觀，即釋子溫，字仲言，號日觀，又號知非子，華亭人。性高潔，善草書，喜畫葡萄，元初寓居杭州西湖瑪瑙寺。〔註241〕

釋子溫的與眾不同，就在於他是性情中人，「人言此僧性絕物，法書名畫求不得。一時青眼信有緣，鄉物鄉人當寶惜」，眾多人求畫不得，曾遇不過素昧平生，卻因爲是同鄉，就欣然贈畫，並且委託他轉贈趙孟頫，這種率眞任性，頗具風度，是以引人讚歎。

關於釋子溫還曾流傳著一則軼事，鄭元祐《遂昌山人雜錄》：宋僧溫日觀「酷嗜酒，楊總統以名酒啗之，終不一濡唇，見輒忿詈曰：『掘墳賊！掘墳賊！』惟鮮于伯機父愛之，溫時至其家，袖瓜啗其大龜，抱軒前支離叟，或歌或笑。每索湯浴，鮮于公必躬爲進澡豆。其法中所謂散聖者，其人也。支離叟，即伯機家所種松也。」〔註242〕

而釋子溫所畫葡萄，更是獨具特色，「淋漓醉墨蛟螭蟠，磊落圓珠星斗寒。疏略之中自精絕，工與造化爭毫端」，他是潑墨而作，看似粗率，實則工細，筆意豪放之中，又不失精絕。

此次大都之行，對曾遇而言，亦是終身難忘的經歷。「殷勤攜上金臺去，袖惹天香雜煙霧。價輕不敢博涼州，但費玉堂題品句」，此處「博涼州」乃用典。

孟他爲扶風人，靈帝時，中常侍張讓專權。孟他仕途不順，於是以家財賄賂張讓的管家奴僕，以至於家業破敗。眾奴僕得到孟他的恩惠，問孟他有什麼願望，孟他說，希望能夠受到諸位奴僕的拜禮。一日，眾賓客求見張讓，車馬塡門，孟他最後到，眾奴僕迎車而拜，讓孟他獨自進門。眾賓客以爲張讓與孟他交情深厚，爭相賄賂，孟他將這些禮物轉贈張讓，張讓大喜。孟他

〔註240〕生平見顧嗣立、席世臣編、吳申揚點校《元詩選・癸集》「曾縣丞遇」，中華書局，2001年，第77頁。

〔註241〕陶宗儀《書史會要》卷七。

〔註242〕鄭元祐《遂昌山人雜錄》，《叢書集成初編》（據讀畫齋叢書排印），中華書局，1985年，第5頁。

又以葡萄酒一斛贈張讓，隨即任涼州刺史。〔註243〕而涼州自古就是盛產葡萄酒的地方，王翰《涼州詞》有「葡萄美酒夜光杯」之句。

釋子溫所畫的一幅葡萄，雖然不能夠如孟他的一斛葡萄酒一般博得涼州刺史的高位，但經由翰林、集賢兩院文士品題，亦屬難得。此行北上，並未能夠獲得一官半職，歸鄉後依然家徒四壁，但這一卷葡萄畫並諸多題跋，還是為曾遇留下了一筆寶貴的記憶。

趙孟頫收到釋子溫的葡萄後，亦曾為此畫題跋：「日觀老師作墨蒲萄，初若不經意而枝葉肯綮，細玩之，纖悉皆具，殆非學所能至。俗人懇懇求之，斬不與一筆；遇佳士雖不求，輒索紙筆揮灑無吝色，豈可謂道人胸中無涇渭耶。吾與師僅一再面。去多曾君自吳來燕，辱以一紙見寄，相望數千里，不遐遺乃爾。輾轉把玩，因想勝風，欲相從西湖山水間，何可得也？因曾君出示此卷，敬書其後而歸之。辛卯歲二月廿一日，吳興趙孟頫。」〔註244〕此跋作於至元二十八年（辛卯，1291）。

趙孟頫的題跋，亦盛讚釋子溫為人超俗，而其所作葡萄亦非凡品。趙孟頫與釋子溫的交往也不過兩面之緣，但千里迢迢得其所贈葡萄，不覺歎其風度。

2、大都唱和

在大都，同樣作為北上的南方文士張炎，曾經作《甘州》一詞，題詠《溫日觀葡萄》，劉沆、沈欽，二人也以《甘州》為詞牌，步韻相和。

張炎（1248～1320），字叔夏，號玉田，又號樂笑翁，臨安人。延祐七年卒，年七十三。有《山中白雲詞》八卷、《詞源》二卷、《樂府指迷》一卷。〔註245〕

張炎題《甘州》一詞：「想不勞、添竹引龍鬚，斷梗忽傳芳。記珠懸潤碧，飄搖秋影，曾印禪窗。詩外片雲落寞，錯認是花光。無色空塵眼，霧老煙荒。一剪靜中生意，任相看冷淡，真味深長。有清風如許，吹斷萬紅香。且休教夜深人見，怕誤他，看月上銀床。凝眸久，卻愁卷去，難博西涼。」〔註246〕

劉沆，鄜州人，生平暫無考。

〔註243〕《三國志・魏書三・明帝紀》裴注引《三輔決錄》。

〔註244〕吳升輯《大觀錄》卷十五「南宋名賢諸畫」，《續修四庫全書》（據華東師範大學圖書館藏民國九年武進李氏聖譯慶鉛印本影印），上海古籍出版社，第685～687頁。

〔註245〕生平見楊海明《張炎詞研究》，齊魯書社，1989年，第24～42頁。

〔註246〕張炎撰、江昱疏證《山中白雲詞疏證》卷一，《續修四庫全書》，上海古籍出版社，1999年。

　　劉沆和詞:「余客燕山,心傳曾君攜日觀蒲萄見示,輒倚玉田《甘州》韻,形容墨妙之萬一。」詞云:「愛累累、萬顆貫驪珠,特地寫幽芳。想黃昏雲淡,夜深人靜,清影橫窗。冷淡一枝兩葉,筆下老秋光。參透圓明相,日觀開荒。最是柔髭修梗,映風姿霧質,雅趣悠長。更淋漓,草聖披玩墨猶香。好珍重,卷藏歸去,枕屏間,偏稱道人床。江南路,後回重見,同話淒涼。」〔註247〕

　　沈欽,字堯道。

> 沈欽和詞:「心傳索詞屢矣,久以繕金字之冗,未暇填綴。玉田生乃歌白雪之章,汴沈欽就用其韻。」其詞:「有吳生(僧)、醉倒墨池邊,西風暗吹芳。對蒼髯冷掛,龍珠萬顆,清映經窗。卻似僊人黃鶴,笛**裏**換時光。靜處觀生意,竹老梅荒。猶說當年分種,是枯槎遠駕,萬里途長。信留真何許,燁燁楮毫香。□前度離宮別館,正金鋪,深掩綠苔床。都休問,一番展卷,清晝生涼。」

由沈欽序可知,沈欽和曾遇一樣,是受徵召寫經的文士。而三人以詞相和,共同題詠釋子溫葡萄,堪稱文壇佳話。

　　可以說,《溫日觀葡萄》這幅畫是將一群南方士人聯繫在一起的重要媒介。釋子溫與趙孟頫原本並不相熟,與曾遇更是初識,張炎、劉沆、沈欽幾人甚至不認識釋子溫,但彼此卻能通過一幅畫而引爲知己。

　　曾遇、劉沆、沈欽二人詩文散佚不傳,唯有從張炎詞作中,能略知其大都生活。

　　至元二十七年,張炎年近五十,已是知天命的年紀。他給曾遇題畫詞云「凝眸久,卻愁卷去,難博西涼」,顯然曾遇十年之後的「價輕不敢博涼州」一句,便是從此而引發。關於張炎北遊大都的目的,尚有不同的說法。〔註248〕但從這首詞來看,張炎與曾遇一樣,是帶著幾分憧憬北上大都,希望能夠通過參與寫經博得功名。

　　他在《淒涼犯·北遊道中寄懷》一詞中,吟誦出人到老年的頹唐與懶散。「誰念而今老,懶賦長楊,倦懷休說。空憐斷梗夢依依,歲華輕別。待擊歌

〔註247〕吳升輯《大觀錄》卷十五「南宋名賢諸畫」,《續修四庫全書》(據華東師範大學圖書館藏民國九年武進李氏聖譯慶鉛印本影印),上海古籍出版社,第685～687頁。

〔註248〕郭鋒《從張炎北遊論其遺民心態》認爲張炎是被迫北上書金字藏經,其眞實目的是想尋訪失散的妻子。《南京師範大學學報(社會科學版)》,2006年5月第三期,第132～136頁。

壺，怕如意、和冰凍折。且行行，平沙萬里儘是月。」〔註249〕

「擊歌壺」乃用典，語出《世說新語‧豪爽》：「王處仲每酒後輒詠『老驥伏櫪，志在千里。烈士暮年，壯心不已』。以如意打唾壺，壺口盡缺。」本爲老當益壯的自勵之詞，但「怕如意、和冰凍折」的一句轉折，則將那種擔憂、多慮、猶疑的老人心態，展現無遺。「且行行」又是自己對自己的規勸，其中隱含著不確定的希望。這彷徨不定的情緒，恰恰是他北遊複雜心境的寫照：國破家亡之後，自己已不再有年輕時的「壯懷激烈」，但總覺得似乎還有某種可能，因而此次遠行權當一種人生嘗試。

北遊的見聞，也給張炎帶來了許多的驚歎。

他沿途見到許多從不曾見的風景：「山勢北來，甚時曾到，醉魂飛越。酸風自咽」〔註250〕「揚舲萬里，笑當年底事，中分南北。須信平生無夢到，卻向而今遊歷」。〔註251〕作爲一個南宋人，渡過黃河，想到這黃河南北從此同歸一域，卻是在異族異姓的統治之下。

他親歷許多北方特有風物，《三株媚》曾載「海雲寺千葉杏二株，奇麗可觀，江南所無。越一日過傅巖起清晏堂，見古瓶中數枝，云自海雲來，名芙蓉杏，因愛玩不去。巖起索賦此曲。」〔註252〕

他還偶遇故人汪菊坡、沈梅嬌。《國香》一詞：「沈梅嬌，杭妓也，忽於京都見之。把酒相勞苦，猶能歌周清眞《意難忘》、《臺城路》二曲，因囑余記其事。詞成，以羅帕書之。」《臺城路》一詞：「庚寅秋九月之北，遇汪菊坡，一見若驚，相對如夢。回憶舊遊，已十八年矣。因賦此詞。」〔註253〕

然而張炎在大都過得並不如意，客子的鄉愁越發濃烈。他在《聲聲慢‧都下與沈堯道同賦》一詞中歎道：「客裏依然清事」、「片雲歸程，無奈夢與心

〔註249〕張炎撰、江昱疏證《山中白雲詞疏證》卷一，《續修四庫全書》，上海古籍出版社，1999年。郭鋒《從張炎北遊論其遺民心態》認爲「懶賦長楊」體現出對此次北行寫經、出仕新朝的反感，然而並無明確的文獻支撐。從詞所反映的情感，更穩妥的理解是老境頹唐之感。
〔註250〕《淒涼犯》，張炎撰、江昱疏證《山中白雲詞疏證》卷一，《續修四庫全書》，上海古籍出版社，1999年。
〔註251〕《壺中天‧夜渡古黃河與沈堯道曾子敬同賦》，張炎撰、江昱疏證《山中白雲詞疏證》卷一，《續修四庫全書》，上海古籍出版社，1999年。
〔註252〕張炎撰、江昱疏證《山中白雲詞疏證》卷一，《續修四庫全書》，上海古籍出版社，1999年。
〔註253〕張炎撰、江昱疏證《山中白雲詞疏證》卷一，《續修四庫全書》，上海古籍出版社，1999年。

同。空教故林怨鶴，掩閒門、明月山中」。此時張炎對故園魂牽夢縈，歸心已動。在大都過寒食節時，祓禊舊俗，激起他思鄉之感，「旅懷無限，忍不住、低低問春。梨花落盡，一點新愁，曾到西泠。」〔註254〕

很快，張炎與沈欽一同回到南方，而當他們再次共同回憶起這次北遊經歷，卻是無限悵惘。《甘州‧辛卯歲沈堯道同余北歸各處杭越逾歲堯道來問寂寞語笑數日又復別去賦此曲寄趙學舟（別本庚寅作辛卯、堯道作秋江、趙學舟作曾心傳）》：「記玉關、踏雪事清遊，寒氣脆貂裘。傍枯林古道，長河飲馬，此意悠悠。短夢依然江表，老淚灑西州。一字無題處，落葉都愁。載取白雲歸去，問誰留楚佩，弄影中洲。折蘆花贈遠，零落一身秋。向尋常、野橋流水，待招來、不是舊沙鷗。空懷感，有斜陽處，卻怕登樓。」〔註255〕

此詞上闋憶北行，踏雪清遊、枯林古道、長河飲馬」，頗有幾分豪情意氣，然而這一番長遊卻是因國破之故，難免悲憤之情。下闋寫歸隱故園，然而卻悵然若失。「問誰留楚佩」，用《離騷》之典，「解佩纕以結言兮，吾令謇修以為理」。他北遊，是懷有一番抱負理想的，然而卻未能得償所願。

「待招來、不是舊沙鷗」，「沙鷗」乃自喻。「沙鷗」作為一種詩詞意象，含義豐富。《列子‧黃帝篇》曾指出，海翁忘機，鷗鳥不飛，則沙鷗能夠看破人的心機；而沙鷗翔集，則喻心外無物的超然境界。又杜甫《旅夜書懷》「飄飄何所似，天地一沙鷗」，以沙鷗來自況漂泊無依的淒苦，但同時也有曠達、自由的境界在其中。而語意的繁複與無定，正造成了詩意的無窮。

張炎稱「不是舊沙鷗」，深藏機鋒。大都之行，已經成為他人生經歷不可磨滅的一段，一方面大都的繁華、北方的風物都令他印象深刻，另一方面，作為南宋人，北上更意味著某種政治表態，當他南歸之後，發現自己再也回不到過去了。

「卻怕登樓」，用「王粲登樓」之典，「雖信美而非吾土兮，曾何足以少留」，張炎面對歸來後的情景，惆悵莫名。

瞭解以張炎為代表的南士在大都的遊歷，便可理解為何一幅葡萄畫，能夠將南士聯繫在一起，並以詩詞唱和的方式來表達自己的情感。

〔註254〕張炎撰、江昱疏證《山中白雲詞疏證》卷一，《續修四庫全書》，上海古籍出版社，1999年。

〔註255〕張炎撰、江昱疏證《山中白雲詞疏證》卷一，《續修四庫全書》，上海古籍出版社，1999年。

張炎詠葡萄「想不勞、添竹引龍須，斷梗忽傳芳」，沈欽詠葡萄「猶說當年分種，是枯槎遠駕，萬里途長」，劉沇詠葡萄「江南路，後回重見，同話淒涼」均是託物言志。

張炎北遊詞中，自歎身世「空憐斷梗夢依依，歲華輕別」，〔註256〕彷彿北上的南人，如浮萍斷梗一般，在大都漂泊無依。而葡萄同樣是西域傳來的「斷梗」，卻在中土生根開花結實，他們內心也希望自己能夠在大都尋找到歸屬。

釋子溫的畫，技藝高超，傳神精絕，但最終也不得不卷起帶回江南。就猶如這一批江南士人，身負才華，然而無處施展，「凝眸久，卻愁卷去，難博西涼」，也只能夠在回江南的歸程中，彼此慰藉，「同話淒涼」。

張炎等人，看似在詠葡萄、詠畫，實則寄情於物，抒發自我。這一批北上士人，有著共同的身份、共同的情感、共同的遭遇，郁郁不得志，最後，在詩詞題跋中，尋找到了感情的宣泄。

儘管他們未能留在大都，卻流露出南方士人北上為官的渴望。在此之後，陸陸續續又有不少士人，開始了北遊的歷程。

（三）遂初堂雅集

1、張九思及東宮儒士

張九思（1241～1302），字子有，大都宛平縣四邑鄉人。至元二年見裕皇於東宮，隨侍左右。七年，其父張滋為薊州節度，當外補，被裕皇留下。後數年，宋亡，收宋皇室府藏。十六年，為嘉議大夫、工部侍郎兼領都總管。十九年，阿合馬被殺，張九思留守大都，對穩定政局起到了重要作用。冬十月，立詹事院，張九思任詹事丞。立賓客、諭德、贊善等官。二十三年，裕皇去世，張九思力保詹事院不廢。三十年，任中書左丞，兼詹事丞。

世祖忽必烈去世後，成宗即位。改詹事院為徽政院，張九思為徽政院副使。十一月，任資德大夫、中書右丞。大德二年，升平章政事，參與中書省事。大德五年，改授大司徒、徽政副使，領將作院事。大德六年（1302），加光祿大夫。十二月二十四日去世，年六十一。追贈推誠翊亮功臣、開府儀同三司、太傅、上柱國、魯國公，諡忠獻。〔註257〕

〔註256〕《淒涼犯・北遊道中寄懷》，張炎撰、江昱疏證《山中白雲詞疏證》卷一。
〔註257〕生平見虞集《徽政院使張忠獻公神道碑銘應制》，《道園類稿》卷四十。《虞集全集》第1053頁。

　　張九思一直跟隨太子眞金，後又任職太子輔佐機構詹事院。太子眞金是一個頗有作爲、傾向儒治的蒙古貴族。在元初，忽必烈傾向漢法，開金蓮川幕府，在幕府文人的輔佐下成就帝業。鑒於這項經驗，忽必烈對太子眞金的培養也很重視，太子眞金周圍聚集了一批人才。「初，世祖盡得天下之豪傑而用之，以成大勳、建大業。而執事於東宮者，文武才能之士，彬彬可見矣。」

　　而張九思也多次向眞金推薦人才，先後有何瑋、徐琰、馬紹、范芳、宋衙、劉因、夾谷之奇、李謙等人。「公首薦易州何公瑋、東平徐公琰、馬公紹、獻州范公芳。裕皇次第用之，何參議中書、徐爲左司郎中、范爲右司郎中、馬爲刑部尚書。侍從以下，因公言而見用者，遍佈朝著，一時號爲得人。公惟賢才是達，不以疏遠親密爲取捨，是以能若是其沛然也。」「則又曰：輔導德性則在於老成重厚、有經術學問之士，其關係甚重也。於是立賓客、諭德、贊善等官，召用上黨宋公衙、保定處士劉公因、曹南夾谷公之奇、東平李公謙諸君子。公每候宮中，閒暇時，身先後其出入，使得致其開導之說。」

　　何瑋（1245～1310），字仲韞，易縣人，其父何伯祥爲易州行軍千戶兼軍民總管。何瑋曾從伯顏平宋，累遷兩淮都轉運使。阿合馬當權時，曾謝病歸。阿合馬敗，召參議中書。歷浙西按察使、大名路總管、湖南宣慰使，入爲中書參政，後辭去。大德間起爲御史中丞，仕至河南行省平章。至大三年卒，年六十六。諡文正。〔註258〕

　　徐琰（？～1301），字子方，號容齋，一號養齋，又自號汶叟，東平人。嚴實領東平行臺，招諸生肄古業，迎元好問試校其文，預選者四人，琰名列第二。翰林承旨王磐薦其才。至元初，爲陝西行省郎中，歷中書左司郎中。二十三年，拜嶺北湖南道提刑按察使，二十五年，以侍御中丞董文用薦，拜南臺中丞，建臺揚州。日與苟宗道、程文海，胡長孺諸公相倡和。二十八年，除江浙參政，三十一年遷江南浙西肅政廉訪使。大德二年，召拜翰林學士承旨。大德五年卒，諡文獻。〔註259〕

　　馬紹（1239～1300）字子卿，號性齋，濟州金鄉人。從上黨張播學，平章政事張啓元薦授中書左右司都事，出知單州。至元十年，僉山東東西道提刑按察司事，至元十三年，僉河北河南道提刑按察司事，未行，遷同知和州路總管府事。至元十九年，隆興爲太子眞金分地，太子選署總管，馬紹被召

〔註258〕生平見程鉅夫《梁國何文正公神道碑》，《雪樓集》卷八。
〔註259〕生平見《元史》卷一一五；《元詩選·癸集》小傳。

為刑部尚書。至元二十年，參議中書省事。至元二十二年，改兵部尚書。二十三年，復為刑部尚書。二十四年，立尚書省，馬紹拜參知政事。後任尚書左丞，不附桑哥，忠潔得以免罪。至元二十八年，尚書省罷，改任中書左丞。至元三十年，因病還家。元貞元年，遷中書右丞，行江浙省事。大德三年，移河南省。大德四年卒，年六十二。〔註260〕

范芳，獻州人，曾任右司郎中。

宋衜，字弘道。潞州長子人。金兵部員外郎元吉之孫。年十七，避地襄陽，壬辰北渡，屏居河內十五年。趙璧經略河南，聞其名，禮聘之。中統三年（1262），擢翰林修撰，跟隨趙璧前往濟南平定李璮叛亂。至元五年，趙璧行元帥府事於襄陽，宋衜出謀劃策。至元六年，趙璧帶兵討高麗，任命宋衜為行省員外郎，持詔徙江華島居民於平壤。復命，授河南路總管府判官，不赴。十三年，入為太常少卿，屬省官制行，兼領籍田署事。十八年，太子真金以耆德召見，授秘書監。十九年，真金分地需要官員管理，命宋衜銓舉。二十年，初立詹事院，首命為太子賓客。二十三年去世。〔註261〕

劉因（1249～1293）字夢吉，號靜修。初名駰，字夢驥。雄州容城（今河北保定容城縣）人。至元十九年（1282）應召入朝，為承德郎、右贊善大夫，因母病辭歸。母親去世後居喪在家。至元二十八年，召為集賢學士，以疾辭。至元三十年卒，年四十五，追諡文靖。〔註262〕

夾谷之奇，字士常，其先出女真加古部，後訛為夾谷。由馬紀領撒曷水徙家於滕州。少孤，舅杜氏攜之至東平，受業於康曄。初授濟寧教授，辟中書省掾。元兵伐宋，授行省左右司都事。因權臣爭鬥被牽連，得到張弘範救助。御史臺立，擢僉江南浙西道提刑按察司事，移僉江北淮東。至元十九年，召為吏部郎中。至元二十一年，遷左贊善大夫。至元二十二年，皇太子真金去世，夾谷之奇任翰林直學士，改吏部侍郎，遂拜侍御史。至元二十五年，丁母憂。以吏部尚書起復，屢請終制，不許，至元二十六年卒。〔註263〕

李謙（1233～1311），字受益，號野齋，鄆州東阿人。少受學於東平李治，為賦有聲，與徐世隆、孟祺、閻復齊名，而李謙為首。為東平府教授，用王

〔註260〕生平見《元史》卷一百七十三《馬紹傳》，第4052～4054頁。
〔註261〕生平見《元史》卷一百七十八《宋衜傳》，第4146～4147頁。
〔註262〕生平見蘇天爵《靜修先生劉公墓表》，《滋溪文稿》卷八。
〔註263〕生平見《元史》卷一百七十四《夾谷之奇傳》，第4061～4062頁。

磐薦，召應奉翰林文字。至元十五年（1278），升待制；十八年，升直學士，太子左諭德，侍奉眞金。至元二十二年（1285），眞金去世後，忽必烈傳成宗鐵木耳至京，由李謙陪侍左右，轉侍讀學士。至元二十六年（1289），以足疾辭歸。至元三十一年（1294），成宗鐵木耳即位，驛召李謙至上都，進翰林學士。元貞元年（1295），李謙因病還家。大德六年（1302），召爲翰林承旨，李謙年七十一，乞致仕。大德九年，又召。至大元年，給半俸。仁宗任太子，徵爲太子少傅，皆力辭。至大四年（1311），仁宗即位，召十六人，李謙居首，遷集賢大學士、榮祿大夫致仕。歸，在家去世，年七十九。〔註264〕

2、遂初亭題詠：進退出處的探討

張九思曾與在大都南門之外作遂初堂，「花木水石之勝，甲於京師。嘗以休沐，與公卿、賢大夫觴詠而樂之。治具潔豐，水陸之珍畢具，車蓋相望，衣冠偉然，從容論說古今，以達於政理，藹然太平，人物之盛，於斯見之，非直爲一日之樂也。」〔註265〕

《元一統志》載：「遂初亭在施仁門北，崇恩福元寺西，門西街北，舊隆禧院，正廳後乃張子有平章別墅也。」〔註266〕

其別墅的主要建築爲遂初亭。劉因《遂初亭說》：「詹事張公子有，予知其心爲最深，蓋樂爲善而惟恐其不爲君子者也。今築亭名以遂初，而其心乃在乎閒適，而諸公爲詩文以題詠之者，以子有朝望甚重，才業甚備，又皆責其心當在乎匡濟，皆不可也。夫義當閒適，時在匡濟，皆吾所當必爲者，然其立心，則不可謂必得是也而後爲遂。苟其心如此，則是心境本無外而自拘於一隅，道體本周遍而自滯於一偏，其爲累也甚矣。子有其以吾言思之，久之，必有得也。至元壬辰重九日劉某書。」〔註267〕

此文寫於至元二十九年（壬辰，1292），其文中提及的諸公爲遂初亭題詠，目前可知有劉敏中、滕安上、王惲、張之翰、趙孟頫。

劉敏中（1243〜1318），字端甫，號中菴，章丘人。累遷燕南廉訪副使，入爲國子司業，遷翰林直學士，除東平路總管，擢西臺治書，大德九年召爲

〔註264〕生平見《元史》卷一百六十《李謙傳》，第3767〜3768。

〔註265〕虞集《徽政院使張忠獻公神道碑銘應制》，《道園學古錄》卷十七，《四部叢刊》景明景泰翻元小字本。

〔註266〕孛蘭肹撰、趙萬里輯校《元一統志》，中華書局，1966年，第54頁。

〔註267〕劉因《靜修先生文集》卷二十，《四部叢刊》景印至順宗文堂本。《全元文》第十三冊第374〜375頁。

集賢學士，歷河南行省參政、治書侍御史、淮西廉訪使，轉山東宣慰使，拜翰林學士承旨，以疾辭歸。延祐五年卒，年七十六。諡文簡。〔註268〕

其《張子友平章遂初亭》：「雲山遠近隨卷舒，草木代謝相紛敷。亭中景氣涵萬象，靜觀可見天地初。紫微黃閣貂蟬貴，夙夜承天得天意。朝回亭上覓初心，反覆初心無不遂。無不遂，遂若何，歲月逝矣勤勞多。」〔註269〕

此爲古體詩，一句「朝回亭上覓初心，反覆初心無不遂，無不遂，遂若何」，連環詠歎，竟然有一絲無奈：無論是富貴榮華，還是逍遙閒適，得償所願又如何？爲了完成最初的夢想，在奔波勞碌中，時光不再。

滕安上（1242～1295），字仲禮，號退齋，中山安喜人。薦授本府教授，遷禹城主簿，入爲國子博士，升監丞，改太常院丞，元貞元年除監察御史，辭歸。尋起爲國子司業，未上卒，年五十四。追諡文穆。〔註270〕

> 滕安上《題張詹事子有遂初亭》：「蕭散物外心，黽勉天下事。古來
> 賢達人，二者恒一致。如方爲霖時，已寓淵潛意。所以荷大任，殊
> 不動聲氣。張公江海客，未害廊廟器。雖當萬鈞重，中無一毫累。
> 退食自委蛇，喧寂非易地。乾坤一草亭，況此華構遂。濁醪有妙理，
> 黃卷足眞味。而我豈不知，開筵八珍備。蓋喜稷契徒，共講唐虞治。
> 遂初復遂初，吾初久云遂。魚泳鳥雲飛，遙應識高義。」〔註271〕

此詩對張九思的讚美之詞溢於言表，稱其爲賢達之人，進退出處，可以兼得。而他認爲，只要身處盛世，爲政有道，天下太平，就可以達到「遂初」的境界：「蓋喜稷契徒，共講唐虞治。遂初復遂初，吾初久云遂。」

張之翰前已述及。其《題張尙書遂初亭》：「人之有初心，不繫進與退。退則善一身，進則澤萬類。惟明是達者，皆弗戾於義。胸中無滯着，何往不自遂。尙書吾宗英，妙年致高位。清光近前星，好古復好施。有亭起南園，正在瀟爽地。偶因遂初句，乃揭遂初字。山爲亭而高，水爲亭而泚。松爲亭而蒼，竹爲亭而翠。座可列眾賓，門堪擁千騎。時來小遲留，公退輒休憩。

〔註268〕生平見《元史》卷一七八《劉敏中傳》，第4136～4137頁；顧嗣立、席世臣編、吳申揚點校《元詩選·癸集》「劉承旨敏中」，中華書局，2001年，第255頁。

〔註269〕劉敏中《中庵集》卷十七，劉敏中著、鄧瑞全、謝輝點校：《劉敏中集》，吉林文史出版社，2008年，第227頁。

〔註270〕生平見姚燧《國子司業滕君墓碣》，《牧庵集》卷二十六。

〔註271〕滕安上《東庵集》卷一。

如公應時才，四海望經濟。生平醉吟興，聊以寄所寄。便擬作終焉，孰了未了事。試令亭中琴，弦此詩**裏**意。」〔註272〕

張之翰則認爲，「遂初」是一種思想境界，達則兼濟天下，窮則獨善其身，無論進退：「惟明是達者，皆弗戾於義。胸中無滯著，何往不自遂。」

王惲《遂初亭》：「韋杜城南尺五天，眼中朝市有林泉。不須苦泥興公說，絲竹何妨解倒懸。」「厭喧思寂尋常事，以隱爲高拙宦人。出處似君應不爾，西池東閣見經綸。」「山林長往懷高致，富貴逼人將奈何。閒向遂初亭上去，一樽高詠探芝歌。」〔註273〕

在王惲看來，做官日久，自然會心生倦意，嚮往山林，這不過是一種情致，卻不一定要去付諸實踐。而像張九思這樣築亭賞景爲樂，不失爲一種自我調劑的辦法。

趙孟頫《張詹事遂初亭》：「青山繚神京，佳氣溢芳甸。林亭去天咫，萬狀爭自獻。年多嘉木合，春晚餘花殿。雕闌留戲蝶，藻井語嬌燕。退食鳴玉珂，友於此終宴。鐘鼓樂清時，衣冠集群彥。朝市塵得侵，圖書味方遠。紛華雖在眼，道勝安用哉。初心良已遂，雅志由此見。何事江海人，山林未如願。」〔註274〕

趙孟頫指出，如張九思遂初亭集會這般群賢畢至、詩書往來、清雅不俗，已經是達成「初心」，而不必執著於隱居生活：「初心良已遂，雅志由此見。何事江海人，山林未如願。」

以上諸詩，不同人對「遂初」意義作出了不同解釋。

「遂初」一典，出自《晉書‧孫綽傳》，孫綽「少與高陽許詢俱有高尚之志。居於會稽，遊放山水，十有餘年，乃作《遂初賦》以致其意。」張九思以「遂初」二字名亭，希望表達退隱之心。當時張九思爲詹事院丞，即便是太子眞金去世，依然未能影響詹事院的設置，並且在張九思的舉薦之下，一大批文人步入朝廷，可見其政治影響力。張九思娶唐氏，爲翰林學士承旨脫因的妹妹，忽必烈又將劉秉忠的女兒賜給他作夫人，可見其備受尊崇。張九思正是希望能夠在「閒適之心」與「匡濟之心」之間，也就是進退出處間求得兩全，諸位賓客的題詠，即是圍繞此意展開。

〔註272〕張之翰《西岩集》卷一。
〔註273〕王惲《秋澗集》卷三十二。
〔註274〕趙孟頫《松雪齋集》卷二。

劉因則將「立心」與「行道」相聯繫，認爲「遂初」即「達道」。他開篇就講「立心」：「君子立心之初，日爲善而不爲惡，日爲君子而不爲小人，如是而已。苟爲善也、爲君子也，則其初心遂矣。夫道無時而不有，無處而不在也，故欲爲善、爲君子，蓋無時無處而不可。而吾之初心，亦無時無處而不得其遂也。」〔註275〕無論是匡濟之心，還是閒適之心，都不過是一種表現方式。君子立心，本不應該作種種限定，更不應該執著拘泥於要實現某一種特定的形式，因爲道無時不有、無處不在。

若是設定了「初心」，刻意去追求這種「初心」，往往會因爲現實條件，使道在「出」與「處」之間難以取得平衡，而失去了「道」的眞正意義與價值。「若日吾之初心將出以及物也，苟時命不吾與焉，則終身不得其遂矣。如是，則是道偏在乎出，而處也無所可爲者矣。若日吾之初心欲處而適已也，苟時命不吾釋焉，則亦終身不得其遂矣。如是則是道偏在乎處，而出也無所可爲者矣。道果如是乎哉？」

「進退出處」是儒學的重要命題之一，劉因作爲元代理學家，卻僅僅將之作爲「道」的不同表現形式而已。《遂初亭說》正是劉因對「進退出處」及「行道」的闡發，他認爲張九思追求的「閒適之心」，諸賓客勸勉的「匡濟之心」都是片面的，他強調「心境無外、道體周遍」的自由無拘狀態：「夫義當閒適，時在匡濟，皆吾所當必爲者。然其立心，則不可謂必得是也而後爲遂，苟其心如此，則是心境本無外而自拘於一隅，道體本周遍而自滯於一偏，其爲累也甚矣。」而劉因以這種心境來勸誡張九思，是要他順其自然。

三、小 結

在這一時期，已經有南人陸陸續續北上，他們或是經由程文海訪賢，或是受詔寫金字藏經。在大都期間，這一批南人也試圖融入大都，爲自己的仕途謀求一些發展，然而南人在政治上卻始終處於劣勢。但是應該看到，這批南士北上所帶來的文學影響卻不容忽視，儘管他們尚未成爲文壇的主流，卻爲今後的南北融合奠定了基礎。

《農田餘話》曾對宋以後的詩歌風格做了精要分析：「宋南渡後，文體破碎，詩體卑弱，惟范石湖、陸放翁爲平正。至晦菴諸子，始欲一變時習，模

〔註275〕劉因《靜修先生文集》卷二十，《四部叢刊》本（據元至順宗文堂本影印）。

倣古作，故有神頭鬼面之論。時人漸染既久，莫之或改。及文天祥留意杜詩，所作頓去當時之凡陋，觀《指南前後錄》可見，不獨忠義冠於一時，亦斯文間氣之發見也。至元間，（載）〔戴〕帥初、趙子昂諸公始出，作詩文皆從李、杜、韓、柳中乘，頓掃者時之氣習，非惟遺山、劉靜修諸公繫中原文脈，而南人文格亦變。」〔註276〕

　　就大都文壇而言，文天祥在獄中以《集杜詩》打發時間、抒詠心聲，模倣杜詩；趙孟頫北上與北人詩歌唱和，以唐詩為審美標準，這些都促進了南北詩文風格的共同變化。

〔註276〕長谷眞逸輯《農田餘話》卷上，《叢書集成初編》據明寶顏堂秘笈本排印，中華書局，1985 年，第 2～3 頁。